Maria
de Nazaré

Marek Halter

Maria de Nazaré

Tradução
Denise Gonçalves

Título original: *Mary of Nazareth*
Copyright © 2008 by Marek Halter
© 2008 Editions Robert Laffont
Direitos internacionais administrados pela Editions Robert Laffont: Susanna Lea Associates.

Imagem de capa: B02066 © Rubberball / Latin Stock

Todos os direitos reservados. Nenhuma parte desta obra pode ser reproduzida ou transmitida por qualquer forma ou meio eletrônico ou mecânico, inclusive fotocópia, gravação ou sistema de armazenagem e recuperação de informação, sem a permissão escrita do editor.

Direção editorial
Soraia Luana Reis

Editora
Luciana Paixão

Editora assistente
Valéria Sanalios

Assistência editorial
Elisa Martins

Preparação de texto
Diego Rodrigues

Revisão
Cid Camargo

Criação e produção gráfica
Thiago Sousa

Assistente de criação
Marcos Gubiotti

CIP-Brasil. Catalogação-na-fonte
Sindicato Nacional dos Editores de Livros, RJ

H184m	Halter, Marek, 1936- Maria de Nazaré / Marek Halter; tradução Denise Gonçalves. - São Paulo: Prumo, 2008. Tradução de: Mary of Nazareth ISBN 978-85-61618-35-3 1. Maria, Virgem, Santa - Ficção. 2. Bíblia. N.T. - História dos fatos bíblicos - Ficção. 3. Ficção francesa. I. Gonçalves, Denise. II. Título.
08-3687.	CDD: 843 CDU: 821.133.1-3

Direitos de edição para o Brasil:
Editora Prumo Ltda.
Rua Júlio Diniz, 56 – 5º andar – São Paulo/SP – Cep: 04547-090
Tel: (11) 3729-0244 - Fax: (11) 3045-4100
E-mail: contato@editoraprumo.com.br / www.editoraprumo.com.br

Não temas, Maria, pois achaste graça diante de Deus. Eis que conceberás e darás à luz um filho, ao qual porás o nome de Jesus... O Senhor Deus dará a ele o trono de Davi, seu pai, e ele reinará para sempre sobre a casa de Jacó e seu reino não terá fim.
— *Lucas I: 30-33*

Quem é o pai, então?
A mãe e a criança.
— *Avadanas, lendas e fábulas hindus*

Jesus é a figura mais brilhante da história. Mas, apesar de todos saberem que ele era judeu, ninguém sabe que sua mãe, Maria, também era judia.
— *David Ben Gurion*

Nota

Os historiadores modernos acreditam que o nascimento de Jesus pode ter ocorrido no ano 4 a.C., ou seja, quatro anos antes do começo do calendário oficial da era cristã. O erro seria atribuído a um monge do século XI.

Prólogo

Já anoitecera. Todas as portas e janelas da aldeia estavam fechadas, os ruídos do dia tragados pela escuridão.

Joaquim, o carpinteiro, sentado em seu banquinho forrado de lã, tinha na mão rebarbas de madeira envoltas por um pano com o qual polia pedaços de uma madeira de veios delicados, um após o outro. Ao terminar um pedaço, colocava-o, com cuidado, dentro de uma cesta.

Estava acostumado a fazer esses movimentos, mas hoje tinha muito sono. De vez em quando parava, os olhos fechavam, e a cabeça pendia para o lado.

Do outro lado da lareira, sua esposa, Hannah, com o rosto avermelhado pela luz das brasas mortiças, olhava-o de maneira carinhosa, com um sorriso a lhe iluminar a face. Ela piscou para sua filha Míriam, que a ajudava segurando uma meada de lã. A menina respondeu com um olhar astuto. Os dedos ágeis de Hannah voltaram a puxar os cordões de lã, cruzando-os e torcendo-os num ritmo tão regular que formavam um só fio.

Eles estremeceram ao ouvir gritos vindos de fora, bem perto da casa.

Joaquim levantou-se, seus ombros e pescoço se retesaram e seu sono desapareceu.

Ouviram outros gritos, as vozes mais agudas que o tinir de metais, seguidos de uma repentina e inesperada explosão de risos e um gemido de mulher que terminou em soluços.

Míriam analisou o rosto da mãe. Hannah, com os dedos apertando a lã, voltou-se para Joaquim. Mãe e filha viram-no colocar o pedaço de madeira em que estava trabalhando dentro do cesto com um gesto preciso e cuidadoso, jogando sobre ele o punhado de lascas embrulhadas em pano.

Lá fora, os gritos cresciam em volume e intensidade. A única rua da aldeia estava em alvoroço. Imprecações e blasfêmias podiam ser ouvidas através das portas e paredes.

Hannah colocou seu trabalho sobre o pano estendido no colo e olhou para Míriam.

— Vá para cima – disse baixinho e, sem mais cerimônias, tomou a meada de lã dos braços estendidos da menina. —Vá para cima – repetiu, agora mais resoluta. — Depressa!

Míriam saiu de perto da lareira e dirigiu-se a uma cortina que encobria a entrada de uma escadaria escura. Ela afastou a cortina e então parou, incapaz de tirar os olhos do pai.

Joaquim agora estava de pé e caminhava na direção da porta. Também parou. A tranca que ele mesmo havia colocado estava atravessada sobre a porta e a única janela. A porta estava bloqueada, disso tinha certeza.

Mas sabia que mesmo isso era inútil. A tranca não os protegeria. As pessoas que se aproximavam não seriam detidas por portas e janelas.

Os gritos estavam mais próximos agora, ecoando por entre as paredes dos depósitos e oficinas.

— Abram! Abram em nome de Herodes, seu rei!

As palavras eram proferidas em latim e repetidas em hebraico ruim. As vozes, o sotaque, o modo como gritavam, tudo soava como uma língua estrangeira para os moradores da aldeia.

Era sempre assim quando os mercenários de Herodes chegavam para espalhar o horror e a calamidade em Nazaré. Eles preferiam vir de noite, ninguém sabe por quê.

Algumas vezes permaneciam por dias sem fim. No verão, acampavam nos limites da aldeia. No inverno, quando bem entendessem, expulsavam famílias inteiras de suas casas e se instalavam nelas. Só partiam após haver furtado, queimado, destruído e assassinado. Eles não tinham pressa, gostavam de saborear o mal e o sofrimento que causavam.

Por vezes, levavam alguns prisioneiros. Homens, mulheres e até crianças, que raramente retornavam e eram dados como mortos após certo tempo.

Em certas épocas, os mercenários ficavam sem aparecer na aldeia por vários meses. Durante toda uma estação. Os mais novos, mais despreocupados, quase se esqueciam da existência deles.

Agora, os gritos ecoavam em volta da casa. Míriam podia ouvir as solas das sandálias arranhando as pedras do chão.

De costas, Joaquim sentiu que a filha o observava. Ele se virou e perscrutou o escuro. Não ficou bravo por ela ainda estar lá, mas fez sinais prementes.

— Depressa, Míriam, para cima! Esconda-se!

O modo como ele a olhou parecia esboçar um sorriso. Míriam viu a mãe tapar a boca com as mãos, fitando-a, apavorada. Dessa vez, Míriam se virou e começou a subir as escadas.

Teve de se manter rente à parede para achar o caminho no escuro; não tentou evitar os degraus que rangiam. Os soldados estavam gritando tanto que não conseguiriam ouvir.

Eles bateram com tanta força na entrada principal da casa que as paredes estremeceram sob a mão de Míriam, enquanto ela abria a porta que dava para o terraço.

De lá, a gritaria, as ordens e os gemidos se confundiam na escuridão. Lá embaixo, na sala, a voz de Joaquim parecia surpreendentemente calma, enquanto ele retirava a tranca da porta e esta se abria, girando sobre as dobradiças.

As tochas dos soldados eram como uma onda vermelha na escuridão. Com o coração a pular no peito, Míriam resistiu ao desejo de se aproximar do muro mais baixo e assistir à cena.

Era fácil adivinhar o que acontecia; os gritos ecoavam pela casa abaixo dela. Ouviu os protestos do pai, os gemidos da mãe e as ordens dos mercenários para que se calassem.

Míriam correu para o outro lado do longo terraço que ficava sobre a oficina, procurando se desviar da confusão de objetos que atravancavam o caminho – cestas, sacas contendo velhos pedaços de madeira, serragem, tijolos mal cozidos, jarros, troncos e peles de carneiro. Seu pai jogara todas essas coisas aqui porque não havia espaço no depósito.

Num canto, havia uma pilha de troncos serrados de modo grosseiro que pareciam ter sido largados lá de modo tão negligente que poderiam desabar a qualquer momento. Mas a pilha de troncos estava lá somente para despistar. O esconderijo que Joaquim tinha construído para sua filha era certamente a melhor e mais engenhosa obra que ele havia realizado em sua vida.

Dentro da pilha de troncos, que eram tão pesados que seriam necessários dois homens para erguê-los, havia uma série de finas pranchas de alfarroba, feitas para parecer que haviam se chocado quando os troncos caíram.

Mas a prancha ao lado da pilha de troncos, ao ser empurrada, dava para um alçapão, habilmente camuflado para parecer um pedaço comum de madeira, acanalado por ferramentas e desgastado pela chuva.

Debaixo dele, engenhosamente cavado dentro da pilha de troncos que, na verdade, tinha sido cuidadosamente fixada no lugar, havia uma cavidade grande o bastante para que um adulto deitasse em seu interior.

Somente Míriam, sua mãe e Joaquim sabiam desse esconderijo. Nenhum de seus amigos ou vizinhos tinha conhecimento de sua existência. Seria por demais arriscado. Os mercenários de Herodes tinham maneiras de fazer homens e mulheres confessarem o que tencionavam nunca revelar.

Com a mão na prancha, Míriam estava prestes a acionar o mecanismo quando ficou paralisada de medo. Apesar do grande alarido na rua e na casa, ela sentiu uma presença por perto.

Virou a cabeça bruscamente. Viu um reflexo de algo claro, talvez um pedaço de tecido que, em seguida, desapareceu. Examinou uma área na penumbra por trás dos barris de salmoura, onde havia azeitonas de molho, ciente de que não poderia ficar lá parada por muito tempo.

— Quem está aí? – murmurou ela.

Não houve resposta. Lá embaixo, a voz surda de Joaquim afirmava, em resposta aos gritos irritados dos soldados, que nunca houvera nenhum menino na casa. Deus nunca havia lhe abençoado com um filho.

— Não minta! – gritou o mercenário, e seu sotaque fazia com que as sílabas tropeçassem umas nas outras. — Sempre há meninos numa casa judaica.

Míriam precisava agir rapidamente. Eles logo estariam lá em cima.

Ela realmente havia visto algo ou teria sido sua imaginação?

Prendendo a respiração, avançou. E deu de cara com ele, que pulou como um gato sobressaltado.

Um jovem magro e alto – era só o que podia ver sob a pálida luz dos archotes que iluminavam a rua lá embaixo. Olhos vivos, a pele esticada sobre os ossos da face.

— Quem é você? – murmurou ela, surpresa.

Se tinha medo, ele não demonstrava. Segurou a túnica de Míriam pela manga e, sem dizer palavra, arrastou-a para um ponto ainda mais escuro. A túnica rasgou. Míriam se deixou ser puxada para baixo e ficou agachada ao lado dele.

— Sua boba! – exclamou ele. — Assim eles vão me pegar!

— Solte-me, está me machucando.

— Idiota! – resmungou ele.

O jovem largou o braço dela e encostou-se à mureta mais baixa.

Míriam ergueu-se um pouco e saiu. Se ele pensava que poderia escapar dos soldados escondendo-se aqui, era tão idiota quanto grosseiro.

— É você quem eles estão procurando? – perguntou ela.

Ele não respondeu. Não havia por quê.

— Estão destruindo tudo por sua causa – disse ela.

Desta vez não era uma pergunta. Mesmo assim, ele novamente não respondeu nada. Míriam deu uma olhadela por cima dos barris. Os mercenários poderiam subir e encontrá-lo aqui. Eles não obedeceriam à razão. Pensariam que seus pais estavam tentando esconder esse idiota e toda a família estaria condenada. Ela já tinha visto os soldados de Herodes baterem em sua mãe e em seu pai.

— Então você acha que não o verão aqui atrás! Você vai fazer com que todos nós sejamos presos!

— Quieta! Vá embora, droga!

Não havia tempo para discutir.

— Não seja tão idiota. Vamos, depressa! É o tempo de eles subirem!

Míriam esperava que o jovem não fosse tão teimoso. Sem esperar por ele, correu para a pilha de troncos. Ele, naturalmente, não a seguiu. Míriam olhou para a porta do terraço. Lá embaixo, os protestos de sua mãe podiam ser ouvidos mesmo sob o barulho de objetos sendo destruídos.

— Depressa! Eu lhe imploro!

Míriam empurrou a prancha e a porta do alçapão se abriu. Pelo menos ele havia entendido e estava logo atrás dela, embora ainda inclinado a discutir.

— O que é isso?

— O que você acha? Entre, tem espaço.

— Mas você...

Sem responder, ela o empurrou com toda força para dentro do esconderijo. Com certa satisfação, ouviu-o bater a cabeça e resmungar. Abaixou a porta do alçapão com cuidado para não fazer barulho. Inclinou a prancha para bloquear o mecanismo que tornava possível abrir a porta pelo lado de dentro.

— Assim não correremos nenhum risco!

Míriam não conhecia aquele jovem, nem sabia seu nome. Mas não precisava saber mais nada para perceber que era alguém que faz exatamente o que quer.

Ela agachou-se atrás dos barris no exato momento em que os mercenários chegaram ao terraço, com suas tochas em punho.

À frente, empurravam Joaquim. Quatro soldados protegidos por peitorais de couro brandiam suas espadas. As plumas dos elmos balançavam a cada gesto que faziam.

Eles movimentavam as tochas para iluminar a bagunça em que se encontrava o terraço. Um deles bateu nas costas de Joaquim com a maça da espada, forçando-o a se curvar. Foi um gesto sem finalidade, mais humilhante do que doloroso. Mas os mercenários gostavam de mostrar o quanto eram cruéis.

— Isto é o que eu considero um ótimo lugar para um esconderijo! – gritou o líder, em hebraico ruim.

Surpreso, Joaquim não respondeu. Ele parecia desconcertado. O oficial, que observava cada reação dele, deu uma risada.

— Mas é claro! Há alguém escondido aqui!

Ele bradou suas ordens e os homens começaram a vasculhar o lugar, virando tudo de cabeça para baixo. Mais uma vez, Joaquim assegurou-lhes de que não havia ninguém escondido na casa.

O oficial riu novamente.

— Alguém entrou em sua casa, sim! Você mente, mas até que, para um judeu, você mente mal.

De repente, ouviram-se dois gritos quase simultâneos. Um grito de surpresa de um dos soldados e um grito de dor quando o soldado puxou Míriam pelos cabelos.

Joaquim também gritou e tentou avançar em direção à filha para protegê-la. O oficial agarrou sua túnica e o impediu.

— É minha filha! – protestou. — Minha filha Míriam!

Os soldados colocaram as tochas perto dos olhos de Míriam, ofuscando-a. Seu queixo tremia de medo. Todos olhavam para ela, inclusive seu pai, que ficou furioso por ela não estar dentro do esconderijo. Com os maxilares cerrados, Míriam tentou se livrar da mão que segurava seus cabelos. Para sua surpresa, o soldado relaxou os dedos com certa suavidade.

— É minha filha – disse Joaquim, implorando.

— Quieto! – gritou o oficial, e voltou-se para Míriam. — O que você estava fazendo ali?

— Escondendo-me – disse Míriam, em voz mais titubeante do que gostaria.

O oficial sentiu prazer ao perceber seu medo.

— Por que se esconder? – perguntou.

Ela olhou para o pai, dominado pelos soldados.

— Meus pais me obrigam. Eles têm medo de vocês.

Os soldados riram.

— Você achou que nós não a encontraríamos se ficasse atrás desses barris? – perguntou o oficial, de modo zombeteiro.

Míriam deu de ombros.

— É uma criança, oficial – bradou Joaquim, agora com voz mais firme. — Ela não fez nada.

— Se não fez nada, porque tinham tanto medo de que a encontrássemos?

Fez-se um silêncio constrangedor.

Míriam por fim retrucou:

— Meu pai tinha medo porque ouviu dizer que os soldados de Herodes matam até mulheres e crianças. Ouviu ainda que vocês as levam para o palácio do rei e elas nunca mais voltam. O oficial riu, assustando Míriam; os mercenários riram também. Em seguida, o oficial ficou sério, agarrou Míriam pelo ombro e encarou-a de modo grave.

— Você pode ter razão, menininha. Mas nós só pegamos aqueles que desobedecem a vontade do rei. Você tem certeza de que não fez nada de errado?

Míriam olhou-o nos olhos, as sobrancelhas levantadas denotando incompreensão, como se o mercenário houvesse dito algum absurdo.

— Como posso ter feito algo para o rei? Sou só uma criança. Ele nem sabe que eu existo.

Mais uma vez, os soldados riram. O oficial empurrou Míriam com tanta violência que ela foi parar nos braços do pai. Joaquim a abraçou tão forte que ela mal conseguia respirar.

— Sua filha é uma danadinha, carpinteiro – disse o oficial.

— Você deveria ficar de olho nela. Escondê-la no terraço não é uma boa idéia. Os meninos que procuramos são perigosos. Eles podem até matar sua gente quando têm medo.

Hannah, sob a guarda de alguns mercenários, estava esperando ao pé da escadaria quando eles desceram. Abraçou a filha e balbuciou uma prece em gratidão ao Senhor.

O oficial emitiu um aviso. Um bando de jovens bandoleiros invadira a casa do coletor de impostos, em mais uma tentativa de roubar o rei. Eles seriam capturados e punidos. Todos sabem de que maneira. E qualquer pessoa que os ajudasse teria o mesmo destino. Não haveria misericórdia.

Assim que os soldados partiram, Joaquim apressou-se a passar a trava na porta. Da lareira, ouviu-se uma crepitação mais forte. Os mercenários não haviam simplesmente virado a mobília, mas jogado o trabalho de Joaquim no fogo. As peças de madeira que ele havia confeccionado com tanto esmero ardiam no fogo vermelho, aumentando a fraca luz que vinha das lamparinas de óleo. Míriam correu até o fogo, agachou-se e tentou retirar as peças com a ajuda de um atiçador de ferro. Era tarde demais.

O pai colocou a mão em seu ombro.

— Não é possível salvar mais nada – disse ele, suavemente.

— Não importa. O que eu fiz uma vez posso fazer novamente.

O rosto de Míriam ficou coberto de lágrimas.

— Pelo menos eles não tocaram na oficina – suspirou Joaquim. — Não sei o que os deteve.

Enquanto Míriam se levantava, sua mãe perguntou:

— Como eles conseguiram encontrá-la? Por Deus, eles descobriram o esconderijo?

— Não – disse Joaquim –, ela não estava lá. Estava atrás dos barris.

— Por quê?

Míriam encarou-os. Tinham o rosto ainda anuviado pelo medo, os olhos cintilavam, a expressão inquisitiva a perguntar o que teria acontecido. Ela pensou no garoto que estava lá em cima, em seu lugar. Poderia ter contado ao pai sobre ele. Mas não à sua mãe.

— Achei que eles fossem machucar vocês – murmurou – e não queria ficar lá sozinha vendo-os fazer isso.

Não era de todo uma mentira. Hannah a trouxe para mais perto de si, molhando suas têmporas com lágrimas e beijos.

— Ah, minha pobre menina! Você é tão ingênua.

Joaquim arrumou as pernas de um banquinho e abriu um leve sorriso.

— Ela enfrentou muito bem o oficial. Nossa filha é uma menina valente, isso não há como negar.

Míriam afastou-se da mãe, com as faces vermelhas pelo elogio que acabara de receber. Os olhos de Joaquim estavam cheios de orgulho; ele parecia quase feliz.

— Ajude-nos a arrumar tudo – disse – e vá dormir. Creio que esta noite não teremos mais problemas.

Os berros dos mercenários, de fato, cessaram. Eles ainda não haviam encontrado o que procuravam. Na verdade, raramente encontravam, e essa frustração sempre os deixava ainda mais loucos, feito animais selvagens. Quando isso acontecia, assassinavam e pilhavam sem discriminação nem piedade. Naquela noite, entretanto, eles simplesmente deixaram a aldeia, exaustos e sonolentos, e voltaram ao acampamento da legião, a duas milhas de Nazaré.

Como costumava acontecer nessas situações, cada casa se fechava em si mesma. Os aldeões cuidavam de suas feridas, secavam suas lágrimas e acalmavam seus medos. Só pela manhã ousariam sair e conversar sobre o terror que haviam vivenciado.

Míriam teve de esperar um bocado antes que pudesse sair da cama sem ser notada. Hannah e Joaquim, ainda abalados pelo medo, demoraram a pegar no sono.

Quando, finalmente, ouviu a respiração pesada e ritmada dos dois através da divisória de madeira que separava seu quarto do deles, Míriam levantou-se e, envolta num pesado xale, subiu as escadas até o terraço, tomando cuidado para que nenhum degrau rangesse.

A lua crescente, envolta em neblina, laqueava tudo com uma luz mortiça. Míriam andava confiante. Seria capaz de achar o caminho mesmo sem luz nenhuma.

Com facilidade, encontrou a prancha que mantinha o esconderijo fechado. Ao movê-la, o alçapão foi empurrado violentamente do lado de dentro; ela mal conseguiu pular para o lado para evitar ser atingida por ele. O menino já estava de pé.

— Não tenha medo – sussurrou ela –, sou eu.

O garoto não demonstrava medo. Reclamando, ele se sacudiu feito um animal para tirar de seu cabelo a palha e a lã que cobriam o chão do esconderijo.

— Mais baixo – sussurrou Míriam. — Vai acordar meus pais...

— Você não podia ter vindo mais cedo? Dá para morrer sufocado aí dentro. E não havia jeito de abrir a maldita caixa!

Míriam deu risada.

— Você me trancou, não é? – resmungou o menino. — Fez de propósito!

— Eu estava com pressa.

O jovem só fazia bufar.

Para apaziguá-lo, Míriam mostrou-lhe o mecanismo que abria o alçapão do lado de dentro, um pedaço de madeira que simplesmente tinha de ser empurrado com força.

— Não é tão complicado.

— Isso se você sabe como funciona!

— Não reclame. Os soldados não o encontraram, não é? Se você estivesse escondido atrás dos barris, não teria chance.

O menino começava a ficar mais calmo. Mesmo na escuridão, Míriam podia ver seus olhos brilhantes. Talvez estivesse sorrindo.

— Como você se chama? – perguntou ele.

— Míriam. Sou filha de Joaquim, o carpinteiro.

— Para uma menina da sua idade, você tem coragem – reconheceu ele. — Ouvi-a falando com os soldados; você lidou muito bem com eles. — O menino esfregou a face e o pescoço com força para retirar os pedacinhos de palha que ainda restavam. — Acho que devo lhe agradecer. Meu nome é Barrabás.

Míriam não conseguiu segurar o riso quando ouviu o nome dele. Não era um nome de verdade, pois significava somente "filho do pai". Riu também devido aos modos graves do menino, e porque ela tinha ficado feliz por ele ter agradecido. Barrabás sentou sobre os troncos.

— Não entendo o que é tão engraçado – resmungou.
— É seu nome.
— Você pode ser corajosa, mas é tão boba quanto uma criancinha.

A farpa desagradou Míriam, mais do que a ofendeu. Ela conhecia a cabeça dos meninos. Este aqui estava tentando se fazer mais interessante. Não havia necessidade. Ele já era interessante sem fazer esforço. Era uma agradável combinação de força e gentileza, violência e honestidade, e não parecia ter muita consciência disso. Mas os meninos do tipo dele sempre pensavam que as meninas eram crianças, enquanto eles, no fundo, já eram homens feitos.

Entretanto, por mais interessante que pudesse ser, ele havia conduzido os soldados até a casa dela e a toda a aldeia.

— Por que os romanos estão procurando você? – perguntou ela.
— Não são romanos! São bárbaros. Ninguém sabe onde Herodes os compra! Na Gália, na Trácia... ou talvez entre os godos. Herodes não é capaz de manter legiões leais a ele. Precisa de escravos e mercenários.

O menino cuspiu por sobre a mureta em sinal de desprezo. Míriam não disse nada, esperando que ele respondesse sua pergunta.

Barrabás perscrutou as sombras das casas vizinhas para assegurar-se de que ninguém podia ouvi-los nem vê-los. Sob a fraca luz da lua, sua boca era bonita, e os traços de seu rosto, finos. A face e o queixo estavam cobertos por uma barba anelada, rala como lanugem. Barba de adolescente, que provavelmente não o faria parecer tão mais velho à luz do dia.

De repente, ele abriu a mão. Dentro dela, um brasão de ouro brilhou sob a luz do luar. Era facilmente reconhecível:

uma águia com as asas abertas, a cabeça curvada e um bico poderoso e ameaçador. A águia romana. A águia de ouro cravada no alto das insígnias levadas pelas legiões.

— Peguei isso de um dos depósitos – sussurrou Barrabás, rindo com orgulho. — Incendiamos todo o resto antes que os estúpidos mercenários acordassem. Também tivemos tempo de pegar dois ou três alqueires de grãos. Nada mais justo.

Míriam olhava curiosamente para o brasão. Ela nunca havia visto um tão de perto. E nunca vira tanto ouro em toda a sua vida.

Barrabás tornou a fechar a mão e introduziu o brasão no bolso da túnica.

— Vale muito dinheiro – murmurou.
— O que vai fazer com ele?
— Conheço alguém que pode derretê-lo e transformá-lo num tipo de ouro que possamos usar – disse ele, misteriosamente.

Míriam deu um passo para trás, dividida entre sentimentos conflitantes. Ela gostava do garoto. Sentia nele uma simplicidade, uma franqueza e um ódio que a atraíam. Coragem, também, porque é preciso coragem para enfrentar os mercenários de Herodes. Mas não sabia se estava certa. Ela não conhecia o mundo suficientemente bem, não sabia ainda o que era justo e o que era injusto para poder ter certeza.

Sentia-se atraída pelo entusiasmo de Barrabás, por sua indignação com os horrores e humilhações vividos diariamente no reino de Herodes, até mesmo pelas crianças. Mas também podia ouvir a voz paciente e sábia de seu pai condenando a violência de modo inabalável.

De modo um tanto provocativo, Míriam disse:
— Então, você é um ladrão?
Ofendido, Barrabás levantou-se.
— É claro que não! O povo de Herodes é que nos chama de ladrões. Mas tudo o que tomamos dos romanos, dos mercenários e daqueles que se acobertam sob seu manto, nós

distribuímos para os mais necessitados de nós. Para o povo! – Acentuando as palavras com um gesto, ele prosseguiu, com a voz embargada pelo ódio contido: — Não somos ladrões, somos rebeldes. E não estou sozinho, acredite. Sou somente um rebelde, um entre muitos outros. Os soldados não estavam procurando só por mim esta noite. Quando atacamos os depósitos, havia pelo menos trinta ou quarenta de nós.
Bem que ela havia suspeitado disso, muito antes que ele contasse.
Rebeldes! Sim, era assim que o povo os chamava, normalmente em tom de censura. Seu pai e os carpinteiros de Nazaré amigos dele sempre se queixavam desses jovens imprudentes e perigosos, cujos pais deveriam trancá-los em casa. O que ganhavam provocando os mercenários de Herodes? Um dia, por causa deles, todas as aldeias da região seriam devastadas. Rebelião! Uma rebelião dos fracos e oprimidos, que o rei e os romanos poderiam reprimir quando quisessem?
Não que não houvesse muitas razões para se rebelar. O reino de Israel estava se afogando em sangue, lágrimas e vergonha. Herodes era o mais cruel e injusto dos reis. Agora que já envelhecera e se aproximava da morte, sua crueldade se misturava à sua loucura. Mesmo os romanos, esses pagãos desalmados, não eram tão hediondos como Herodes.
Já os fariseus e os saduceus, os guardiões do tempo de Jerusalém e sua opulência, estes não eram melhores. Sem nenhum pudor, submetiam-se a todos os caprichos do rei. As leis que haviam feito não serviam para promover a justiça, mas meramente para ajudá-los a permanecer no poder e aumentar sua riqueza.
A Galiléia, no extremo norte de Jerusalém, tinha sido arruinada pelos impostos que enriqueceram Herodes e seus filhos e todos os que compactuaram com suas medidas imorais.
Sim, Jeová, como fizera mais de uma vez desde seu pacto com Abraão, tinha voltado as costas para Seu povo e Seu rei-

no. Mas seria esse um motivo para responder com violência à violência? Seria sábio, quando se é fraco, provocar os fortes e correr o risco de desencadear uma carnificina geral?

— Meu pai diz que vocês, rebeldes, são estúpidos – afirmou Míriam, tentando soar o mais reprovadora possível. — Vocês vão matar-nos a todos.

Barrabás riu.

— Eu sei. Muita gente diz isso. Eles reclamam de nós como se fôssemos a razão de seus infortúnios. Estão assustados, é só isso. Eles preferem ficar sentados e esperar. E o que estão esperando? Quem sabe? O Messias, talvez?

Barrabás repudiou a palavra que dissera e fez um gesto com a mão, como querendo diluir suas sílabas dentro da noite.

— O reino está cheio de messias, tolos e fracos, homens, todos eles. Não é preciso ter estudado com os rabinos para saber que não podemos esperar nada de bom da parte de Herodes e dos romanos. Seu pai está iludindo-a. Herodes já massacrava, estuprava e saqueava muito antes de nós surgirmos. É isso que o mantém e a seus filhos no poder. Eles são ricos e poderosos graças à nossa pobreza! Eu não sou o tipo de pessoa que espera. Ninguém irá me encontrar acovardado dentro de um buraco.

Ele silenciou, engasgado de ódio. Míriam não disse uma só palavra.

— Se nós não nos rebelarmos, quem irá? – prosseguiu, com a voz ainda mais dura. — Seu pai e todos os velhos como ele estão errados. Eles morrerão, não importa o que aconteça. E morrerão como escravos. Mas eu morrerei como um judeu, um filho do grande povo de Israel. Minha morte será melhor que a deles.

— Meu pai não é um escravo e tampouco um covarde. Ele é tão corajoso quanto você...

— Onde estava a coragem dele há pouco? Ele teve de implorar quando os mercenários a encontraram escondida no terraço!

— Eu só estava lá porque você precisava ser salvo! Os soldados quebraram tudo em nossa casa e nas casas de nossos vizinhos; o trabalho de meu pai, nossa mobília. E tudo para você ficar se gabando agora!

— Ora, cale-se! Eu já disse que você fala como uma criança. Este não é um assunto para crianças!

Eles tentavam conversar baixinho, mas ambos se deixaram levar pela discussão. Míriam ignorou o insulto. Virou-se na direção das escadas com os ouvidos em alerta, procurando certificar-se de que não vinha nenhum ruído de dentro da casa. Sempre que seu pai se levantava da cama, ela rangia de modo peculiar, facilmente reconhecível.

Tranqüilizada, Míriam voltou-se para encarar Barrabás, que havia se afastado dos troncos e agora estava debruçado sobre a mureta mais baixa, procurando um modo de descer do terraço.

— O que está fazendo? – perguntou ela.

— Indo embora. Suponho que não queira que eu vá embora por dentro da preciosa casa de seu pai. Prefiro sair por onde entrei.

— Barrabás, espere!

Ambos estavam errados e certos, Míriam sabia. Barrabás também. Foi isso o que o deixou irritado.

Ela se aproximou dele o bastante para colocar a mão em seu braço. O jovem estremeceu como se tivesse sentido uma ferroada.

— Onde você mora? – perguntou ela.

— Não é aqui.

Mas que hábito irritante esse de nunca responder as perguntas diretamente! Todos os ladrões eram assim, supôs Míriam.

— Disso eu sei, porque se você morasse aqui eu já o teria visto.

— Em Séforis...

Uma cidade de tamanho considerável, a uma hora e meia de caminhada para o norte. Era preciso atravessar uma densa floresta para chegar lá. Ninguém se atreveria a fazer essa jornada de noite.

— Não seja bobo – disse ela, gentilmente. — Você não pode voltar agora. – Ela tirou seu xale de lã e lhe entregou. — Você pode dormir no esconderijo... Deixe o alçapão aberto. Assim não se sentirá sufocado. E, se enrolar este xale em seu corpo, também não sentirá frio.

A resposta dele foi dar de ombros e desviar o olhar. Mas não recusou o xale, e desistiu de tentar escapar pela mureta do terraço.

— Amanhã – disse Míriam, com voz alegre –, o mais cedo possível, trarei pão e leite. Mas, quando amanhecer, é melhor fechar a porta do alçapão. Às vezes meu pai vem aqui em cima logo depois de se levantar.

De madrugada, caía uma chuva fria e fina que umedecia tudo. Sem ser vista nem ouvida por ninguém da casa, Míriam pegou um pequeno jarro de leite e um naco de pão da despensa de sua mãe e subiu ao terraço.

O alçapão estava fechado. A madeira cintilava com a chuva. Para ter certeza de que ninguém a veria, ela empurrou a prancha. O painel inclinou-se o suficiente para ela perceber que o esconderijo estava vazio. Barrabás havia partido.

Não fazia muito tempo. Ela ainda podia sentir seu calor no xale de lã, que ele deixara cuidadosamente dobrado. Tão cuidadosamente que Míriam sorriu. Era como se ele houvesse deixado um sinal. Um sinal de gratidão, talvez.

Míriam não se surpreendeu com o fato de que Barrabás tivesse desaparecido assim, sem esperar por ela. Combinava com a imagem que ela tinha dele. Inquieto, imprudente, incapaz de sossegar. Além de tudo, estava chovendo, e ele deve ter se preocupado em não ser visto pelo povo de Nazaré. Se o encontrassem na aldeia, certamente o ligariam aos jovens que estavam sendo caçados pelos mercenários de Herodes e poderiam sentir-se tentados a exigir vingança pelo medo que haviam passado.

Mesmo assim, ao fechar novamente o alçapão, Míriam não pode deixar de sentir um leve desapontamento. Ela gostaria de ver Barrabás novamente, conversar com ele mais demoradamente, ver seu rosto em plena luz do dia.

Era muito improvável que seus caminhos se cruzassem de novo. Barrabás certamente procuraria evitar Nazaré dali em diante.

Ela virou-se para voltar à casa e, nesse instante, sentiu um calafrio. O frio, a chuva, o medo e a raiva, ela sentiu tudo isso ao mesmo tempo. Deparou com as três cruzes de madeira que ficavam na colina que se elevava acima da aldeia, e, apesar de estar acostumada com essa visão, ela sempre lhe despertava um sentimento de horror.

Seis meses antes, os mercenários de Herodes haviam enforcado três homens lá, três "ladrões" capturados na região. A esta altura, os três corpos estavam reduzidos a uma massa mirrada, putrefata e disforme, semidevorada pelos pássaros.

É isso o que esperava Barrabás, caso ele fosse preso. Era, também, o que justificava sua rebelião.

Parte 1
O ANO 6 A.C.

Capítulo 1

O torpor das primeiras horas da manhã foi quebrado pelos gritos das crianças.
— Eles estão aqui! Eles estão aqui!
Em sua oficina, Joaquim já estava envolvido com o trabalho. Trocou olhares com seu ajudante, Lisâneas, mas não se deixou distrair pelo barulho. Num movimento único, ambos levantaram a viga de cedro e a colocaram na bancada.
Gemendo, Lisâneas massageou as costas. Já estava velho demais para qualquer trabalho pesado; tão velho que ninguém, nem mesmo ele, conseguia lembrar exatamente quando ele havia nascido, numa aldeia em algum lugar da longínqua Samaria. Mas Joaquim havia trabalhado com ele a vida inteira e não conseguia sequer imaginar substituí-lo por um jovem aprendiz. Fora Lisâneas, tanto quanto seu pai, quem havia lhe ensinado o ofício da carpintaria. Juntos, eles haviam construído mais de cem telhados nas aldeias próximas de Nazaré. Diversas vezes, devido à sua habilidade, tinham sido chamados para trabalhar em lugares distantes, como Séforis.
Os dois ouviram passos no pátio enquanto os gritos das crianças ainda ecoavam pelos muros da aldeia. Hannah parou na soleira da porta da oficina. O sol matinal projetava sua sombra através do chão da oficina, chegando até os pés deles.
— Eles chegaram — disse a mulher.
As palavras eram desnecessárias, ela sabia. Mas precisava proferi-las, para dar vazão ao seu medo e ao seu ódio.
Joaquim sussurrou:
— Eu ouvi.
Não era preciso dizer mais nada. Todos na aldeia sabiam o que sucedia: os coletores de impostos do Sinédrio haviam entrado em Nazaré.

Já havia alguns dias que eles iam de aldeia em aldeia da Galiléia, e as notícias de sua vinda chegaram muito antes deles, como o rumor de uma praga insigne. Cada vez que deixavam uma aldeia, o rumor crescia. Era como se devorassem tudo o que encontrassem no caminho, como os gafanhotos que infligiram ao faraó do Egito a ira de Jeová.

O velho Lisâneas, sentado sobre um cepo de madeira, balançou a cabeça.

— Devíamos parar de nos submetermos a esses abutres! Deixemos que Deus decida a quem punir: a eles ou a nós.

Joaquim levou a mão ao queixo e coçou a curta barba. Na noite anterior, os homens da aldeia haviam se reunido para dar vazão à sua fúria. Como Lisâneas, muitos deles tinham decidido não mais dar dinheiro aos coletores de impostos. Nem grãos, nem dinheiro, nem objetos. Que cada um desse um passo adiante, de mãos vazias, dizendo:

— Vão embora!

Joaquim sabia que essas eram palavras justas, mas sonhos sem futuro de homens revoltados. Os sonhos podiam esvair-se, assim como a coragem deles, quando tivessem de encarar a realidade.

Os coletores de impostos nunca vinham saquear as aldeias sem o auxílio dos mercenários de Herodes. Qualquer um poderia se apresentar aos coletores de impostos com as mãos vazias, mas essa rebeldia de nada iria adiantar contra lanças e espadas. Rebelar-se seria simplesmente provocar um massacre. Ou levar para casa a própria humilhação e impotência.

As crianças da vizinhança pararam na porta da oficina e rodearam Hannah, com os olhos faiscando de excitação.

— Eles estão na casa de Houlda! – gritaram.

Lisâneas levantou-se, com os lábios tremendo.

— O que esperam encontrar na casa de Houlda? Ela não tem nada!

Todos em Nazaré sabiam o quanto Houlda e Lisâneas eram amigos. Se não fosse a tradição, que proibia um samaritano de desposar uma mulher galiléia, e até de viver sob o mesmo teto, eles teriam se tornado marido e mulher há muito tempo.

Joaquim levantou-se e, cuidadosamente, prendeu as pontas de sua túnica dentro do cinto.

— Eu vou lá – disse ele a Lisâneas. — Você fica aqui com Hannah.

Hannah e as crianças se afastaram da porta para deixá-lo passar. Mal saíra, sobressaltou-se ao ouvir a voz clara de Míriam.

— Vou com o senhor, pai.

Hannah protestou imediatamente. Aquela não era a ocasião para uma jovem garota. Joaquim ia concordar com ela, mas a expressão determinada de Míriam o dissuadiu. Sua filha não era como as outras meninas. Havia algo de muito mais forte e maduro nela. De mais corajoso e rebelde, também.

O fato é que a presença dela sempre o fazia feliz; um fato tão óbvio que Hannah vivia a zombar dele por causa disso. Seria Joaquim um desses pais dominados por suas filhas? Talvez. Se assim fosse, que mal havia nisso?

Ele sorriu para Míriam e fez um gesto para que ela caminhasse a seu lado.

A casa de Houlda era uma das primeiras após a entrada de Nazaré, para quem vem de Séforis. Quando Míriam e Joaquim chegaram, metade dos homens na aldeia estavam reunidos na porta.

Cerca de vinte mercenários, em suas túnicas de couro, estavam parados na rua um pouco adiante, guardando os cavalos e as carroças puxadas por mulas dos coletores de impostos.

Joaquim contou quatro carroças. Esses abutres do Sinédrio tinham altas pretensões, se esperavam enchê-las.

Outro grupo de mercenários, sob o comando de um oficial romano, estava alinhado em frente à casa da velha Houlda, brandindo lanças e espadas, todos com ar de indiferença.

Joaquim e Míriam não viram os coletores de impostos imediatamente. Eles estavam dentro da pequena morada.

De súbito, ouviram a voz de Houlda. Um grito rouco pairou no ar. Houve um tumulto na porta e eles saíram.

Eram três. Pareciam contrariados e traziam no olhar o tipo de expressão arrogante que o poder confere às pessoas. Suas túnicas negras varriam o chão. As mantilhas de linho que cobriam o topo de suas cabeças eram negras, também, e escondiam grande parte do rosto, sem falar de suas barbas escuras.

Joaquim apertou os maxilares até doer. A mera visão dessas pessoas o fazia ferver de ódio. De vergonha, também, e de desejo de morte. Que Deus os perdoe a todos! Eram abutres, sim, como aqueles que se alimentam dos mortos.

Adivinhando os pensamentos do pai, Míriam o pegou pelo pulso e apertou bem forte. Toda a sua ternura estava nesse gesto, mas ela compartilhava por demais dos sentimentos do pai para poder realmente acalmá-lo.

Mais uma vez, Houlda gritou. Ela implorava, levando à frente as mãos com os dedos retorcidos. Seu coque se soltara e mechas de cabelos brancos lhe caíam sobre o rosto. Ela tentava alcançar a túnica de um dos coletores de impostos, balbuciando:

— Vocês não podem fazer isso! Não podem!

O homem se desvencilhou e a empurrou para longe, fazendo uma careta de desgosto. Os outros dois vieram em seu auxílio. Eles pegaram a velha Houlda pelos ombros, sem considerar sua idade e seu estado frágil.

Nem Míriam nem Joaquim haviam descoberto por que Houlda gritara. Então, um dos coletores de impostos se afastou e eles viram, por entre as pontas de sua túnica negra, que ele carregava um castiçal contra o peito.

Era um castiçal de bronze, ainda mais velho que Houlda, decorado com flores de amendoeira. Ela o herdara de ancestrais distantes. Um castiçal Hannukah, tão antigo que, de acordo com ela, havia pertencido aos filhos de Judas Macabeu, as primeiras pessoas a acender velas para celebrar o milagre da luz eterna. Era, certamente, a única coisa de valor que ainda possuía. Todos na aldeia sabiam dos sacrifícios que Houlda tivera de fazer para continuar com ele. Mais de uma vez, ela havia preferido passar fome a vendê-lo por algumas moedas de ouro.

Quando viram o castiçal em posse do coletor de impostos, os aldeões gritaram em protesto. Nos lares da Galiléia e de Israel, não era o castiçal Hannukah tão sagrado quanto o pensamento de Jeová? Como ousavam os lacaios do Templo de Jerusalém privar uma casa de sua luz?

Aos primeiros gritos da multidão, o oficial romano deu uma ordem. Os mercenários baixaram suas lanças em fileira cerrada.

Houlda gritou novamente, mas ninguém conseguiu entender o que ela dizia. Um dos abutres virou-se e levantou o punho. Sem vacilar por um momento sequer, ele atingiu a velha senhora no rosto, lançando seu corpo frágil contra a parede da casa. Houlda bateu na parede e, como se pesasse menos que uma pluma, caiu sobre o chão poeirento.

Os gritos de fúria ficaram ainda mais altos. Os soldados deram um passo atrás, mas suas lanças e espadas ferroavam o peito dos que estavam à frente da turba.

Míriam havia soltado o braço do pai. Ela gritou o nome de Houlda. Nesse momento, a ponta de uma lança passou a menos de um dedo de distância de sua garganta. Joaquim viu o olhar exasperado do mercenário que brandia a lança.

Ele percebeu que esse homem insano estava prestes a atingir Míriam. E sabia que, mesmo havendo exortado a si mesmo a ser sábio e paciente desde a noite anterior, não podia mais agüentar a humilhação que esses porcos do Sinédrio estavam infligindo sobre a velha Houlda. Nem – que o Senhor Todo-Poderoso o perdoe – poderia aceitar que um bárbaro assalariado de Herodes matasse sua filha. A raiva levava vantagem e ele sabia que acabaria cedendo a ela, custasse o que custasse.

O mercenário levou a mão para trás para atacar. Joaquim pulou na frente dele e desviou a lança antes que ela atingisse o peito de Míriam. A parte achatada da cabeça da lança bateu no ombro de um jovem que estava ao lado dele com força suficiente para derrubá-lo. Joaquim arrancou a arma das mãos do mercenário e enterrou seu punho com força – a mesma força que usava para trabalhar com a madeira dia após dia – na garganta do homem.

Alguma coisa se quebrou no pescoço do mercenário, cortando sua respiração. Seus olhos se esbugalharam.

Joaquim o empurrou para o lado e, de esguelha, viu Míriam ajudando o jovem a se pôr de pé, rodeada por aldeões que, sem perceber que um de seus inimigos acabara de morrer, continuavam blasfemando contra os mercenários.

Ele não hesitou. Ainda com a lança nas mãos, saltou na direção dos coletores de impostos. Com os gritos dos aldeões em seus ouvidos, mirou no estômago do abutre que segurava o castiçal.

— Devolva isso! – gritou.

Estupefato, o outro homem não se moveu. Era até possível que não estivesse compreendendo o que Joaquim dizia. Recuou, branco como cera, curvado pelo medo, ainda segurando o castiçal, acotovelando-se com os outros coletores de impostos atrás dele, na intenção de fundir-se na massa negra.

A velha Houlda continuava no chão. Agora já não se movia mais. Um pouco de sangue saia de uma de suas têmporas, manchando seus cachos brancos. Acima da turba raivosa, Joaquim ouviu Míriam gritar:

— Pai, cuidado!

Os mercenários que vigiavam as carroças apressaram-se a socorrer o coletor de impostos, brandindo suas espadas. Joaquim percebeu que estava cometendo uma loucura e que seu castigo seria terrível.

Pensou em Jeová. Se Deus Todo-Poderoso fosse realmente um Deus de Justiça, como haviam lhe ensinado, então Ele o perdoaria.

E atirou a lança. Ficou surpreso ao ver como ela se fincou facilmente no ombro do coletor de impostos. O homem gritou de dor e, finalmente, largou o castiçal, que caiu no chão tilintando suavemente, como um sino.

Antes que os mercenários conseguissem se atirar sobre ele, Joaquim largou a lança, pegou o castiçal e ajoelhou-se ao lado de Houlda. Ficou aliviado ao perceber que ela somente desmaiara. Deslizou o braço sob os ombros dela, colocou o castiçal sobre seu estômago e fechou seus dedos deformados sobre ele.

Só então se deu conta do silêncio.

Os gritos e brados haviam cessado. O único som era o gemido de dor do coletor de impostos ferido.

Joaquim olhou para cima. Uma dúzia de lanças, e outras tantas espadas, estavam apontadas para ele. A indiferença no semblante dos mercenários dera lugar à arrogância e ao ódio.

Na rua, dez passos adiante, o povo de Nazaré, incluindo Míriam, não conseguia se mover, contido pelas lanças dos mercenários.

O silêncio atordoante durou mais um minuto ou dois, e então começou o alvoroço.

Joaquim foi rendido, jogado ao chão e espancado. Míriam e os aldeões tentaram chegar até ele, mas os mercenários os empurraram, perfurando braços, pernas e ombros dos mais ousados, até que o oficial em comando lhes deu voz de retirada.

Alguns mercenários levaram o coletor de impostos ferido para seu cavalo. Tiras de couro foram amarradas aos pulsos e tornozelos de Joaquim, e ele foi jogado, sem misericórdia, dentro de uma das carroças, que já faziam a volta para deixar a aldeia. O corpo do soldado que ele matara foi depositado ao seu lado. Em meio a muita gritaria e estalar de chicotes, as carroças apressaram-se na estrada.

Os cavalos e soldados desapareceram na escuridão da floresta, e o silêncio caiu sobre Nazaré.

Míriam tremia. O pensamento de seu pai amarrado e à mercê dos soldados do Templo dava um nó em sua garganta. Apesar de estar rodeada pela aldeia inteira, foi tomada por um sentimento de medo infinito. Ela pensava no que diria à sua mãe.

— Eu devia ter ido com ele – disse Lisâneas, balançando-se no banquinho. — Em vez disso, fiquei aqui, na oficina, como uma galinha amedrontada. Não deveria ter sido Joaquim a defender Houlda. Deveria ter sido eu.

Os vizinhos, que enchiam a sala, ouviam em silêncio os lamentos de Lisâneas. Já haviam dito a ele mais de uma vez que não era sua culpa e que não havia nada que pudesse ter feito. Mas Lisâneas não conseguia tirar essa idéia da cabeça. Como Míriam, não conseguia suportar o pensamento de que Joaquim não estava com ele agora, nem estaria com ele esta noite, nem amanhã.

Quanto a Hannah, deixou-se ficar sentada, tensa, em silêncio, a enrolar nervosamente as pontas da túnica.

Míriam, com os olhos secos e o coração explodindo no peito, olhava-a de lado. A tristeza muda e solitária da mãe a intimidava. Não ousava fazer-lhe um gesto de carinho. As vizinhas também não foram capazes de consolar Hannah. A esposa de Joaquim não era uma mulher de quem se podia aproximar facilmente.

Não havia sentido em clamar por vingança agora. Tudo o que podiam fazer era acalentar a dor e meditar sobre sua própria impotência.

Fechando os olhos, Míriam reviveu a dramática cena. Ela viu o corpo de seu pai sendo espancado, amarrado e jogado feito um saco dentro da carroça. Perguntava a si mesma: "O que acontecerá agora? O que farão com ele?" Lisâneas não era, de modo algum, responsável pelo que acontecera. Era ela quem Joaquim havia defendido. Foi por causa dela que seu pai agora se encontrava nas mãos cruéis dos coletores de impostos do Templo.

— Nunca mais o veremos. É como se ele tivesse morrido.

Ecoando no silêncio, a voz clara de Hannah tomou-os de sobressalto. Ninguém contestou. Tinham todos o mesmo pensamento.

Joaquim havia matado um soldado e ferido um coletor de impostos. Eles sabiam qual seria seu castigo. A única razão pela qual os mercenários não o haviam matado ou crucificado de imediato era porque tinham pressa em atender o abutre do Sinédrio.

Eles fariam de Joaquim um exemplo, o que significava uma coisa: crucificação. Era uma decisão previamente tomada. Ele seria pendurado na cruz até que a fome, a sede, o frio ou o sol o matassem. A agonia de sua morte poderia durar vários dias.

Mordendo os lábios para segurar as lágrimas, Míriam disse, em voz monocórdia:

— Pelo menos, deveríamos descobrir para onde eles o levarão.

— Séforis – disse um vizinho. — Certamente, a Séforis.

— Não – alguém replicou. — Eles não prendem mais ninguém em Séforis. Têm muito medo dos homens de Barrabás. Tentaram caçá-los durante o inverno todo, mas não conseguiram. Dizem que Barrabás já saqueou as carroças dos coletores de impostos duas vezes. Não, eles levarão Joaquim para Tariquéia. Ninguém jamais escapou de lá.

— Também podem levá-lo para Jerusalém – disse um terceiro homem. — Crucificá-lo em frente ao Templo para demonstrar mais uma vez aos judeus como nós, galileus, somos bárbaros!

— A melhor maneira de descobrir é segui-los – disse Lisâneas, levantando de seu banquinho. — Eu irei.

Ouviram-se objeções. Lisâneas estava muito velho e cansado para correr atrás de mercenários! Ele insistiu, assegurando-lhes de que nunca suspeitariam de um velho, e que ele ainda era ágil o suficiente para voltar rapidamente a Nazaré.

— E depois? – perguntou Hannah, com a voz reprimida.

— Quando descobrirem onde meu marido está, o que vocês vão fazer? Vão olhar para ele na cruz? Eu, com certeza, não irei. Por que deveria eu ir ver Joaquim ser devorado pelos pássaros quando ele deveria estar aqui, cuidando de nós?

Algumas vozes se levantaram em protesto, mas caíram no desânimo, pois ninguém sabia mais qual a melhor coisa a fazer.

— Se eu não for, alguém terá de ir – Lisâneas murmurou.

— Temos de descobrir para onde eles vão levá-lo.

Após alguma discussão, dois jovens pastores foram escolhidos. Partiram imediatamente, evitando a estrada de Séforis e cortando caminho através da floresta.

O novo dia não trouxe consolo algum. Pelo contrário, dividiu Nazaré tal qual um vaso quebrado.

O dia todo, a sinagoga ficou repleta de homens e mulheres, rezando sem parar, conversando e ouvindo as exortações do rabino.

Deus havia decidido o destino de Joaquim, ele assegurava. Era errado matar um homem, mesmo que esse homem fosse um dos mercenários de Herodes. Tínhamos de aceitar nosso caminho, pois somente o Senhor sabia e poderia nos conduzir até a vinda do Messias.

Eles não deveriam ser indulgentes com Joaquim. Além de colocar sua própria vida em risco, suas ações haviam condenado toda a aldeia perante os olhos dos romanos e do Sinédrio. Muitos haveriam de exigir sua punição. E o único pensamento dos mercenários de Herodes, pagãos que não temem nem a Deus nem ao homem, seria a vingança.

Dias negros estavam por vir, preveniu-lhes o rabino. O caminho mais sábio era aceitar a punição de Joaquim e rezar muito para que o Senhor o perdoasse.

As palavras do rabino só fizeram aumentar a confusão dos aldeões. Alguns acharam muito sentido nelas. Outros lembraram que, no dia anterior à vinda dos coletores de impostos, eles estavam preparando uma rebelião. Joaquim havia simplesmente levado essa decisão a sério. Agora, não sabiam mais se deviam seguir seu exemplo e partir para a ação. A maior parte deles estava desorientada pelo que ouvira na sinagoga. Como distinguir o bem do mal?

Lisâneas perdeu a paciência e declarou, em alto e bom som, que, em momentos como esse, ele ficava feliz de ser um samaritano e não um galileu.

— Vocês se consideram tipos superiores – gritou ele para os que apoiavam o rabino. — Não conseguem nem compartilhar os sentimentos de um homem que defendeu uma velha senhora dos coletores de impostos!

Agora nada mais o impediria de ir morar com a velha Houlda, que estava confinada à cama com dores nos quadris.

Míriam ficou quieta. Ela tinha de admitir que havia muito de verdade no que o rabino dissera. Mas não podia aceitar as palavras dele. Elas não somente justificavam qualquer castigo que os mercenários dariam a seu pai, mas também indicavam que o Todo-Poderoso não demonstrava mais justiça para com os justos. Seria possível?

Os pastores retornaram antes do pôr-do-sol, esbaforidos. A coluna só parara em Séforis o suficiente para cuidar do ferimento do coletor de impostos.

— Vocês viram meu pai? – perguntou Míriam.

— Não conseguimos. Tivemos de manter distância. Esses mercenários são malvados. Mas temos certeza de que ele permaneceu na carroça. O sol estava causticante, e ele deve ter sentido muita sede. O povo de Séforis tampouco conseguiu chegar perto dele. Não houve como lhe passar uma cuia de água.

Hannah gemeu e murmurou o nome de Joaquim diversas vezes. Os outros inclinaram a cabeça.

— Depois disso, eles colocaram o coletor de impostos em outra carroça e deixaram a cidade, na direção de Caná.

— Estão indo para Tariquéia! – exclamou um dos vizinhos. — Se estivessem rumando a Jerusalém, pegariam a estrada de Tabor.

Todos sabiam disso.

Um silêncio sepulcral pairou no ar.

Todos lembraram as palavras de Hannah. De que adiantaria a eles saber que Joaquim estava sendo levado para Tariquéia?

— Pelo menos – suspirou uma vizinha, em resposta à ansiedade geral – isso quer dizer que não vão crucificá-lo imediatamente.

— Amanhã ou depois de amanhã, que diferença faz? – murmurou Lisâneas. — Joaquim sofrerá por mais tempo, só isso.

Todos podiam imaginar a fortaleza. Um monstro de pedra que datava do abençoado tempo de Davi, que Herodes havia ampliado e fortalecido, aparentemente para defender o povo de Israel contra os nabateus, seus inimigos do deserto do leste.

Na verdade, seu real propósito já havia algum tempo era servir como prisão para centenas de inocentes, fossem ricos ou pobres, cultos ou analfabetos. Qualquer um que desagradasse o rei. Um boato, um mexerico malevolente, uma vingança pessoal: qualquer coisa poderia fazer um homem ser jogado lá. A maioria deles nunca mais saía, ou terminava seus dias na floresta de cruzes circundante.

Uma visita a Tariquéia era uma experiência soturna, apesar da grande beleza das margens do lago de Genesaré. Ninguém podia deixar de ver o campo da crucificação. Uns diziam que, de noite, gemidos ecoavam pelas águas como lamentos vindos das profundezas do inferno. Isso era o bastante para deixar qualquer um de cabelos em pé. Nem os pescadores ousavam chegar perto, mesmo sendo as águas mais próximas à fortaleza as mais abundantes de peixes.

Todos estavam mudos de terror, mas Míriam disse em voz clara e segura:

— Eu irei a Tariquéia. Não deixarei meu pai apodrecer naquela fortaleza.

Todos olharam para ela. O silêncio profundo que reinava havia pouco deu lugar a uma cacofonia de protestos.

Míriam estava delirando. Ela não devia se deixar levar pela dor. Como poderia tirar o pai da fortaleza de Tariquéia? Esquecera que era somente uma menina? Mal tinha completado quinze anos, tão jovem que ainda nem estava prometida. É certo que parecia mais velha e seu pai tinha o feliz hábito de considerá-la uma mulher de razão e sabedoria, mas era somente uma menina, não uma milagreira.

— Não planejo ir a Tariquéia sozinha – disse ela, quando todos se acalmaram. — Vou pedir ajuda a Barrabás.

— Barrabás, o ladrão?

Novamente, um coro de protestos.

Dessa vez, Halva, a jovem esposa de Yossef, um carpinteiro amigo de Joaquim, olhou para Míriam e gritou a plenos pulmões:

— Em Séforis, dizem que ele não rouba para si próprio, mas para dar aos necessitados. Dizem que ele faz mais bem do que mal, e que as pessoas de quem rouba fizeram por merecer.

Dois homens a interromperam. Como ela podia dizer tais coisas? Um ladrão era sempre um ladrão.

— Na verdade, foram esses ladrões malvados que atraíram os mercenários de Herodes para nossa aldeia como moscas para uma ferida!

Míriam deu de ombros.

— Do mesmo modo, irão dizer que os mercenários atacarão Nazaré por vingança pelos atos de meu pai! – disse ela, de modo áspero. — O que importa é que, por mais que persigam Barrabás, nunca conseguem prendê-lo. Se alguém pode salvar meu pai, esse alguém é ele.

Lisâneas balançou a cabeça.

— Por que ele faria tal coisa? Não temos ouro para dar a ele!

— Fará isso porque me deve um favor.

Todos arregalaram os olhos.

— Ele deve a vida a meu pai e a mim. Ele me ouvirá, tenho certeza.

A discussão continuou até tarde da noite.

Hannah, num lamento, disse não querer que a filha partisse. Míriam planejava deixá-la completamente sozinha, privando-a da filha depois do que ocorrera com o marido? Pois, assim como Joaquim poderia já ser dado como morto, Míriam seria capturada por ladrões ou pelos mercenários. Seria violentada e assassinada. Esse era o destino que a aguardava.

O rabino apoiou Hannah. Míriam falava com a insensatez da juventude e esquecia ainda que era mulher. Era inconcebível que uma jovem quisesse se jogar na boca de uma besta selvagem, um rebelde, um ladrão feito Barrabás. Com qual propósito? Para ver-se morta na primeira oportunidade? Para alimentar o ressentimento dos romanos e dos mercenários do rei que, certamente, voltar-se-ia contra todos?

Eles haviam se intoxicado por seus próprios medos imaginários, chafurdavam em sua própria impotência. Embora soubesse que gostavam dela e lhe desejavam o melhor, Míriam começava a se sentir enojada.

Saiu furtivamente, indo para o terraço. Sentindo-se combalida por toda a tristeza daquele dia, deitou sobre os troncos que disfarçavam o esconderijo que seu pai lhe construíra quando ela era somente uma menininha. Hoje o abrigo lhe era inútil. Fechou os olhos e deixou que as lágrimas brotassem sob suas pálpebras.

Era melhor que chorasse agora, pois em breve, sem ninguém perceber, faria o que havia afirmado. Deixaria Nazaré e salvaria seu pai. Não haveria tempo para chorar então.

Na escuridão, lembrou-se do rosto de Joaquim. Gentil, amável – e assustador, também, como ele se mostrara ao atacar o mercenário.

Era o mais tolerante dos homens, sempre procurado para apaziguar querelas entre vizinhos, mas que tinha tido a coragem de fazer o que fez. Ele se sacrificara por ela, por Houlda e por todos eles, os moradores de Nazaré. Agora, Míriam deveria ter a mesma coragem. Por que esperar pela alvorada se o dia por vir não a tinha visto lutar contra as coisas que a humilham e destroem?

Abriu os olhos novamente e se forçou a olhar para as estrelas, tentando sentir a presença do Todo-Poderoso. Ah! Se pudesse Lhe perguntar se Ele queria ou não a vida de seu pai!

Sentiu algo roçar levemente seu braço e sobressaltou-se.

— Sou eu – sussurrou Halva. — Imaginei que estivesse aqui. – Ela pegou a mão de Míriam, apertou-a e beijou-lhe as pontas dos dedos. — Eles têm medo e estão tristes, por isso não conseguem parar de falar – disse ela, apontando para baixo, onde ainda conversavam ruidosamente.

Míriam não respondeu nada.

— Você vai partir antes do amanhecer, não é? – Halva continuou.

— Sim, eu devo.

— Você está certa. Se quiser, posso pegar nossa mula e acompanhá-la um pedaço do caminho.

— O que dirá Yossef?

— Eu já conversei com ele. Não fosse pelas crianças, ele mesmo a acompanharia.

Não era necessário dizer mais nada. Míriam sabia que Yossef amava Joaquim como um filho ama seu pai. Ele lhe devia tudo o que sabia sobre o ofício da carpintaria. Joaquim havia até lhe dado sua casa, a duas léguas de Nazaré, a casa onde havia nascido.

Halva riu de modo terno.

— Só que Yossef é o último homem que eu poderia imaginar lutando com mercenários! É tão tímido, não ousa nem dizer o que pensa.

Ela trouxe Míriam para perto de si e acompanhou-a até as escadas.

— Vou à frente para que ninguém a veja sair. Iremos para minha casa. Dar-lhe-ei um manto para que sua mãe não a reconheça. E você poderá descansar por algumas horas antes de partirmos.

Capítulo 2

Quando deixaram a floresta, o sol já despontava por detrás das montanhas. A distância, lá embaixo, aconchegados no vale ao pé do caminho que seguiam, entre pomares floridos e campos de linhaça, podiam ver os telhados de Séforis. Halva parou a carroça.

— Vou deixá-la aqui. Não posso voltar muito tarde para Nazaré. – Ela abraçou e beijou Míriam. — Tenha cuidado com esse tal de Barrabás! Ele não deixa de ser um pouco bandido...

— Se eu conseguir encontrá-lo – Míriam suspirou.

— Você irá encontrá-lo, tenho certeza. Assim como tenho certeza de que você salvará seu pai da cruz. – Halva a beijou mais uma vez, agora não um beijo corriqueiro, mas um beijo suave, solene. — Sinto isso em meu coração, Míriam. Basta olhar para você. Você vai salvar Joaquim, acredite. Minha intuição nunca falhou!

Durante a caminhada, tinham pensado qual seria a melhor maneira de encontrar Barrabás. Míriam não tentara esconder de Halva o fato de estar preocupada. Ela simplesmente não tinha idéia de onde ele se escondia. Havia proclamado, confiante, ao povo de Nazaré, que ele lhe daria ouvidos. E isso era bem provável. Mas, antes de tudo, era preciso encontrá-lo.

— Se nem os romanos nem os mercenários de Herodes conseguem achá-lo, como eu conseguirei?

Halva, sempre prática e confiante, tentava afastar a ansiedade de Míriam.

— É por isso que você o encontrará: porque não é romana nem mercenária. Sabe como são as coisas. Deve haver pessoas em Séforis que sabem onde Barrabás se esconde. Ele tem seus seguidores, pessoas agradecidas. Estes lhe dirão.

— Se eu fizer muitas perguntas, levantarei suspeitas. Bastará caminhar pelas ruas de Séforis e o povo já começará a perguntar de onde eu sou e para onde vou.

— As pessoas de lá podem ser curiosas, como de fato são, mas quem correria até os mercenários de Herodes para delatá-la? Você dirá que está visitando sua tia. Diga que está lá para ajudar sua tia Judite, que está grávida. Não é grande mentira. Por sinal, é quase verdade, pois ela teve mesmo um bebê no outono passado. E, quando você vir alguém que pareça ser a pessoa certa, diga a verdade. Alguém deve ter a resposta.

— E como reconhecer "a pessoa certa"?

— Pode excluir os ricos – Halva respondeu com tom malicioso – e os artesãos, que são sérios demais! Você tem de confiar que é perfeitamente capaz de distinguir uma pessoa ardilosa de um homem honesto e uma megera perversa de uma boa mãe.

Halva talvez tivesse razão. Quando ela falava, tudo parecia simples, óbvio. Mas, agora que se aproximava dos portões da cidade, Míriam duvidada mais do que nunca de que poderia atrair Barrabás para fora de seu esconderijo e pedir sua ajuda.

Mas o tempo era exíguo. Em dois ou três dias, no máximo quatro, seria tarde demais. Seu pai morreria na cruz, queimado pelo sol, devorado pelos corvos, sob o escárnio dos mercenários.

Na primeira luz da manhã, Séforis acordava. As lojas abriam, as tapeçarias nas portas das casas eram afastadas. Mulheres saudavam umas às outras com gritos estridentes, indagando como tinham passado a noite. Grupos de crianças dirigiam-se aos poços para recolher água, fazendo algazarra. Homens com o rosto ainda amarrotado de sono partiam para o campo, levando à frente seus burros e mulas.

Como Míriam havia previsto, as pessoas lançavam-lhe olhares curiosos: quem seria esta estranha que chegava tão cedo à cidade? Talvez, imaginavam, pelo modo vagaroso e prudente como anda, perdeu-se e tem vergonha de perguntar para onde deve ir. Entretanto, ela não despertou tanta curiosidade quanto temia. As pessoas a mediam, notavam que seu manto era de boa qualidade e seguiam seu caminho.

Após percorrer diversas ruas, lembrou-se do conselho de Halva e começou a andar com o passo mais firme. Virava à esquerda aqui, à direita ali, como se conhecesse a cidade e soubesse exatamente aonde ia. Procurava um rosto que inspirasse confiança.

Dessa maneira, andou de bairro em bairro, passando por fedorentos peleteiros e por barracas de tecelões que penduravam suas cortinas e tapeçarias em longos mastros, enfeitando a rua com uma miríade de cores deslumbrantes. Em seguida, passou pelo bairro dos fabricantes de cestos, dos tecelões de tendas, dos cambistas...

Em cada rosto que passava, ela procurava o sinal que lhe daria coragem de pronunciar o nome de Barrabás. Mas, todas as vezes, encontrava uma razão para baixar os olhos e não persistir. Além de tudo, não ousava encará-los por medo de a julgarem imprudente, e ninguém parecia poder ter alguma idéia do paradeiro de um bandido procurado pelos romanos e os mercenários do rei.

Nada restava a fazer senão confiar em Deus. Ela entrava e saía de becos cada vez mais barulhentos e movimentados.

Ao desviar de um grupo de homens que acabava de deixar uma pequena sinagoga localizada entre duas grandes figueiras, Míriam se aventurou a adentrar uma viela tão estreita que só permitia duas pessoas passarem ao mesmo tempo. Abaixo do nível da calçada, o cubículo de um sapateiro escancarava-se, como uma boca aberta. Ela se sobressaltou quando um aprendiz, de súbito, agitou duas cordas em sua direção. O riso dele a perseguiu quase até ela chegar ao final da viela, que se estreitava ainda mais, como se estivesse prestes a envolvê-la.

A viela terminava num terreno abandonado cheio de lixo e coberto por mato. Algumas poças de água suja aqui e ali. Galinhas e perus quase não saíam do caminho quando ela andava. As paredes dos casebres que circundavam a área não eram caiadas havia muito tempo. A maioria das janelas não tinha persiana. Um burro com o pêlo imundo amarrado ao tronco de uma árvore morta virou a cabeça em sua direção e zurrou. O som ecoou, nervoso como uma trombeta a dar um alerta.

Míriam olhou para trás. Por um momento, pensou em voltar à viela, mas não queria aturar mais uma vez os motejos do aprendiz. Do outro lado do terreno baldio, conseguia ver duas ruas que talvez a levassem de volta ao centro da cidade. Dirigiu-se para lá, olhando para o chão a fim de evitar as poças e o lixo. Não percebeu que eles se aproximavam. Somente o repentino cacarejo nervoso das galinhas a fez levantar a cabeça.

Eles pareciam ter emergido do chão lamacento. Uma dúzia de garotos cabeludos, maltrapilhos, com narizes ranhosos e olhos matreiros. O mais velho não devia ter mais de onze ou doze anos. Estavam todos descalços, e suas faces encovadas, já tão pretas de sujeira quanto suas mãos. Estavam tão malnutridos que, mesmo sendo apenas crianças, já lhes faltavam dentes. Eram os *am-ha-aretz*. Esse era o nome desdenhoso que os judeus haviam dado a eles. Significava idiotas, caipiras, labregos, os desgraçados da terra. Filhos de escravos, tampouco seriam nada mais que escravos no grande reino de Israel. *Am-ha-aretz*: os mais pobres entre os pobres.

Míriam ficou paralisada de medo; seu rosto queimava, seu coração parecia sair do peito, sua cabeça cheia de histórias horrorosas que ouvira sobre esses meninos. De como atacavam pessoas como um bando de animais selvagens. De como eles arrancavam suas roupas e as violentavam. E, até, diziam com certa exacerbação e medo, de como eles as devoravam.

Este era o lugar perfeito, ela tinha de concordar, para que cometessem tais horrores sem medo de serem incomodados.

Eles também diminuíram o passo. Seus rostos demonstravam cautela, mas também prazer por sentir o medo dela.

Tendo rapidamente avaliado que ela não apresentava risco, saltaram em sua direção. Como cães ardilosos, cercaram-na, dando pulinhos, dizendo troças, com as bocas abertas para mostrar seus pequenos e famintos dentes, cutucando uns aos outros com os cotovelos e apontando os dedos nojentos para seu lindo manto.

Míriam envergonhou-se de seu próprio medo, seu coração batia descontroladamente, suas mãos suavam. Lembrou-se do que seu pai afirmara certa vez: "Nada do que dizem sobre os *am-ha-aretz* é verdade. Fazem pouco deles porque são os mais pobres entre os pobres. É esse o seu único defeito e sua única perversão." Ela se esforçou para sorrir-lhes.

Os garotos retribuíram com as piores caretas, agitando as mãos imundas e fazendo gestos obscenos.

Quem sabe seu pai tivesse razão. Mas Joaquim era um homem bom, que sempre via o bem em todos. E, naturalmente, ele nunca estivera na situação em que ela se encontrava agora: uma jovem rodeada por um bando de demônios.

Míriam não podia simplesmente ficar parada sem fazer nada. Talvez conseguisse alcançar a rua mais próxima, onde certamente haveria casas.

Deu alguns passos na direção do burro, que os olhava, meneando as enormes orelhas. Os meninos a seguiram, aumentando seus gritos horríveis e pulos ameaçadores.

O burro zurrou, irritado, e mostrou os dentes amarelados. Os meninos não se intimidaram. Eles imediatamente bateram nas costas dele e imitaram seus zurros. De repente, todos de uma só vez cercaram Míriam, rindo de suas próprias cabriolas como crianças que eram, forçando-a a parar novamente. As risadas deles finalmente dissiparam seu medo. Sim, eram apenas crianças, divertindo-se da maneira como podiam: com um burro assustado e uma menina idiota e assustada!

As palavras de Halva passaram por sua cabeça: "Encontrar alguém que pareça ser a pessoa certa". Bem, aqui estavam elas, as pessoas que pareciam ser as certas. O Senhor estava lhe dando a oportunidade pela qual ela ansiava, e, se Barrabás era o que dizem, bem, ela havia encontrado os mensageiros de que precisava.

Ela se virou de repente, e as crianças deram um pulo para trás, como uma matilha de cães que temem apanhar.

— Não lhes farei mal! – gritou Míriam. — Preciso da ajuda de vocês!

Dez pares de olhos a encararam, desconfiados. Ela procurava um rosto que parecesse mais razoável que os outros. Mas todos pareciam iguais: sujos e desconfiados.

— Procuro por um homem chamado Barrabás – disse. — Aquele que os mercenários de Herodes chamam de bandido.

Foi como se os tivesse ameaçado com um ferro em brasa. Começaram a correr de um lado para outro, em murmúrios inaudíveis, franzindo as sobrancelhas. Alguns cerraram os punhos e fizeram poses cômicas, como pequenos homens.

— Sou amiga dele – prosseguiu Míriam. — Preciso dele. Somente ele pode me ajudar. Vim de Nazaré e não sei onde ele se esconde. Estou certa de que podem me levar até ele.

Dessa vez, a curiosidade deles foi aguçada e todos silenciaram. Míriam não estava errada. Esses meninos sabiam onde encontrar Barrabás.

— Vocês podem, eu sei que podem. É importante. Muito importante.

A curiosidade deu lugar ao constrangimento. A desconfiança retornou. Um deles disse com voz grave:

— Nem sabemos quem é esse Barrabás!
— Vocês precisam dizer a ele que Míriam de Nazaré está aqui, em Séforis – insistiu ela, como se não tivesse ouvido o que o garoto dissera. — Os soldados do Sinédrio prenderam meu pai na fortaleza de Tariquéia.
Estas últimas palavras quebraram a resistência deles. Um dos meninos, que não parecia o mais forte nem o mais violento do grupo, aproximou-se dela. Seu rosto sujo parecia prematuramente velho em relação ao seu corpo franzino.
— Se fizermos isso, o que nos dará? – perguntou ele.
Míriam revirou o forro de couro de seu manto e tirou algumas moedas de bronze: um quarto de talento, o preço de uma manhã de labuta nos campos.
— Isto é tudo o que tenho.
Os olhos das crianças brilharam. Seu líder, entretanto, fingiu não ter se animado e fez um ar desdenhoso que foi surpreendentemente convincente.
— É o mesmo que nada. E você está pedindo muito. Dizem que Barrabás é um homem muito mau. Ele pode nos matar se não gostar de que o procuremos.
Míriam balançou a cabeça.
— Não. Eu o conheço bem. Ele não é um homem mau e não é perigoso para as pessoas de que gosta. Nada mais tenho comigo, mas, se me levarem até Barrabás, ele os recompensará.
— Por quê?
— Eu já disse: ele é meu amigo. Ficará feliz em me ver.
O garoto deu um sorriso dissimulado. Seus companheiros o rodearam. Míriam estendeu a mão, oferecendo as moedas.
— Peguem.
Enquanto seus camaradas assistiam a tudo vigilantemente, o menino tomou as moedas, com dedos tão leves quanto as patinhas de um rato.
— Não saia daqui – ele ordenou a Míriam, com o punho

fechado sobre o próprio peito. — Verei se posso levá-la. Mas, até voltarmos, não saia daqui, ou será melhor que se cuide. Míriam inclinou a cabeça, concordando.

— Não deixem de dizer meu nome a Barrabás: Míriam de Nazaré! E contem a ele que meu pai morrerá na fortaleza de Tariquéia.

Sem dizer uma palavra, o garoto deu-lhe as costas e partiu com seu bando. Antes de deixar o terreno, alguns dos meninos enxotaram as galinhas e perus, que fugiram, assustados. Em seguida, todos os meninos desapareceram tão subitamente quanto tinham aparecido.

Ela não teve de esperar muito.

De vez em quando, pessoas saíam do beco. Nenhuma delas parecia muito mais próspera do que os meninos. Por um momento, seus rostos fatigados se animavam com uma centelha de curiosidade e então olhavam para ela antes de seguir adiante, indiferentes.

As galinhas voltaram a ciscar o solo em volta do burro, que havia perdido todo o interesse por Míriam. O sol subia no céu pontilhado por pequenas nuvens, esquentando o chão coberto de lixo. O cheiro ficava cada vez mais nauseabundo.

Tentando ignorar o cheiro, Míriam se forçou a ser paciente. Ela queria acreditar que os meninos não a tinham enganado e que realmente sabiam onde Barrabás se encontrava. Não poderia ficar lá por muito mais tempo: era muito claro que não pertencia àquele lugar e sua presença começava a causar suspeitas.

De repente, sem avisar, eles voltaram. Dessa vez não corriam, mas andavam em sua direção a passos medidos. Quando a alcançaram, o líder disse, em voz baixa:

— Siga-nos. Ele quer vê-la.
Sua voz estava tão grave quanto antes. Míriam pensou que devia ser sempre assim. Mas notou uma mudança em seus companheiros.

Antes de deixarem o terreno baldio, o menino disse:
— Às vezes tentam nos seguir. Não os vemos, mas posso senti-los. Então, se eu disser "Saia daqui", é isso o que deve fazer. Não discuta; nos encontramos depois.

Míriam concordou. Eles adentraram um beco lamacento flanqueado por muros sem nenhuma abertura. Os meninos avançavam em silêncio, embora não demonstrassem nenhum medo.

— Qual é o seu nome? – perguntou ela ao líder. Ele não respondeu.

Os outros olharam para Míriam com o que lhe pareceu um toque de escárnio, e um deles bateu no peito com orgulho e disse:

— Meu nome é Davi. Como o rei que amava aquela mulher muito linda...

Ele gaguejou ao dizer o nome, que não conseguia lembrar. Os outros sussurraram alguns nomes, mas tampouco conseguiam se lembrar de Betsabá.

Míriam sorria ao ouvi-los, mas não tirava os olhos de seu guia.

Quando os outros silenciaram, ele deu de ombros, indiferente, e murmurou:

— Obadias.

— Ah! – disse Míriam, surpresa. — É um nome muito bonito. Não é muito comum. Sabe de onde vem?

O menino olhou para ela, e seus olhos negros brilharam em meio ao rosto estranho, cheios de inteligência e astúcia.

— Um profeta. Ele era como eu, também não gostava dos romanos.

— Era baixinho também, como você – disse imediatamente o que se chamava Davi. — E preguiçoso. Os estudiosos dizem

que escreveu a parte mais curta de todo o Livro Sagrado!
Os outros meninos riram à socapa. Obadias lançou-lhes um olhar sisudo, e silenciaram.

Quantas vezes eles já haviam discutido por causa desse nome? Míriam ficou imaginando. E quantas vezes Obadias teve de subjugá-los com socos e pontapés para impor sua vontade?

— Você sabe um bocado – disse ela a Davi. — E está certo. O Livro contém cerca de vinte versos de Obadias. Mas são versos lindos. Lembro-me de um que é assim: *Porquanto o dia do Senhor está perto, sobre todas as nações; como tu fizeste, assim se fará contigo; a tua maldade cairá sobre a tua cabeça. Porque, como vós bebestes no monte da minha santidade, assim beberão de contínuo todas as nações; beberão, e engolirão, e serão como se nunca tivessem sido.*

Ela não mencionou que Obadias enfrentou os persas muito antes de os romanos tornarem-se um flagelo. Mas estava certa de que o profeta Obadias havia sido idêntico ao seu jovem guia: rebelde, astuto e corajoso.

Os meninos haviam diminuído o ritmo e olhavam para ela, extasiados.

— Você sabe tudo o que os profetas disseram de cor? – Obadias perguntou. — Você leu no Livro?

Míriam não conseguiu conter o riso.

— Não! Eu sou como vocês. Não sei ler. Mas meu pai leu o Livro no Templo e sempre me conta as histórias que estão nele.

Os rostos sujos se iluminaram de admiração e ficaram quase bonitos. Que maravilha deve ser ter um pai que conta à filha histórias do Livro Sagrado! Para eles era até difícil imaginar. Agora estavam loucos para fazer mais perguntas.

Míriam protestou e ficou séria.

— Não vamos perder tempo tagarelando. A cada hora que passa, os mercenários de Herodes estão fazendo meu pai sofrer. Depois, prometo que conto mais.

— E seu pai também – Obadias retrucou, confiante. — Quando Barrabás o tiver libertado, ele terá de nos contar também.

Virando à esquerda e indo num ziguezague que não parecia levar muito longe, eles deram com uma rua mais larga. As casas eram menos deterioradas e tinham até jardins. As mulheres que trabalhavam nos jardins olhavam, intrigadas, o grupo que passava. Reconhecendo os meninos, voltavam imediatamente ao trabalho.

Obadias virou à direita e adentrou uma viela cercada por grossos muros de tijolos nus: um antigo edifício romano. Aqui e ali, pés de romã e tamargueiras haviam brotado por entre as fendas, e tanto as alargavam quanto as escondiam. Algumas dessas árvores eram tão altas que se elevavam acima dos muros.

Míriam percebeu que alguns dos meninos haviam parado lá atrás, na entrada da viela. A um sinal de Obadias, eles continuaram.

— Eles ficarão aqui fora, vigiando – sussurrou o menino.

Ele a empurrou, sem cerimônia, na direção de uma tamargueira. Os muitos ramos eram flexíveis o bastante para serem afastados com as mãos, abrindo passagem.

— Depressa – Obadias murmurou.

O manto de Míriam a atrapalhava e ela o soltou, desajeitada. Obadias o segurou, empurrando-a para frente.

Do outro lado da árvore, para sua surpresa, encontrou um campo de favas salpicado por algumas amendoeiras mirradas. Obadias pulou por sobre uma fenda no chão, seguido por dois de seus companheiros.

— Corram! – ordenou ele, jogando o manto nas mãos dela.

Eles correram ao longo do campo de favas até chegar a uma torre em ruínas. Seguindo à frente dela, Obadias subiu uma escadaria coberta de tijolos quebrados. Entraram numa sala quadrada. Grande parte de uma das paredes havia desmoronado. Através dessa brecha, Míriam podia ver os fundos de outra construção, também romana, e muito velha. Parte de seu telhado de ardósia havia desabado.

Obadias apontou para uma trêmula ponte de madeira que ligava a parede desmoronada à clarabóia da construção romana.

— Temos de atravessar. Não há perigo, a ponte é forte. E há uma escada do outro lado.

Prendendo a respiração, Míriam arriscou-se a cruzar a ponte. Ela podia ser forte, mas balançava terrivelmente. Atravessou a clarabóia, desceu calmamente as escadas que davam num chão de madeira e colocou-se de pé. A sala em que se encontrava parecia um pequeno celeiro. Cestas velhas usadas para carregar jarros amontoadas num canto, já carcomidas pela umidade e por insetos. O chão estava coberto de palha trançada, quebrada, se desmanchando, que fazia barulho sob seus pés. Ela avistou um alçapão com a aba abaixada no momento em que Obadias descia da clarabóia atrás dela.

— Vamos, desça – ele a apressou.

A sala lá embaixo estava às escuras, exceto pela luz que atravessava uma porta estreita. Mas havia luz suficiente para que ela visse que o chão de laje estava muito abaixo dela. Pelo menos quatro ou cinco vezes a altura de Míriam.

Com as pontas dos dedos, a garota procurou às apalpadelas os degraus da escada de mão. Obadias, com um sorriso zombeteiro nos lábios, inclinou-se na direção dela e, educadamente, segurou seu pulso.

— Não é tão alto – disse ele, divertindo-se. — Às vezes eu nem uso a escada. Simplesmente pulo.

Míriam podia sentir os degraus bamboleando sob seu peso. Calada, apertando os dentes, ela desceu. Antes que tocasse o chão, mãos poderosas apertaram sua cintura. Ela deixou escapar um grito ao ser levantada e depositada no chão.

— Eu tinha certeza de que nos encontraríamos novamente – afirmou Barrabás, com alegria na voz.

A luz vinha por trás dele, tão fraca que ela mal podia distinguir seu rosto.
Atrás de Míriam, Obadias escorregava escada abaixo, leve como uma pluma. Barrabás passou a mão na cabeça do menino, num gesto carinhoso.
— Vejo que está mais corajosa do que nunca – disse a Míriam.
— Não teve medo de confiar sua vida nas mãos desses diabinhos. Pouca gente em Séforis ousaria fazer isso.
Obadias estava radiante de orgulho.
— Fiz o que você pediu, Barrabás. E ela obedeceu.
— Isso é bom. Agora vá comer.
— Não posso. Os outros estão esperando por mim do lado de lá.
Barrabás deu-lhe um tapinha e o empurrou para a porta.
— Eles podem esperar. Coma primeiro.
O garoto resmungou um pouco. Antes de sair da sala, inesperadamente, deu um grande sorriso para Míriam. Pela primeira vez, seu rosto pareceu realmente ser de uma criança.
— Vejo que já se tornaram amigos – afirmou Barrabás, com um meneio matreiro. — Menino estranho, não? Tem quase quinze anos e não aparenta mais que dez. É difícil fazê-lo comer. Quando o encontrei, ele comia uma vez a cada dois ou três dias. Acho que a mãe dele deve ter cruzado com um camelo para ele ter saído assim.
Ele parou sob a luz do celeiro, e então Míriam pôde perceber que Barrabás havia mudado muito mais do que ela esperava.
Não era somente a barba anelada, que agora estava mais grossa. Ele parecia muito mais alto do que em sua memória. Seus

ombros estavam mais largos, seu pescoço, mais forte. Sobre seu torso e coxas ele usava uma curiosa túnica de pele de cabra, amarrada na cintura por um cinto de couro tão largo quanto uma mão. Pendurada nele, uma faca. As tiras de suas sandálias, de botas romanas de boa qualidade, chegavam ao meio das panturrilhas. Cobrindo a cabeça, uma longa faixa de linho ocre fixada no lugar com tiras de tecido verde e vermelho.

Era um traje surpreendentemente chamativo para um homem que vivia se escondendo, e ele certamente não teria adquirido essas roupas dos artesãos de Séforis pagando de seu próprio bolso.

Barrabás adivinhou os pensamentos de Míriam e seu rosto encheu-se de maliciosa alegria.

— Eu me arrumei para recebê-la. Não pense que sempre me visto desta forma!

Míriam presumiu que ele dizia a verdade. Parecia mais confiante do que ela se lembrava. Mas havia um quê de gentileza não inteiramente acobertada pela curiosidade e ironia com as quais ele olhava para ela.

Barrabás analisou-a por alguns instantes e fez um comentário provocativo:

— Míriam de Nazaré! Sorte sua ter dito a Obadias seu nome, ou não a teria reconhecido – mentiu. — Eu tinha na memória uma garotinha, e aqui está você, uma mulher. Uma linda mulher.

Ela pensou em responder com um comentário igualmente irônico. Mas não era hora de perder tempo. Barrabás parecia ter esquecido a razão pela qual ela estava lá.

— Vim aqui porque preciso de sua ajuda – disse ela, com voz mais ansiosa do que gostaria.

Barrabás inclinou a cabeça, agora sério.

— Eu sei. Obadias me contou sobre seu pai. Más notícias. – Antes que Míriam pudesse prosseguir, ele levantou a mão. — Espere. Não vamos conversar sobre isso aqui. Ainda não estamos em minha casa.

Ele se dirigiram a um pátio calçado com pedras de laje quebradas. Através das frestas, Míriam podia ver um misterioso labirinto de corredores estreitos, cisternas, lareiras e canos feitos de tijolos e barro. As paredes pretas de fuligem estavam descamando, como se os tijolos e a cal formassem somente uma frágil película.

— Siga-me – disse Barrabás, mostrando o caminho através de pedras estilhaçadas, fendas e buracos.

Chegaram a um pórtico um tanto deteriorado, embora a porta parecesse sólida como nova. Ela se abriu sem que ele precisasse empurrá-la. Míriam entrou atrás dele... e parou, pasma.

Ela nunca havia visto nada como aquilo. A sala era enorme, com uma piscina no centro. O teto era sustentado por colunas elegantes, mas somente em volta do perímetro: no meio a sala se abria para o céu. As paredes eram cobertas, de cima a baixo, com grandes figuras pintadas, animais estranhos, paisagens cheias de flores. O chão era de pedras de mármore esverdeado, que formavam padrões geométricos.

Mas essa era somente a memória de um esplendor passado. A água da piscina estava tão verde que quase não refletia as nuvens. Camadas de algas ondulavam sua superfície e aranhas-de-água passavam apressadamente. O piso de mármore estava rachado, as pinturas haviam descascado em certos lugares e deixavam entrever o branco que havia por baixo, e a parte inferior das paredes estava manchada com rodelas de umidade. Uma parte do teto havia sido destruída, talvez pelo fogo, mas fazia tanto tempo que as chuvas já haviam lavado o que restava da estrutura carbonizada. Na parte da sala que ainda se encontrava de pé, montes de sacos e cestos cheios de grãos, couro e peles de cabra se espalhavam em pilhas tão altas que quase alcançavam o teto.

No meio de tal caos, cerca de cinqüenta homens e mulheres, alguns de pé e outros deitados sobre cobertores ou fardos de lã, encararam-na de modo nada acolhedor.

— Entre – disse Barrabás. — Não há perigo. Aqui todos têm tudo aquilo de que precisam.

Voltando-se para os companheiros, ele anunciou, com curioso orgulho, em voz alta para que todos ouvissem:

— Esta é Míriam de Nazaré. Uma jovem corajosa que, certa noite, me escondeu quando os mercenários de Herodes estavam em meu encalço.

Essas palavras bastaram. Todos pararam de encarar Míriam. Impressionada com o lugar, apesar da desordem e da sujeira, Míriam ainda hesitava em prosseguir. Os homens e mulheres dos murais, estranhos e seminus, pareciam quase vivos e a faziam sentir-se desconfortável. Às vezes somente parte do corpo era visível – um rosto, um dorso, membros, as pregas de um vestido transparente –, o que parecia torná-los ainda mais reais e fascinantes.

— É a primeira vez que entra numa casa romana, não é? – perguntou Barrabás, entretido.

Míriam balançou a cabeça afirmativamente.

— O rabino diz que é contra nossas leis viver em uma casa onde há homens e mulheres pintados...

— Animais também! – afirmou ele, sardonicamente. — Cabras! Até flores! Faz muito tempo que parei de dar ouvidos aos delírios hipócritas dos rabinos, Míriam de Nazaré. E este lugar me satisfaz perfeitamente.

Ele mostrou o local com um gesto circular, bastante teatral, que fez sua túnica de pele de cabra bambolear para cima e para baixo, de modo cômico.

— Quando Herodes tinha vinte anos, tudo isto pertencia a ele. Simplesmente porque era filho de seu pai e o jovem senhor da Galiléia. Era aqui que ele vinha se banhar. E embebedar-se, naturalmente. E, ainda, receber mulheres, mulheres muito mais reais do que as das paredes. Os romanos o ensinaram a imitá-los, a ser um judeu amistoso e acomodado, bem ao gosto deles.

Herodes aprendeu suas lições tão bem, lambeu tanto os traseiros deles, que o coroaram rei de Israel e o colocaram junto aos rabinos do Sinédrio. Agora Séforis e a Galiléia são pobres demais para ele. Só servem para extorquir dinheiro de impostos. Os companheiros de Barrabás ouviam e faziam gestos de aprovação. Mesmo sabendo toda a história de cor, eles claramente nunca se cansavam dela.

Barrabás apontou para o estranho pátio que eles haviam acabado de atravessar.

— O que você viu lá embaixo são as fogueiras que eles usavam para aquecer a piscina no inverno. Anos atrás, os escravos que guardavam o balneário atearam fogo no sistema inteiro e escaparam, enquanto os vizinhos tentavam apagar o incêndio. Depois disso, o lugar foi abandonado. Ninguém ousava entrar aqui. Ainda era a piscina de Herodes, não era? E foi assim que eu fiz deste lugar o meu lar. E o melhor esconderijo de Séforis!

O comentário foi recebido com risos. Barrabás abaixou a cabeça, orgulhoso de sua astúcia.

— Herodes e os romanos nos procuram por todo lugar. Você acha que eles pensariam em nos procurar aqui? É claro que não; eles são burros demais.

Míriam sabia que ele tinha razão. Mas não estava ali para aplaudi-lo, embora Barrabás não parecesse ligar para isso.

— Sei que você é esperto – disse ela, friamente. — É por isso que vim procurá-lo, apesar de todos em Nazaré acharem que você não é melhor do que qualquer outro bandido.

Os risos cessaram. Barrabás alisou a barba e balançou a cabeça, como se tentasse controlar sua irritação.

— O povo de Nazaré é covarde – afirmou. — Todos, exceto seu pai, pelo que eu soube.

— É por isso que meu pai está na prisão de Herodes, Barrabás. Estamos perdendo tempo com essa conversa fiada.

Ela teve medo que seu tom o irritasse. Seus companheiros baixaram os olhos. Por trás do grupo de mulheres, Obadias havia levantado, com um pão recheado nas mãos e uma careta no rosto. Barrabás hesitou. Olhou para todos de cima a baixo. Em seguida, com surpreendente calma, disse:

— Se o seu pai tem a mesma personalidade que você, estou começando a entender o que se passou!

Ele apontou para uma das reentrâncias nas paredes pintadas que cercavam a piscina. O lugar estava mobiliado como um quarto de dormir. Havia uma cama de palha coberta com pele de carneiro, dois baús e uma lamparina. Sobre uma grande mesa de latão com pés de madeira e adornos de bronze havia um jarro de prata e alguns copos. Outros objetos e móveis de luxo, certamente furtados de comerciantes ricos, haviam sido colocados no recinto que eles adentravam.

Apesar da impaciência e do nervosismo que sentia, Míriam podia perceber o orgulho de Barrabás enquanto ele lhe servia um copo com leite fermentado e mel.

— Conte-me tudo — disse ele, acomodando-se para conversar.

Míriam falou durante muito tempo. Ela queria que Barrabás entendesse como seu pai, o mais tolerante e generoso dos homens, havia abatido um soldado e ferido um coletor de impostos.

Quando terminou, Barrabás falou entre os dentes:

— Não há dúvida de que vão crucificar seu pai. Matar um soldado e enfiar uma lança no estômago de um coletor de impostos... Eles não serão tolerantes. – Ele correu os dedos pela barba, num gesto mecânico que o fazia parecer mais velho do que realmente era.

— Naturalmente, você quer que eu ataque a fortaleza de Tariquéia.

— Meu pai não pode morrer na cruz. Temos de impedi-los.

— É mais fácil falar do que fazer, minha jovem. É mais provável que morramos com ele do que o salvemos. — Suas palavras eram irônicas, mas seu rosto denunciava desconforto.

— Então que assim seja – Míriam retrucou. — Deixe que me matem junto com ele. Pelo menos não terei curvado a cabeça à injustiça.

Ela nunca havia falado tão veementemente nem sido tão categórica. Mas notou que falara a verdade. Se tivesse de arriscar sua vida para salvar o pai, ela não hesitaria.

Barrabás percebeu isso, o que tornou seu próprio desconforto ainda mais intenso.

— Coragem não é o bastante – disse ele. — A fortaleza não é um campo de favas no qual se pode entrar e sair a qualquer momento! Você está enganada. Não conseguirá tirá-lo de lá.

Míriam endureceu e franziu os lábios. Barrabás balançava a cabeça.

— Ninguém consegue – insistiu ele, batendo no peito. — Nem mesmo eu.

Foi com esforço que ele disse essas últimas palavras, examinando-a dos pés à cabeça, com todo o orgulho de um rebelde. Ambos se encararam por alguns instantes.

Barrabás foi o primeiro a desviar os olhos. Bufando, ele se levantou do tamborete e caminhou até a borda da piscina. Alguns de seus companheiros devem ter ouvido o que Míriam dissera, e agora todos olhavam para ele. Barrabás virou-se com a expressão grave, os punhos cerrados, o corpo inteiro retesado com a energia que fizera dele um temido líder.

— O que me pede é impossível! – gritou, exaltado. — O que você acha? Que pode enfrentar os mercenários de Herodes como se costurasse um vestido? Ou que atacar a fortaleza dele é tão simples quanto assaltar uma caravana de comerciantes árabes? Não pode estar falando sério, Míriam de Nazaré. Não sabe o que está dizendo!

Um calafrio de pavor percorreu o corpo de Míriam. Nem por um momento ela havia imaginado que Barrabás se recusaria a ajudá-la. Em nenhum instante ela pensara que o povo de Nazaré pudesse estar certo.

Então, Barrabás não passava de um ladrão? Teria ele esquecido as belas palavras que usara para justificar suas atividades? Seu desapontamento cedeu lugar ao desprezo. Barrabás não era mais um rebelde. Ele havia adquirido gosto pelo luxo, havia se corrompido pelas coisas que furtava e tornara-se igual às pessoas que as possuíam: um hipócrita, mais interessado em ouro e prata do que em justiça. A coragem dele não somava nada, a não ser vitórias fáceis.

Míriam levantou-se do tamborete. Não se humilharia perante Barrabás, não imploraria. Adotou um sorriso altivo e estava prestes a agradecer a hospitalidade.

Ele deu um pulo para a frente, com a cabeça erguida.

— Pare! Eu sei o que está pensando. Posso ler em seus olhos. Você acha que esqueci que lhe devo um favor, que sou somente um ladrão de caravanas. Mas que absurdo! Não está pensando com a cabeça, mas somente com o coração!

A voz dele palpitava de ódio, os punhos cerrados. Alguns de seus companheiros chegaram mais perto, atraídos por seus brados.

— Barrabás não mudou – prosseguiu. — Eu roubo para viver e para ajudar os que me seguem. Como aqueles meninos que viu agora há pouco. – Apontou para os que haviam se aproximado. — Sabe quem são eles? *Am-ha-aretz*. Gente que perdeu tudo por causa de Herodes e daqueles miseráveis do Sinédrio. Eles não esperam mais nada de ninguém, muito menos dos subservientes judeus da Galiléia! Nem dos rabinos, que não fazem nada além de balbuciar palavras sem sentido e nos entediar com suas lições de rigidez. "És lama e à lama retornarás!" É este o seu pensamento. Se não tirássemos dos ricos, morreríamos de fome, essa é a verdade. E o povo de Nazaré certamente não se importaria conosco.

Ele gritava, as veias saltando da testa, as faces vermelhas de ódio. Todos se juntaram atrás dele, encarando Míriam. Obadias abriu caminho e postou-se na frente.

— Eu nunca esqueço meu objetivo, Míriam de Nazaré! — gritou Barrabás, batendo no peito. — Nunca! Nem mesmo quando durmo. Destituir Herodes e expulsar os romanos de Israel, é isso o que quero. E chutar os traseiros daqueles bastardos do Sinédrio, que engordam às custas da miséria do povo.

Sem se deixar impressionar pela ferocidade de suas palavras, Míriam balançava a cabeça.

— E como planeja destituir Herodes, se nem consegue tirar meu pai da fortaleza de Tariquéia?

Barrabás bateu nas coxas, apertando os olhos de raiva.

— Você é só uma menina, não entende nada de guerra! Não me importo em morrer. Mas estas pessoas me seguem porque sabem que eu não as arrastaria a nenhuma aventura fútil. A fortaleza de Tariquéia é guardada por duas cortes romanas. Quinhentos legionários. Mais uma centena de mercenários. E quantos somos nós? Nunca chegaremos até seu pai. De que valerão nossas mortes? O único a se beneficiar seria Herodes!

Pálida, com as mãos tremendo, Míriam concordou.

— Sim. Você tem razão. Eu estava enganada. Pensava que você era mais forte do que realmente é.

Barrabás soltou um grito que ecoou através da piscina e fez latejar as colunas. Míriam já se dirigia à saída, mas ele a segurou pelo braço.

— Você é louca, insana! Não entende, não é? Mesmo se conseguisse sair da fortaleza, seu pai seria como nós pelo resto da vida. Um fugitivo. Ele nunca poderia voltar para sua oficina. Os mercenários destruiriam sua casa. Você e sua mãe teriam de se esconder na Galiléia a vida inteira...

Míriam se soltou.

— E o que você não entende é que é melhor morrer lutando! É melhor morrer enfrentando os mercenários de Herodes do que ser humilhado na cruz! Herodes está vencendo, Herodes é mais forte do que o povo de Israel porque só o que fazemos é baixar a cabeça quando ele tortura aqueles que amamos bem na nossa frente.

A essas palavras seguiu-se um silêncio atordoante.

Obadias foi o primeiro a quebrá-lo. Aproximando-se de Míriam e Barrabás, disse:

— Ela está certa. Eu irei com ela. Esconderei-me e, de noite, tirarei seu pai da cruz.

— Fique quieto ou lhe darei uns pontapés! – reagiu Barrabás, irritado. De súbito, porém, ele mudou de expressão e voltou-se para os companheiros com um brilho nos olhos. — Sabem de uma coisa? O macaquinho tem razão! É estupidez nos matarmos tentando entrar na fortaleza. Mas, quando Joaquim estiver na cruz, a história é outra!

— Eles não deixarão seu pai apodrecer na cadeia por muito tempo – explicou Barrabás, avidamente. — A cadeia está lotada. Quando a sentença chega, eles não vêem a hora de crucificar. E será então que poderemos salvá-lo. Tirá-lo daquela maldita cruz. Obadias tem razão. Faremos de noite. Em surdina, se conseguirmos. Já faz tempo que ando querendo realizar uma proeza dessas. Com um pouco de sorte, conseguiremos salvar alguns dos que estarão com ele. Mas temos de agir como raposas: chegar lá depressa, pegá-los de surpresa e sair ainda mais depressa!

Sua raiva havia passado. Agora ele ria como uma criança, encantado por haver arquitetado a peça que pregaria nos mercenários da guarnição de Tariquéia.

— Resgatar pessoas do campo de cruzes de Tariquéia! Por Deus, se Ele existe, esta vai dar o que falar. Herodes ficará louco! Vai haver o diabo entre os mercenários!

Todos riram, imaginando o sucesso da empreitada.

Míriam, porém, estava preocupada. Não seria tarde demais? Antes de amarrá-lo na cruz, seu pai poderia ser espancado, ferido gravemente ou mesmo morto. Muitos mortos já foram pendurados na cruz.

— Isso só acontece com os de sorte. Os que receberam um favor especial de ter seu sofrimento abreviado. Mas, no caso de seu pai, eles irão querer vê-lo sofrer o máximo possível. Ele vai resistir. Será espancado, insultado, passará fome, isso é certo. Mas agüentará firme e sobreviverá. E nós o tiraremos da cruz na primeira noite.

Barrabás voltou-se para seus companheiros e contou o que os esperava.

— Eles não vão gostar nada de que tiremos gente da cruz. Os mercenários não vão nos deixar em paz depois disso. Não poderemos mais voltar para cá, não será seguro; além disso, não poderemos mais mostrar nossas caras na cidade novamente. Se levarmos o plano a cabo, teremos de nos separar por alguns meses e viver com o que tivermos...

Um dos mais velhos o interrompeu, erguendo sua faca.

— Não gaste a saliva, Barrabás! Sabemos o que nos espera e não nos importamos. Tudo o que atingir Herodes está bom para nós!

Todos comemoraram. Em um instante, a antiga piscina de Herodes tornou-se cenário de atividade intensa, enquanto Barrabás dava ordens e todos se preparavam para partir.

Obadias puxava impacientemente a manga de Barrabás.

— Tenho de informar os outros. Vamos partir sem esperar por você, como sempre, certo?

— Mas traga as mulas e burros primeiro. Vamos precisar das carroças.

Obadias assentiu. Ele deu alguns passos, apontou para Míriam e sorriu, mostrando seus dentes ruins.

— Sabe, eu estava dizendo a verdade, agora há pouco. Mesmo que você não quisesse, eu teria ido com ela.

Barrabás riu e apontou-lhe o dedo.

— Se não me obedecesse eu teria de lhe dar uma surra.

— Não esqueça que fui eu quem teve a idéia de como salvar o pai dela, e não você! Você não é mais meu líder. Agora somos parceiros. – Seu rosto estranho se iluminara de orgulho e, por um momento, ele pareceu estranhamente bonito. Acrescentou, com ar de troça: — E, você vai ver, ela não o amará depois dessa, ela amará a mim!

Saiu a passos largos, com o riso ecoando entre as paredes destruídas das termas. De soslaio, Míriam percebeu que Barrabás corara.

Ao cair da noite, uma caravana igual a qualquer outra que circulava nas estradas da Galiléia nos dias de mercado em Cafarnaum, Tariquéia, Jerusalém ou Cesaréia deixou Séforis.

Eram dez carroças cheias de fardos de lã, cânhamo, peles de carneiro e sacos de grãos, puxadas por bestas de aparência tão simples quanto seus donos. Todas as carroças tinham fundo duplo, no qual Barrabás e seus companheiros haviam escondido uma vasta coleção de espadas, facas, machados de combate e até algumas lanças romanas furtadas de lojas.

Capítulo 3

Rodeado por vários barcos parecidos, o pequeno pesqueiro vagava sobre as marolas do lago de Genesaré. As velas azuis e vermelhas haviam sido baixadas. Desde a manhã os pescadores lançavam as redes a duas léguas da margem, como sempre faziam. Hoje, porém, cada barco carregava quatro companheiros de Barrabás, prontos para o combate. Até aquele instante eles se ocupavam ajudando os pescadores.

Iam amontoados numa prancha na popa do barco e Míriam esperava impacientemente enquanto o sol se punha sobre Tariquéia. Lá, para além da tenebrosa floresta de cruzes próxima à fortaleza, seu pai sofria, ignorando que ela estava já tão próxima dele. Mal sabia que, ao cair da noite, se Deus Todo-Poderoso permitisse, ela o libertaria.

Sentado atrás de Míriam na amurada, Barrabás podia sentir sua apreensão. Colocou a mão sobre o ombro dela.

— Não falta muito agora – disse ele, quando ela se virou. —Você precisa ter um pouco mais de paciência.

Sua face estava desfigurada pelo cansaço, mas a voz ainda soava levemente provocadora.

Míriam gostaria de sorrir para ele, tocar sua mão e dizer-lhe que confiava nele. Mas não podia fazer isso. Seus músculos estavam tensos demais e, a muito custo, ela tentava parar de tremer. Tinha um nó na garganta e mal conseguia respirar. Na noite anterior, tomada pela ansiedade, ela havia dormido muito pouco.

Barrabás praticamente não tinha descansado, e Míriam se impressionava com sua habilidade e eficiência.

Após deixar Séforis, o bando caminhara por toda a noite, parando apenas para deixar os burros e as mulas. Pela manhã, eles haviam alcançado as colinas de onde se divisavam as margens do lago de Genesaré. Tariquéia estava a seus pés. A fortaleza, com seus muros de pedras lascadas, torres e trincheiras fortificadas, parecia mais impenetrável do que nunca.

Apesar da distância, Míriam imediatamente vislumbrou o terrível campo de cruzes. Situado à direita do forte, estendia-se ao longo da margem do lago por quase um quarto de légua. Havia centenas de cruzes; elas pareciam uma vegetação monstruosa.

Na verdade nada mais crescia ali. Não havia nada parecido com os pomares e jardins que circundavam as alvas paredes da cidade, cheia de inúmeras vielas que prudentemente se acotovelavam no outro lado da fortaleza. Visto de cima, o campo de cruzes era uma longa faixa marrom alinhada por uma cerca preta e ameaçadora, uma mácula na beleza original daquela região.

Míriam mordia os lábios. Ela gostaria de avançar e ter certeza de que seu pai ainda não estava entre aquelas figuras negras de cruzes irregulares, embora não vê-lo tampouco fosse reconfortante: não teria ele já sido assassinado por trás das paredes da fortaleza?

Sem perder tempo, Barrabás organizou suas tropas. Elas deveriam permanecer ao abrigo da floresta, enquanto ele próprio, Obadias e alguns poucos companheiros de confiança fariam o reconhecimento de Tariquéia.

Quando retornaram do reconhecimento, estavam sérios. Obadias foi imediatamente até Míriam e fez um movimento com o queixo na direção do campo de cruzes.

— Seu pai não está lá. Tenho certeza de que não está lá.

Míriam fechou os olhos e respirou profundamente para acalmar o coração, que batia acelerado. Obadias desmoronou no chão. Suas bochechas, sujas e sulcadas, pareciam ainda mais cansadas, e seus traços, mais envelhecidos do que nunca. Todos se aproximaram para ouvi-lo.

— Fui direto até lá, como Barrabás pediu. Está cheio de guardas, mas eles não desconfiam de crianças. A cerca em volta do campo de cruzes tem pontas afiadas. Quem quer que tente passar vai se cortar em mil pedaços. Existem dois pontos de onde se pode avistar a parte de dentro. E o que se vê não é nada divertido, disso eu posso lhes assegurar.

Obadias pausou por um instante, como se ainda visse os horrores à sua frente.

— Há dezenas e dezenas deles. Nem dá para contar. Alguns já estão lá há tanto tempo que não passam de ossos envolvidos por trapos. Outros ainda não passaram tempo suficiente para que morressem. Dá para ouvi-los murmurando para si mesmos. De vez em quando, alguém grita numa voz estranha. Como se já estivessem entre os anjos.

Um longo e incontido arrepio percorreu os ombros de Míriam.

— Se há tantos deles – disse ela em um mumúrio quase inaudível —, como sabe que meu pai não está lá?

Um olhar astuto tomou conta do rosto de Obadias, e ele quase sorriu.

— Conversei com um velho mercenário. Quando veteranos como ele vêem uma criança, ficam mais dóceis que esposas de rabino. Contei-lhe que meu irmão mais velho seria crucificado. A princípio riu e disse que isso não o surpreendia, e que eu provavelmente lhe faria companhia em breve. Fingi chorar, e ele então me disse que não me preocupasse, pois isso não aconteceria logo. Perguntou-me há quanto tempo meu "irmão" estava na fortaleza, já que ninguém fora crucificado nos últimos quatro dias — Obadias levantou a mão, esticando os dedos. — É só fazer as contas. Seu pai chegou à fortaleza anteontem...

Todos presenciaram quando Míriam fez um movimento com a cabeça, assentindo, e tomou as mãos de Obadias nas suas. Estas, porém, tremiam tanto que as largou logo em seguida.

Dirigindo-se a seus companheiros, Barrabás disse, em tom altivo, que não esperassem entrar no campo de cruzes pelo portão principal.

— Apenas uma mula passa por ali de tão estreito, e o portão é constantemente vigiado por uma dezena de mercenários. Se derem o alarme, ele é trancado com barras de ferro.

— E fica trancado a noite toda, pelo que ouvi – afirmou um dos companheiros.

Além do mais, a cidade estava apinhada de legionários e espiões, provavelmente. Estava fora de questão abrigar-se lá. Se andassem em bando pelas ruas, acabariam por atrair mais atenção, mesmo que disfarçados de pobres mercadores, como estavam. Os guardas estavam vigilantes e não valia a pena correr o risco.

Todos pareciam preocupados.

— Não façam essas caras – dizia-lhes Barrabás, provocando-os. — Será mais fácil do que pensamos. A cerca termina no lago. Não há nada na margem, nem mesmo guardas.

Ouviram-se protestos. Quantos deles sabiam nadar? Não mais do que três ou quatro. Fora isso, nadar com os infelizes recém-retirados das cruzes, sob a mira dos arqueiros romanos... Era suicídio. O que precisavam era de barcos – algo que não possuíam.

— E, mesmo que os tivéssemos, não saberíamos usá-los!

Barrabás zombou de tanto pessimismo.

— Não estão enxergando um palmo além de seus narizes sujos. Nós não temos barcos. Mas às margens do lago há pescadores com todos os barcos de que precisamos. Temos grãos, lã, peles e até mesmos alguns objetos finos de prata. É o suficiente para convencê-los a nos ajudar.

Ao cair da noite, estava tudo acertado. Os pescadores dos vilarejos perto de Tariquéia detestavam viver tão próximo à fortaleza e ao campo de cruzes. A reputação do bando de Barrabás mais os artigos tirados das carroças fizeram o resto.

Naquela noite, as casas às margens do lago ficaram abertas. No dia seguinte, enquanto Obadias e seus companheiros espreitavam próximos à fortaleza, Barrabás finalizava sua estratégia, com o consentimento dos pescadores.

Míriam, por sua vez, sofria com intermináveis pesadelos, até que Obadias finalmente a resgatou de seu sono agitado, duas horas após o nascer do sol.

— Vi seu pai. Não se preocupe: ele ainda anda. Nenhum dos outros faz mais isso. Colocaram quinze homens na cruz de uma vez só. Ele era um deles.

Logo depois, falou para Barrabás:

— O velho mercenário virou meu amigo. Ele me deixou olhar o quanto quis. Pude localizar Joaquim facilmente por causa de sua cabeça careca e sua túnica de carpinteiro. Mantive meus olhos nele o tempo todo. Sei exatamente onde se encontra. Poderia achá-lo até mesmo no mais escuro breu.

Aguardavam agora pelo chegada da noite, o cansaço esquecido tamanha a tensão que sentiam. Antes de deixar a margem, Barrabás recapitulou seu plano e certificou-se de que todos sabiam o que fazer. Míriam já não duvidava da determinação do bando, que se mostrava tão ansioso quanto ela.

O sol já quase tocava as colinas sobre Tariquéia. Sobressaindo-se na luz que esmorecia, a fortaleza parecia uma massa negra e disforme. Um a um, os verdes prados e os pomares tornavam-se cinza. Uma estranha luz difusa e azulada ainda persistia no ar, como uma nuvem. Em instantes, até o campo de cruzes desapareceria. De Tariquéia chegavam ruídos que ecoavam pela superfície do lago, e os últimos reflexos do sol que se punha dispersaram-se em centelhas de luminosidade.

Míriam cravava as unhas nas próprias mãos, pensando com tanta força no desespero que seu pai devia estar sentindo que podia até vê-lo, orando a Jeová com a docilidade que lhe era usual. Após o calor causticante do dia, o frio da noite que chegava lhe engolia.

O pescador que conduzia o barco, auxiliado por Barrabás, recolheu a rede junto ao pé do mastro. Apontou então para a margem:

— Assim que o sol tocar a ponta das colinas o vento irá aumentar – disse. — Será mais fácil manobrar.

Barrabás assentiu.

— Haverá um pouco de luar. Exatamente do que precisamos.

Enquanto o pescador puxava as cordas para levantar a vela, Barrabás voltou e sentou-se perto de Míriam.

— Pegue isso – disse, suavemente –, pode ser que precise.

Em sua mão aberta estava um pequeno punhal com cabo de couro vermelho e lâmina bem fina. Míriam olhou aquilo, assombrada.

— Pegue-o – Barrabás insistiu –, use-o se precisar. Não hesite. Quero que liberte seu pai, mas também quero trazê-la de volta sã e salva.

Piscou para ela e logo se virou para ajudar o pescador a subir a vela.

Em volta deles, nos outros barcos, a mesma atividade silenciosa acontecia. Uma a uma, devagar e solenemente, as velas triangulares subiam, reluzindo aos últimos raios de luz.

O sol se pôs sobre a floresta já escura, tornando a superfície do lago tão vermelha e brilhante que era preciso cerrar os olhos.

Como o pescador havia previsto, o vento agitava as velas. Agarrou o leme, puxando-o com força. A vela virou e inflou, como se houvesse sido soprada. O barco rangeu e a proa cortou as águas. Nesse instante, os outros barcos se viraram. Uma após a outra, as velas se agitavam, os mastros e as retrancas rangiam, e lá se iam pela superfície do lago.

Barrabás estava em pé sob a vela, segurando-se ao mastro. A proa apontava na direção de uma grande baía a leste de Tariquéia.

— Enquanto puderem nos avistar – o pescador disse a Míriam, sorrindo –, fingiremos que estamos a caminho de casa.

Foram velejando em direção ao sul, baixando pouco a pouco as velas para que não se afastassem demais da fortaleza, até que anoitecesse completamente. Havia um pouco de luar, mas só se podiam enxergar os barcos mais próximos, nada mais. As luzes dos palácios de Tariquéia e as tochas nas muradas da fortaleza refletiam e brilhavam na margem do lago.

Velejavam em silêncio, mas os barcos iam tão próximos que o som da água batendo nos cascos, o farfalhar das velas e o ranger dos mastros pareciam fazer tamanho estrondo que poderia, com toda certeza, ser ouvido da margem.

O vento estava regular, e os pescadores conheciam seus barcos assim como um cavaleiro conhece seu cavalo. Mas Míriam podia perceber quanto Barrabás estava nervoso. Ele constantemente olhava as velas para se certificar de que estavam infladas, sem contudo ter a menor idéia da velocidade em que iam, receando que chegassem à fortaleza muito cedo ou tarde demais.

Subitamente, estavam tão próximos da imensa torre que os mercenários podiam ser claramente vistos à luz das tochas. Quase imediatamente ouviu-se um assobio, seguido por outro como resposta. Barrabás ergueu o braço.

— Lá! — exclamou, aliviado.

Míriam observava atenta a margem, sem, contudo, ver nada de anormal. De repente, ao pé da muralha, um fogo se acendeu, tão intenso que só poderia ter sido iniciado por uma tocha ou lamparina. A cada segundo as chamas cresciam. O fogaréu se espalhava. Gritos se ouviam das trincheiras e os guardas rapidamente deixavam seus postos.

— Isso! – bradava Barrabás, satisfeito. — Eles conseguiram!

"Eles" eram uma dezena de homens de seu bando. Sua missão era tocar fogo no acampamento dos guardas e nos depósitos de grãos junto ao mercado vizinho à fortaleza, no lado oposto ao campo de cruzes. As carroças trazidas de Séforis haviam sido deixadas lá durante o dia, carregadas de pedaços de madeira velha e insuspeita forragem. Os fundos falsos, depois de retiradas as armas, foram preenchidos de potes contendo betume e jarras com óleo de terebintina, tornando-os altamente inflamáveis. Os homens de Barrabás haviam sido instruídos a tocar fogo nas carroças em determinado momento e, então, escapar para a cidade.

Tiveram êxito, obviamente. E, como a confirmar isso, um barulho surdo ecoou pelo lago e as muralhas da fortaleza cobriram-se de chamas. Não muito longe do fogo inicial, mais chamas acenderam-se subitamente. Este segundo fogo confundiria os mercenários e faria com que os habitantes da cidade saíssem correndo de suas casas.

Gritos de euforia eclodiam nos barcos. As chamas, cada vez mais intensas, refletiam-se nas águas do ancoradouro. Por fim, ouviu-se o soar das trombetas, chamando os legionários e mercenários para o resgate.

Barrabás virou-se para os pescadores.

— Agora é a hora! – gritou, mal conseguindo conter o entusiasmo. — Devemos conduzir o barco enquanto estão ocupados controlando as chamas!

Seu plano funcionou perfeitamente.

Graças à distração causada pelo fogo, não haveria muitos guardas vigiando o campo de cruzes e a rampa sobre a trincheira.

Silenciosamente, os barcos aportaram ao longo de uma faixa de areia, onde todos desceram. Ainda era noite escura, mas a distância podiam se ouvir os gritos daqueles que lutavam contra o fogo.

Barrabás e seus companheiros avançavam como sombras na penumbra, com seus punhais desembainhados, prontos para enfrentar algum guarda que ainda estivesse pelas proximidades, antes que pudesse dar alarme.

Uma mão segurou a de Míriam. Era Obadias.

— Por aqui — falou ele, puxando-a. — Seu pai está aqui em cima, perto da cerca.

Mas repentinamente Míriam, Obadias e seus companheiros hesitaram, mudos de terror. Seus olhos já tinham se acostumado suficientemente à escuridão para poder perceber o horror que os cercava.

As cruzes se elevavam como uma vegetação infernal. Algumas haviam apodrecido e tombado, trazendo junto seus cadáveres. Outras estavam tão próximas umas às outras que em alguns lugares as barras que seguravam os braços dos prisioneiros se sobrepunham, amontoadas.

Algumas cruzes ainda permaneciam vazias. Mas, a seus pés, esqueletos balançavam, grotescos, há muito destituídos de qualquer característica humana.

Só então Míriam se deu conta do mau cheiro e dos ossos e carcaças humanas que forravam o chão sob seus pés.

Foram surpreendidos pelos rosnados de gatos selvagens que debandavam, zunindo no ar como pássaros noturnos, comedores de carniça interrompidos pela súbita presença humana, e que agora escapuliam numa suavidade ameaçadora.

Por um instante, Míriam pensou que não conseguiria prosseguir. Mas Obadias, ainda segurando sua mão, avançava.

— Rápido! Não temos tempo a perder!

Correram, o que lhes fez bem. Como havia prometido, Obadias caminhou sem hesitação por entre as cruzes.

—Lá! – disse ele, apontando para uma cruz.

Míriam sabia que estava certo. Apesar da escuridão, reconheceu Joaquim.

— Pai!

Joaquim não respondeu.

— Está dormindo – Obadias lhe assegurava. — Um dia inteiro em cima disso acaba com qualquer um!

Enquanto Míriam ainda chamava seu pai, ouviram gritos e ruídos de luta vindos da direção da cerca.

— Droga! – praguejou Obadias. — Eles deixaram alguns guardas aqui! Rápido, ajudem-me!

Ele arrastou dois de seus companheiros para a base da cruz e pulou agilmente, apoiando-se em seus ombros.

— Façam o mesmo com as outras cruzes próximas – ordenou para o resto do bando. — Alguns ainda devem estar vivos.

Míriam viu que ele subia na cruz com a agilidade de um macaco, o punhal entre os dentes. Num piscar de olhos, alcançou Joaquim e suavemente moveu sua cabeça.

— Acorde Joaquim. Sua filha veio lhe salvar!

Joaquim murmurou algo ininteligível.

— Acorde, Joaquim! – insistiu Obadias. — Isso não é hora de cochilar! Vou cortar suas amarras e, se não me ajudar, vai cair e quebrar o pescoço.

Míriam podia ouvir os gemidos de dor vindos das cruzes vizinhas, onde os outros rapazes estavam trabalhando, assim como gritos de raiva e o tinir de metais na cerca, onde a luta ainda continuava.

— Meu pai deve estar ferido – disse ela a Obadias. — Corte as amarras e nós o seguraremos!
— De jeito nenhum; ele está acordando, finalmente!
— Míriam, Míriam... é você que ouço? — a voz soava rouca e cansada.
— Sim pai, sou eu...
— Mas como pode ser? E você, quem é?
— Depois, Joaquim – Obadias murmurou, ocupado enquanto cortava as cordas grossas. — Temos de sair daqui o mais rápido possível, ou as coisas vão começar a ficar ruins...

De fato, enquanto Míriam e os companheiros de Obadias ajudavam Joaquim a descer da cruz, Barrabás e seu bando vieram correndo.

— Os bastardos! – rugia Barrabás.

Sua túnica estava rasgada e seus olhos ainda faiscavam por causa da luta. Em suas mãos ele trazia não um punhal, mas uma espada, a tão temida e longa espada romana.

— Ainda havia quatro deles em uma tenda. Esses nunca mais verão Jerusalém! Nos legaram suas armas. Mas creio que ainda havia um homem no portão da fortaleza. Temos de escapar daqui antes que retornem com toda força.

— Quem é você? – murmurava Joaquim, confuso.

Suas pernas não o podiam sustentar e, cada vez que tentava mover os braços, gemia de dor. Apoiava-se agora nos braços de Míriam, que também lhe segurava a cabeça.

Barrabás deu um largo sorriso:

— Barrabás, às suas ordens. Sua filha veio a mim e pediu-me que o libertasse das garras dos mercenários de Herodes. Missão cumprida.

— Ainda não – disse Obadias, pulando para baixo. — Acabei de ver uma tocha na base da muralha.

Barrabás ordenou silêncio e escutou. Podia ouvir as vozes dos mercenários se aproximando.

— Será bem difícil que nos encontrem nessa escuridão – sussurrou –, mas não importa, temos de sair daqui o mais rápido que pudermos.
— Meu pai não pode correr – sussurrou Míriam.
— Vamos carregá-lo.
— Os rapazes desceram mais quatro – Obadias disse. — Teremos de carregá-los também.
—Nesse caso, o que estamos esperando? – grunhiu Barrabás, colocando Joaquim sobre seu ombro.

Estavam já nos barcos, velas desenroladas, quando os mercenários, alertados pelo barulho das velas e o ranger dos mastros, perceberam que deviam correr até a margem do lago.
Já era tarde demais. Atiraram algumas flechas e lanças a esmo, que desapareceram na escuridão. Do outro lado da fortaleza, o fogo ardia mais violentamente do que nunca, ameaçando engolir parte da cidade. Os mercenários não quiseram perder muito tempo com aqueles que, até onde sabiam, eram reles ladrões de cadáveres.
Os barcos avançaram pela escuridão. Conforme combinado, os pescadores queimaram dois deles, o mais velho e o menos manobrável, abandonando-os à mercê das correntes, de modo a fazer os romanos pensarem que haviam sido roubados.
O barco voltava cruzando o lago em direção ao norte, e Joaquim, com os dedos ainda adormecidos pelas amarras que seguravam seus pulsos, esfregava as mãos de Míriam e acariciava sua face. Ainda confuso, morto de fome e sede, o corpo todo dolorido, balbuciava palavras de gratidão misturadas a preces a Jeová. Míriam lhe contou como havia recusado dar-lhe como

morto. De todos os seus vizinhos de Nazaré, apenas Yossef, o carpinteiro, e sua esposa, Halva, não se opuseram.

— Mas eu é que tive a idéia de como salvá-lo, Joaquim – interrompeu Obadias. — Barrabás não teria conseguido sem mim.

— Nesse caso, agradeço-lhe também, do fundo do coração. Você é muito corajoso.

— Isso não foi nada; em todo o caso, não o fiz de graça. Sua filha prometeu-me algo em troca se eu conseguisse.

A risada de Joaquim ecoou sobre o peito de Míriam.

— A menos que ela tenha prometido se casar contigo, honrarei essa promessa.

Surpreso, Obadias silenciou por um instante. Novamente Míriam sentia a risada do pai, segurando-o junto a si. Essa era a melhor prova de que houvera mesmo lhe salvado dos horrores do campo de cruzes.

— Ah, é bem menos do que isso – disse Obadias. — Ela me prometeu que você me contaria histórias do Livro.

Capítulo 4

Barrabás planejou sua fuga tão cuidadosamente quanto o resgate de Joaquim.

O bando se dispersara. Alguns, acompanhando os outros prisioneiros resgatados, atravessaram o lago com a ajuda dos pescadores. A maioria partiu por entre as trilhas que levavam às densas florestas do monte Tabor. Os jovens companheiros de Obadias se dividiram pelas cidades ao longo das margens, antes de voltar à Tariquéia e retomar suas vidas errantes. Obadias continuou junto a Barrabás, Míriam e Joaquim. Navegaram por toda a noite em direção ao norte.

Sem nunca abandonar o leme, o pescador se mantinha próximo à margem. Utilizava sua vasta experiência no lago para antecipar as correntes e manter a vela inflada mesmo quando o vento esmorecia. De madrugada, já haviam deixado para trás os jardins de Cafarnaum. Apesar de ainda estarem na Galiléia, Míriam descobria uma paisagem até então desconhecida para ela.

Era um cenário de colinas arredondadas, recobertas de azinheiras e vales estreitos e tortuosos. Em certos lugares, despenhadeiros ascendiam diretamente às margens do lago. Entre eles, passagens irregulares, por onde se apinhavam casebres quase em ruínas com telhados feitos de galhos. Na maioria das vezes, porém, o que se via às margens era uma floresta impenetrável, sem nenhum lugar onde um barco pudesse atracar. Alguns raros vilarejos se amontoavam às margens dos rios que desciam das colinas. Foi para um desses lugares que o pescador se encaminhou. Cinco ou seis léguas ao norte, o Jordão desembocava, envolto em névoa.

À noite, Barrabás assegurara a Míriam de que não havia melhor esconderijo que aquele. Os mercenários de Herodes raramente vinham para aquelas bandas, que eram pobres e distantes demais, mesmo para os aproveitadores do Sinédrio. Só se chegava lá de barco, o que destituía visitantes mal-intencionados do fator surpresa. Era muito fácil sumir na floresta, e as colinas eram cheias de cavernas escondidas. Barrabás conhecia um bom número delas. Por várias vezes refugiara-se lá com seu bando. Ele carregava consigo uma bolsa cheia o suficiente para que pescador nenhum fizesse perguntas. Míriam não tinha com que se preocupar: estariam a salvo até que a raiva dos romanos, e quem sabe até a de Herodes, se dissipasse.

Na verdade, a escolha do esconderijo não era o que preocupava Míriam. O que a enchia de ansiedade eram os ferimentos do pai, que iam se revelando à medida que o dia amanhecia.

Trocara apenas meia dúzia de palavras com a filha, no calor da fuga de Tariquéia, e então adormecera sem que ninguém no barco percebesse. Durante a noite, Míriam ouvira sua respiração difícil e irregular, evitando pensar no quanto soava dolorosa e anormal. Mas, ao crepúsculo da manhã, enquanto ele ainda dormia sob uma pele de carneiro, o horror de sua aparência tornava-se cada vez mais visível.

Joaquim estava irreconhecível. Nem um centímetro de sua face tinha sido poupado. Os lábios estavam inchados e ambas as faces estavam abertas, assim como um dos supercílios. Um golpe de arma ou espada ferira uma das orelhas, deixando uma cicatriz que descia da bochecha até o queixo. Embora Míriam tivesse lavado a ferida várias vezes, molhando seu véu na água do lago, o sangue continuava a sair.

Ela levantou a pele de carneiro do tórax de seu pai. A túnica que ele usava quando atacou os coletores de impostos agora não passava de trapos manchados com sangue já seco. Ele estava coberto de hematomas, da barriga até o pescoço. Os ombros e costas estavam cheios de cortes, por onde também sangrava. E, obviamente, as cordas que o tinham amarrado à cruz fizeram cortes profundos em seus pulsos e tornozelos.

Era evidente que havia apanhado com violência. Ele tinha, com toda certeza, feridas internas que, embora invisíveis aos olhos, colocavam sua vida em risco.

Míriam mordia os lábios, segurando as lágrimas.

Enquanto o barco balançava de um lado para o outro, pôde perceber Barrabás, Obadias e o pescador desviando o olhar, horrorizados com o que viam. Agora que o dia havia nascido, não se podia mais para distinguir se Joaquim estava adormecido ou desmaiado.

— Ele é forte – disse, por fim, Barrabás. — Sobreviveu à cruz, e sabe que você está a seu lado. Ele viverá, por amor à filha.

Seu tom de voz, normalmente provocador, estava agora suave e lhe faltava convicção.

Percebendo o que se passava, Obadias fez que sim com a cabeça.

— É claro que sim! Ele sabe que não iríamos fazer isso tudo só para vê-lo morrer.

Surpreenderam-se ao ouvir o pescador falar, já que desde Tariquéia ele quase não abrira a boca.

— O rapaz está certo – disse, dirigindo-se a Míriam. — Mesmo com toda a dor, seu pai não vai lhe abandonar. Um homem com uma filha como você não se deixa morrer. O paraíso divino não se compara ao que ele possui. – Pausou para puxar uma corda, deixando a vela firme de novo; em seguida prosseguiu, zangado: — Espero que os rabinos e os profetas estejam certos quando dizem que um dia virá o Messias, assim essa nossa vida inútil acabará logo.

Barrabás por pouco não respondeu com uma zombaria. Até quando o povo de Israel acreditaria nesse absurdo que os rabinos viviam martelando em suas cabeças? Até quando esses pobres coitados, que eram sugados até a morte por Herodes, esperariam por um Messias para lhes salvar, ao invés de eles próprios se salvarem?

Mas o tom de voz do pescador, a expressão no rosto de Míriam e o estado de Joaquim fizeram que se contivesse. Não era hora de discutir. E foi melhor assim, já que o pescador o surpreenderia de novo dali a instantes.

Finalmente atracaram o barco. Os habitantes do vilarejo, curiosos, aproximaram-se para cumprimentá-los. Percebendo a situação de Joaquim, ajudaram a carregá-lo e deitaram-no sobre um acolchoado de palha. À medida que foram voltando para suas casas, Barrabás sacou da bolsa o que prometera ao pescador, mas este recusou, fazendo um gesto com as mãos.

— Não é necessário.

— Por favor, pegue. Sem você, nada disso teria sido possível. Você vai voltar para Tariquéia. Pode ser que tenha problemas lá. E se tiverem queimado seus barcos para obrigar seus companheiros a dizer o que sabem sobre nós?

O pescador sacudiu a cabeça.

— Você não nos conhece, filho. Sabíamos exatamente o que iriam fazer. Pegarei um caminho mais longo de volta a Tariquéia. Meus companheiros farão o mesmo. Quando finalmente chegarmos lá, nossos barcos estarão explodindo de tão cheios de peixes. A melhor pesca que já tivemos. Quando descobrirmos que o mercado foi completamente destruído, ficaremos, obviamente, muito zangados e, então, decidiremos dar os peixes de graça. As mulheres da cidade ficarão eufóricas. Isso causará uma grande agitação.

Barrabás deu uma grande gargalhada. Mas insistiu mais uma vez.

— Pegue, você merece.

— Deixe, já disse. Não quero seu dinheiro. Sou um judeu da Galiléia. Por que aceitaria dinheiro para salvar da cruz outro judeu da Galiléia? Apenas os mercenários de Herodes são pagos pelo que fazem. Não se aborreça. Todos sabemos que Barrabás não é ladrão, mas um honesto cidadão da Galiléia.

Embora Barrabás tivesse lhe alertado para não dizer nada, Obadias estava tão animado que não se conteve e, assim que pôde, contou a todos sobre o lugar infernal de onde haviam resgatado Joaquim.

O vilarejo onde se encontravam ficava fora do alcance dos mercenários, e era a primeira vez que aqueles habitantes viam alguém que tivesse escapado da cruz. Todas as mulheres se uniram para salvar Joaquim. Elas competiam entre si, exibindo seus saberes, desvelando segredos sobre as ervas, pós, poções e caldos que diminuíssem os ferimentos, tanto os visíveis quanto os invisíveis, até que, finalmente, devolveram a Joaquim suas forças.

Míriam ajudava e, em pouco tempo, já aprendera a diferenciar plantas às quais nunca sequer prestara atenção até aquele momento. Aprendeu como triturar as ervas até que virassem pó, para que fossem misturadas a sebo de cabra, argila fina, algas ou fel de peixe. Dependendo da necessidade, eram transformadas em emplastos, pomadas ou óleo para massagem. As responsáveis pela massagem eram mulheres grandes, robustas, já bastante acostumadas a lidar com homens despidos.

Uma jovem alegre fazia infusões e nutritivos chás de ervas. Na sua luta inconsciente contra as dores, Joaquim cerrava os maxilares com tal força que era de admirar que seus dentes não se quebrassem. A jovem ajudava Míriam a descerrá-los com o auxílio de um pequeno funil de madeira. Só então era possível alimentar aquele homem ferido, com pequenas porções a cada vez. Era uma tarefa vagarosa, difícil e desalentadora. Mas a jovem companheira de Míriam tornara esse momento mais leve e especial, no qual a filha podia cuidar de seu pai com dedicação materna.

Míriam velava por Joaquim todas as noites, ininterruptamente. Barrabás e Obadias tentavam, em vão, dissuadi-la. O máximo que conseguiam era se revezar, fazendo companhia a Míriam, sentados junto à fraca luz de um lampião.

Finalmente, uma tarde, comprovou-se que Obadias e o pescador estavam certos. Algumas horas antes do cair da noite, Joaquim abriu os olhos. Escolhera sua filha ao paraíso de Deus.

Não parecia surpreso ao ver o rosto de Míriam diante do seu. Abriu um sorriso leve e pálido. Desajeitado, ergueu as mãos, os pulsos ainda cobertos por emplastos e bandagens, tentando tocá-la. Chorando e rindo ao mesmo tempo, Míriam inclinou-se sobre ele, beijou-o e ofereceu sua face para que ele a acariciasse.

— Minha filha, minha filha!

Mudo de tanta felicidade, ele tentava abraçá-la, mas a dor em seus ombros era tão grande que só gemia.

As mulheres se apressaram em espalhar a boa notícia. O vilarejo em peso veio correndo. Finalmente podiam ver os olhos daquele homem que havia sobrevivido à cruz, ouvir seu riso e suas palavras gentis.

— Míriam, meu anjo. É como se eu voltasse a viver! O Senhor seja louvado pela filha que me deu.

Míriam recusava o elogio, explicando ao pai que todos haviam contribuído para sua recuperação.

Tocado, Joaquim voltou-se para aqueles rostos singelos e alegres que o rodeavam.

— Talvez vocês não acreditem – murmurou –, mas, enquanto eu dormia, podia ver Míriam a meu lado. Lembro-me muito bem disso. Ela ficava logo ali. E também podia ver a mim mesmo. Estava em um estado deplorável, já que havia caído da cruz e me quebrado todo. Um braço para cada lado. As pernas estavam sem o menor controle. Somente minha cabeça e meu coração funcionavam como deviam. Eu precisava manter minhas partes juntas para que não me despedaçasse. Mas me sentia tão cansado que tudo o que queria fazer era fechar os olhos e deixar que minhas pernas e braços fossem para onde quisessem. Se Míriam não estivesse lá comigo, teria cedido à tentação.

Todos ouviam, boquiabertos. Joaquim fazia pausas para respirar, piscava os olhos e continuava.

— Ela dizia: "Vamos, pai, vamos! Fique com os olhos abertos", naquele tom de voz meio desagradável que ela às vezes tem, bastante mandona e confiante para uma garota da sua idade.

Todos riram; Barrabás assentiu, entusiasmado, e Míriam corou até a raiz dos cabelos.

— Sim, e ela me dava tarefas – Joaquim prosseguia, a voz repleta de carinho. — "Vamos pai, um pouco mais de esforço! Não dê esse prazer aos coletores de impostos! Precisa de seus braços e pernas se quiser retornar a Nazaré. Vamos! Vamos, estou esperando!" E, agora, aqui estou, de volta para você, podendo finalmente lhe agradecer.

No dia seguinte, de madrugada, quando Joaquim acordou após algumas poucas horas de sono, encontrou Barrabás e Obadias a seu lado. Míriam dormia no aposento das mulheres.

— Parece que ela vai dormir um ano inteiro – Obadias gracejou.

Joaquim olhou para o rosto estranho do garoto.

— Foi você que me desceu da cruz? Tenho uma vaga lembrança, mas estava muito escuro.

— Sim, fui eu.

— Para falar a verdade, quando vi você, pensei que um demônio havia vindo para me levar ao inferno.

— O motivo de não me reconhecer agora – disse Obadias, encolhendo os ombros – é que as mulheres me banharam e me deram roupas novas.

Barrabás riu com gosto.

— Essa foi a maior humilhação pela qual Obadias já passou. Ele sente saudades de sua sujeira. Levará semanas para que volte a se parecer com o que era antes.

— Este asseio lhe fica bem, filho – afirmou Joaquim, carinhoso. — Deveria estar satisfeito.

Obadias fez uma careta.

— É o que Míriam diz também. Mas vocês não sabem o que estão falando. Nas cidades, se formos iguais aos outros garotos, as pessoas não sentirão medo e tampouco pena de nós. Amanhã, antes de partir para Tariquéia, colocarei meus trapos de *am-ha-aretz* de novo, podem estar certos.

Joaquim franziu a testa.

— Tariquéia? Para que quer ir lá?

— Para descobrir o que os mercenários de Herodes estão aprontando.

— Mas é muito cedo.

— Não – disse Barrabás. — Já se passaram seis dias. Quero saber o que acontece em Tariquéia. Obadias vai até lá e ficará de ouvidos atentos. Ele é bom nesse tipo de coisa. Partirá amanhã com um dos pescadores.

Joaquim não protestou. Mas, por dentro, contraiu-se de medo. A violência e o ódio dos mercenários haviam lhe deixado marcas impossíveis de ser apagadas, tanto de seu corpo quanto de sua mente. Mas Barrabás estava certo. Ele próprio daria tudo para ter notícias de sua mulher Hannah. Também gostaria de saber se os coletores de impostos haviam submetido Nazaré ao mesmo sofrimento do qual acabara de se livrar.

Se isso tivesse acontecido, ele teria de se render e voltar para a prisão em Tariquéia. Mas havia algo que não poderia contar a Barrabás e, muito menos, a Míriam.

— Não vá ainda – disse ele, apertando as pequenas mãos de Obadias. — Acho que lhe prometi algo quando estavam me retirando do campo de cruzes, e detesto não cumprir minhas promessas.

Cinco dias depois, apoiado nos ombros de Míriam, Joaquim estava tentando voltar a andar, quando Obadias apareceu. Pulou para fora do barco antes mesmo que este tocasse a margem, a expressão transfigurada pelo entusiasmo.

— Só falam em nós! – gritou, antes mesmo que tivesse tempo de tomar um copo de suco de uva. — Somos o assunto de todas as conversas: "Barrabás salvou gente da cruz", "Barrabás humilhou os mercenários de Herodes", "Barrabás fez pouco dos romanos"... Qualquer um pensaria se tratar do Messias.

Havia mais estima do que troça na gargalhada de Obadias, mas Barrabás continuava sério.

— E os pescadores? Tiveram algum problema?

— Muito pelo contrário. Fizeram o que haviam dito que fariam. Chegaram a Tariquéia com os barcos tão cheios que o vento mal podia carregá-los. Um verdadeiro milagre da pesca. Ficaram furiosos conosco pela queima de seus barcos e do mercado, assim como toda a população de Tariquéia. Chamaram-nos de vândalos, desordeiros, a vergonha da Galiléia... Coisas boas assim. No final das contas, os mercenários estavam convencidos de que fizemos tudo sozinhos. Agora, todos riem pelas costas deles. Está todo mundo contente por tê-los enganado.

Só então Barrabás relaxou e Míriam afagou os cabelos emaranhados de Obadias.

— E você conseguiu se segurar? – perguntou Barrabás, provocando. — Ou contou a todos que era o melhor amigo do grande Barrabás?

— Nem foi preciso – zombou Obadias, orgulhoso. — Eles entenderam sozinhos. Nunca na minha vida ganhei tantas coisas. Poderia ter voltado com o barco abarrotado.

— E ter se denunciado – resmungou Joaquim.

— Não se preocupe, Joaquim! Sou capaz de identificar informantes a uma milha de distância. Ninguém sabia onde eu estava dormindo ou quando poderiam me ver. Mas sabia que você também está famoso? Todos conhecem a sua história. Joaquim de Nazaré, o homem que ousou enfiar uma arma na barriga de um coletor de impostos e ainda escapar da cruz.

— Não foi na barriga, foi no ombro – corrigiu Joaquim, irritado. — Não gosto da idéia de todos estarem falando em mim. E notícias de Nazaré? Tem alguma?

Obadias sacudiu a cabeça.

— Não, não tive tempo de ir até lá...

Joaquim olhou para Barrabás e, então, para Míriam.

— Estou preocupado com eles. Os mercenários podem não saber aonde nos encontrar, mas sabem a quem fazer mal.

— Eu poderia ir – disse Míriam. — Pelo menos para ver minha mãe e tranqüilizá-la.

— Não, você não – protestou Obadias. — Eu irei, assim que você quiser.

— A menos que fôssemos todos juntos – disse Barrabás, pensativo. — Agora que Joaquim pode andar, podemos nos deslocar quanto quisermos.

Todos o olharam, surpresos.

— Não haveria algum lugar na aldeia onde poderíamos ficar a salvo? – perguntou a Míriam e Joaquim.

Joaquim sacudiu a cabeça.

— Não, não, seria loucura...

— Há sim, pai! – exclamou Míriam. — Yossef e Halva nos abrigarão sem pestanejar.

— Você não percebe o perigo, minha querida.

— Tenho certeza de que Yossef ficará orgulhoso em poder ajudar. Ele sabe quanto lhe deve. Ele o adora. E, de qualquer maneira, sua casa fica bem distante do vilarejo, na ponta do vale. Não poderíamos ser surpreendidos lá.

— Ficaremos de guarda, Joaquim – afirmou Obadias. — No caminho, reunirei meus amigos. Estaremos todos lá. Você vai ver, ninguém se aproximará da casa de Yossef sem que saibamos. Pergunte a Míriam, somos nós que montamos guarda junto aos esconderijos de Barrabás, portanto sabemos o que estamos fazendo.

Míriam sorriu ao se lembrar de sua acolhida a Séforis, mas Joaquim não estava convencido. Sua recusa desapontou Barrabás e acabou com a alegria de Obadias.

Somente à noite, após um longo silêncio, Míriam falou a seu pai:

— Sei que está muito preocupado com minha mãe. Assim como você, também quero poder abraçá-la. Vamos para a casa de Yossef e Halva, mesmo que só por um breve período. Então decidiremos.

— Decidir o quê, filha? Sabe perfeitamente bem que nunca mais poderei voltar à minha oficina ou construir outro telhado com Lisâneas, se é que ele ainda está vivo, por Deus.

— É verdade – murmurou Barrabás. — Agora estamos no mesmo barco. Esqueça seus telhados, Joaquim. Há mais coisas que precisam ser construídas agora. A rebelião do povo da Galiléia contra Herodes.

— Somente isso?

— Você ouviu Obadias. Todos estão contentes por termos levado a melhor contra os mercenários de Herodes e os aproveitadores do Sinédrio. Olhe à sua volta, Joaquim. Os habitantes deste vilarejo se esforçaram em lhe curar porque esteve na cruz e sabem como isso é injusto. Os pescadores que nos ajudaram recusaram uma bolsa cheia de ouro. Para eles, foi suficiente haver lutado ao nosso lado. São sinais. Mostramos à gente da Galiléia que os mercenários não passam de tolos. Devemos continuar. E em larga escala, para sobrepujar o medo da população.

— Espere um pouco. Pensa que pode fazer isso tudo com cinqüenta companheiros e mais algumas crianças?

— Não. Faremos isso tudo arrebanhando todos aqueles que não suportam mais. Mostrando a eles o que somos capazes de fazer. Tiramos você da cruz, você e mais aqueles pobres coitados. Podemos fazer o mesmo em qualquer lugar, até em Jerusalém. Podemos acabar com os mercenários. Podemos lutar e mostrar que estamos vencendo.

Joaquim fez uma expressão de desagrado.

— Barrabás, você fala de uma rebelião como se fosse um ataque de cólera. Acha que eu, e outros que pensam como eu, nunca imaginamos essa situação?

Barrabás abriu um largo sorriso.

— Veja, você mesmo acabou de falar: há muitos outros que não suportam mais Herodes.

— Sim, é verdade que conheço alguns. Mas não pense que irão segui-lo. São todos homens sábios, não tolos.

— Sua filha se tornou uma tola para lhe salvar, Joaquim, não seus sábios amigos.

Joaquim começava a ficar irritado de novo.

— Se uma rebelião não tiver o apoio de toda uma nação, só

pode levar a um completo massacre. Herodes é capaz de atacar com força e rapidez. O Sinédrio está sob seu comando e tem os rabinos a seu lado. Isso não os torna tão perigosos quanto Herodes, mas tão eficientes quanto ele.

— Sempre a mesma desculpa – grunhiu Barrabás. — A desculpa dos covardes.

— Não fale assim! É preciso tanta coragem para resistir à injustiça quanto para lutar em vão. E, mesmo que conseguisse incitar a Galiléia, isso não o levaria a lugar nenhum. Teria de incitar Jerusalém, Judéia, todo o Israel.

— Então vamos, não há tempo a perder.

— Barrabás não está totalmente errado, pai – disse Míriam, calmamente. — Que sentido há em esperar por um novo ataque dos mercenários? Ou por outra visita dos coletores de impostos? Por que permitir sermos sempre humilhados? O que se ganha com isso?

— Ah, agora você pensa como eles?

— O que ele diz é verdade. As pessoas estão cansadas de serem submissas. E orgulhosas de você não ter deixado os coletores de impostos levarem o candelabro de Houlda. Sua coragem é um exemplo para eles.

— Um exemplo tão inútil quanto um ataque de cólera, diga-se de passagem.

— Não se passe por mais fraco do que é, Joaquim – afirmou Barrabás. — Convide seus sábios para a casa de Yossef. Obadias pode levar a mensagem a eles. E deixe que eu fale com eles. Que risco há nisso?

Joaquim olhou para Míriam, que concordava.

— Qual o sentido de quase morrer na cruz, pai, se isso não servir de nada? Simplesmente esconder-se na Galiléia, por toda a vida, por nada! Cabe a nós decidirmos se somos fracos perante o rei. Acreditar que seus mercenários são mais fortes do que nós é dar-lhes razão para que nos desprezem.

Capítulo 5

Tomaram um caminho alternativo que passava aos pés do monte Tabor, evitando assim os caminhos mais freqüentados e circundando Nazaré. Combinaram que Míriam iria à frente para informar Halva e Yossef.

Na trilha sinuosa, ladeada de acácias e alfarrobeiras, que levava ao alto da colina, ela andava tão rápido que seus pés mal tocavam o chão. À medida que se aproximava do pico, havia mais frestas na vegetação, e ela podia avistar os pomares de frutas cítricas, o pequeno vinhedo e duas árvores grandes e largas, próximas à casa de Yossef. Sem nem perceber, seu rosto se iluminou num largo sorriso.

Ouviu alguns balidos e olhou para o alto. Um rebanho de carneiros vagava pelo prado que ficava do lado de cima da estrada. Ia se virando para correr em direção à casa quando identificou uma figura entre os arbustos selvagens e as giestas. Reconheceu a túnica alva com bordados azuis e ocre e os cachos no cabelo ondulado.

Atônita, Halva parou, enquanto tapava o sol com as mãos para ver quem era aquela pessoa que corria em sua direção.

— Míriam... Deus Todo-Poderoso! Míriam! – Ela explodiu em lágrimas e risos. — Você está viva.

— E meu pai também... Nós o salvamos.

— Eu sei, Yossef me contou. Ouvimos falar na sinagoga, mas eu mal podia acreditar!

— É muito bom ver você...

Ao ouvir um lamento a seus pés, Halva soltou Míriam.

— Shimon, meu anjinho, não está com ciúmes de Míriam, está?

O garotinho, de quase dois anos, emudeceu e fitou Míriam, de boca aberta, com uma expressão muito séria em seu rosto. Então, seus grandes olhos, castanhos e brilhantes, arregalaram-se e ele esticou os braços, balbuciando qualquer coisa apressadamente.

— Acho que está me reconhecendo, não acha? – exclamou Míriam, satisfeita.

A menina se inclinou para pegá-lo. Quando se levantou, Halva estava pálida e trêmula, cobrindo a boca com a mão.

— Halva! O que foi?

Respirando com dificuldade, Halva tentou sorrir, apoiando-se no ombro de Míriam.

— Não é nada – disse, quase sem voz. — Só uma tontura, vai passar.

— Está doente?

— Não, não! – Halva recuperou o fôlego e massageou as têmporas.— Já aconteceu algumas vezes desde que Libna nasceu. Não se preocupe. Vamos, vamos contar a Yossef! Ele vai pular de alegria quando a vir.

O reencontro se estendeu por todo aquele lindo dia. Yossef não teve paciência de esperar por Joaquim. Assim que viu a figura delgada de seu amigo chegando pela estrada, correu até ele, abraçou-o e beijou-o, agradecendo ao Todo-Poderoso entre lágrimas e risos.

Foi quase tão efusivo ao cumprimentar Barrabás e Obadias. É claro que podiam ficar em sua casa, exclamava ele, enquanto entravam no quintal. Havia espaço para todos. Então não havia seguido o conselho de Joaquim e construído um quarto recluso, quase secreto, atrás de sua oficina? Poderiam colocar alguns acolchoados no chão para Joaquim e seus companheiros. Míriam dormiria no quarto das crianças.

Sentaram todos em volta da mesa, à sombra das árvores que protegiam a casa do calor nos dias mais quentes.

— Não há perigo algum aqui – disse Yossef.— Ninguém

vai suspeitar que estão em minha casa. E, de qualquer maneira, não há mais mercenários em Nazaré.

Auxiliada por Míriam, que insistia em dizer que não estava nem um pouco cansada, Halva trouxe bebida e comida suficiente para satisfazer o apetite de todos, famintos pelo desgaste da longa caminhada. Obadias se atirou em direção às bebidas, mas mal tocou na comida. Sabendo de antemão que Joaquim e Míriam estavam impacientes, ofereceu-se para ir, o mais discretamente possível, contar a Hannah que haviam chegado. Joaquim lhe ensinou como chegar à oficina sem ser visto pelos vizinhos. Assim que o garoto saiu, zarpando como uma raposa, Yossef continuou seu relato do que havia acontecido na cidade.

Como já era esperado, os coletores de impostos voltaram à cidade após a prisão de Joaquim.

— Você acredita, Joaquim? Aquele que você feriu estava lá. Tinha uma tipóia no braço, mas levou só quatro dias para que se recuperasse.

— Sou mesmo um inútil, não é? – disse Joaquim, divertindo-se.
— Parece que minha mira não é tão boa quanto pensei!

Yossef e Barrabás riram.

— Isso é verdade!

Dessa vez, os coletores de impostos foram acompanhados de três oficiais romanos e uma legião de mercenários. Foram brutais, mas não mais que de costume.

— Só queriam ter o prazer de nos contar que você morreria na cruz – contou Yossef, apertando o ombro de Joaquim. — Repetiram isso tantas vezes que todos acabaram acreditando. Sua pobre Hannah afogava-se em lágrimas, lamentando-se que o Senhor a havia abandonado, que havia perdido o marido e a filha!

Sua face contorceu-se pela lembrança.

— O desespero de Hannah foi tão grande que, apesar de Halva ter ficado com ela por alguns dias, foi impossível consolá-la e tranqüilizá-la. Chegaram a temer que fosse perder a cabeça.

Yossef voltou-se para Míriam.

— Mas eu sabia que de algum modo você se vingaria daqueles exploradores. A única coisa que me preocupava era os mercenários adivinharem que poderia partir em busca de seu pai.

— Ah! – bufou Barrabás, em desdém. — Os romanos e os mercenários confiam demais em sua força, mas são totalmente desprovidos de imaginação. Além disso, nem ao menos entendem a nossa língua.

— Isso pode ser – concordou Yossef. — Mas os coletores de impostos são mais espertos. Eles desprezam nosso sotaque da Galiléia, mas seus ouvidos são tão afiados quanto suas mãos são gananciosas. É por isso que fui à sinagoga e pedi a todos que ficassem quietos... Mas você sabe como é, Joaquim, sempre há aqueles em que não podemos confiar.

A única coisa boa que resultou desse infortúnio foi que a sede de vingança dos coletores de impostos não fez mais do que aumentar o ódio do povo, superando até mesmo as diferenças de opinião.

— Eles nos deixaram sem nada – disse Yossef, com um suspiro. — O que temos mal é suficiente para a próxima colheita.

Os coletores haviam levado tudo o que podiam, esvaziando os celeiros e os depósitos de feno, levando todos as sacas e potes que encontravam. Ordenaram aos mercenários que enchessem as carroças de tal maneira que as mulas mal podiam puxá-las.

— Reviraram nossa casa de cabeça para baixo, procurando por dinheiro que nem sequer possuímos. Havíamos acabado de juntar dois baús com as roupas das crianças. É claro que levaram embora. Levaram até mesmo os figos que Halva tinha acabado de colher! Devem ter apodrecido antes de chegar a Jerusalém, mas eles quiseram levar tudo. Só pelo prazer de nos humilhar – suspirou Yossef, dessa vez com certo sarcasmo.

— Mas não levaram nossos rebanhos. Já havíamos mandado alguns dos garotos para a floresta com os animais.

— E os idiotas não estranharam o fato de não os encontrarem por aqui? – perguntou Barrabás.
— Claro que sim! Mas dissemos que, por já não agüentarmos mais, não possuíamos animais. Para quê tê-los se toda vez os levavam embora? Um dos coletores afirmou: "É claro que está mentindo. Seu rebanho está na floresta, tenho certeza", e então alguém respondeu: "Bem, tentem achá-lo na floresta então. Mas cuidado: o Senhor pode tê-los transformado em leões!"

Joaquim e Barrabás riram, em aprovação.

Yossef sacudia a cabeça.

— Nós os amaldiçoamos muito, posso lhes assegurar disso. Imaginem então nossa felicidade quando descobrimos que Míriam e Joaquim tinham conseguido escapar. Saber que estavam vivos encheu nossos corações de alegria. Até os rabinos, que vêem os infortúnios como punição do Senhor, acharam que Ele não poderia aprovar algo assim tão terrível.

Deixando-se tomar pela emoção, seus olhos ficaram marejados de lágrimas, e Yossef então levantou e segurou Barrabás pelos ombros:

— O Senhor o abençoe, meu rapaz! Você nos trouxe orgulho e felicidade! Isso é algo de que estávamos precisando muito.

Ele quase abraçou e beijou Míriam também, mas a timidez o conteve. Pegou então suas mãos e as beijou carinhosamente.

— Você também, Míriam, você também! Eu e Halva estamos muito orgulhosos de você!

Rindo, contente, Halva abraçou Míriam pela cintura, e ambas foram para dentro da casa, onde as crianças, desacostumadas a tanta agitação, começaram a se lamuriar.

— Vê como é o meu Yossef? – cochichou, satisfeita. — Olhe para ele: fica mais vermelho que uma flor de alfarrobeira. Quando se emociona, é o homem mais bondoso que Deus já criou. Manso como um carneiro. Mas tão tímido! Tão tímido!

Míriam encostou seu rosto no da amiga.

— Não sabe como é bom ver vocês dois novamente. E mal posso esperar para ver minha mãe. Não imaginava que faria tanto mal a ela quando parti.

Com o pequeno Shimon agarrado à sua túnica, Halva se inclinou sobre o berço para pegar Libna, que chorava de fome e impaciência.

— Ah, assim que ela vir você e seu pai, esquecerá sua... – Hanna se interrompeu, bruscamente. Seu rosto ficou pálido, cerrou os olhos, mal conseguia respirar.

Míriam pegou o bebê de seus braços.

— Você está bem?

Halva respirou fundo.

— Não se preocupe, são só tonturas. Vêm de repente...

— Descanse um pouco. Eu olho as crianças.

— Não, não precisa! – disse Halva, esforçando-se para sorrir. — Você deve estar muito mais cansada do que eu, pois andou o dia todo.

Míriam embalava Libna, que enrolava os dedos pequeninos nos seus cachos, e puxou junto a si o pequeno Shimon.

— Deixe-me ajudá-la – insistiu, preocupada. — Vá descansar. Você está tão pálida que até assusta.

Halva cedeu, relutante. Foi se deitar numa cama no outro extremo do aposento. Assistiu a Míriam preparar o mingau de trigo de Libna e fazer uns biscoitos para Shimon e Yossef, que era dois anos mais velho. O primogênito, o sereno Yakov, fazia o melhor que podia para ajudar. Após terem comido, Míriam brincou com eles tão espontânea e carinhosamente que as crianças se entregaram, confiantes, como se estivessem com sua mãe, esquecendo assim suas manhas e ansiedades.

Do lado de fora, Yossef, com sua voz inalterável, suave e carismática, ainda contava a Barrabás e Joaquim como as notícias daquela façanha haviam chegado à sinagoga por meio de um mercador de tintas.

A princípio, muitos duvidaram que pudesse ser verdade. Havia muitos boatos sobre coisas que as pessoas queriam que fosse verdade, mas que, ao final, se revelavam falsas. No dia seguinte, entretanto, e nos próximos que vieram, outros mercadores, vindos de Caná e de Séforis, confirmaram que Barrabás, o salteador, havia de fato incendiado Tariquéia e libertado vários prisioneiros do campo de cruzes, incluindo Joaquim.

Todos suspiraram aliviados, inclusive aqueles que já estavam de luto pelo carpinteiro. E a alegria rapidamente se transformou em um sentimento de vitória.

— Se você chegasse a Nazaré naquela noite, Joaquim, o vilarejo em peso o receberia como herói – disse Yossef. — Já haviam se esquecido de como protestaram quando Míriam disse que estava indo pedir ajuda a Barrabás para o salvar.

Joaquim franziu a testa.

— Precisamos ter cuidado. É agora que as coisas podem começar a ficar perigosas em Nazaré.

Barrabás concordou.

— É isso que acho estranho. Já faz muitos dias que nos vingamos dos romanos na Tariquéia. Os mercenários já deveriam estar por aqui agora, devastando a cidade.

— Acho que a explicação para isso é muito simples – afirmou Yossef. — Dizem que Herodes está tão doente que está perdendo a cabeça. Pelo que parece, seu palácio é pior que um ninho de cobras. Seus filhos, a irmã, o irmão, a sogra, os criados… não há um só deles que não queira acelerar sua morte para tomar-lhe o lugar. Todos fervem de raiva. Tanto o palácio Antônia, em Jerusalém, quanto o palácio de Cesaréia estão em um estado caótico. Os oficiais romanos não têm preparo para, a todo momento, dar suporte a essa família degenerada. Se o louco Herodes sobreviver à sua loucura e descobrir que agiram sem o seu consentimento, eles não sobreviveriam por muito tempo. Nosso rei é louco, mas é o senhor de tudo em Israel, desde o menor grão de trigo até as leis pecaminosas que saem do Sinédrio. Nós, pobres habitantes da Galiléia, tememos seus mercenários e exploradores. Mas esses o temem tanto quanto nós. Portanto, enquanto ele estiver doente e não puder dar ordens, estarão todos aprisionados à sua sombra.

— Isso é uma notícia muito boa de se ouvir! – exclamou Barrabás. — E me faz pensar que estou certo em querer...

Não pôde continuar, pois, nesse instante, gritos e o som de passos se aproximando fizeram que todos se levantassem dos bancos. Era Hannah, correndo na direção deles, sob a sombra das árvores, mãos erguidas sobre a cabeça.

— Joaquim! Deus Todo-Poderoso! Louvado seja Deus! Você está aqui, posso vê-lo! E pensar que não queria acreditar naquele menino...

Joaquim recebeu a mulher em seus braços. Hannah o abraçou o mais forte que podia, as lágrimas escorrendo para dentro de sua boca.

— Sim, é você mesmo! – balbuciava ela. — Não é um demônio, posso reconhecer seu cheiro! Ah, meu marido, eles machucaram você?

Joaquim ia responder quando Hannah o interrompeu, arregalando os olhos e escancarando a boca, o rosto contorcido de pânico.

— Onde está Míriam? Não está com você? Ela está morta?

— Não, mãe, estou aqui.

Hannah virou-se e viu Míriam entrar correndo pela porta da casa.

— Minha filha... Sua doida! – gritava ela. — Que susto você me deu!

Sufocada de tanta emoção, Hannah mal conseguia respirar. Começou a sentir-se fraca até para acariciar as faces deles ou tocar em seus tão amados olhos. Por um instante, parecia que ia desmaiar, mas enfim recuperou-se e todos riram, aliviados. Obadias, que a seguia a uma certa distância, coçava a cabeça, desarrumando ainda mais seu cabelo já naturalmente desgrenhado.

— Sabe o que aconteceu? – disse a Barrabás. — Ela quase gritou para toda a cidade quando contei que Míriam estava aqui com Joaquim. Não queria acreditar em mim, pensava que eu era um espião dos mercenários. Eu a estava levando para uma armadilha, dizia ela. Não conseguia fazer com que ela se calasse sem perder a paciência. Ainda bem que Míriam não é como ela!

Mais tarde, quando a noite já caíra e as mulheres e crianças estavam dormindo, eles se reuniram em volta de uma lamparina, e Barrabás, em voz baixa, revelou seu plano a Yossef. Chegara a hora de iniciar uma rebelião que percorreria a Galiléia, todo o Israel e derrubaria o governo abominável de Herodes, libertando a nação do jugo dos romanos.

— Isso não é ir um pouco longe demais? – murmurou Yossef, com os olhos arregalados.

— Se o que me diz sobre Herodes for mesmo verdade, não há melhor momento do que agora.

— Herodes está fraco, mas nem tanto.

— Se toda a população estiver contra ele, quem o apoiará? Nem mesmo os mercenários, que ficarão com medo de não serem pagos.

Joaquim entrou na conversa.

— É uma idéia insana. Tão insana quanto o próprio Barrabás. Mas foi assim que ele me salvou da cruz. Acho que vale a pena conversar com aqueles que odeiam Herodes e os saduceus tanto quanto nós: os zelotes, os essênios e alguns dos fariseus. Entre eles há homens sábios que estarão preparados para nos ouvir. Se conseguirmos persuadi-los a trazer seus seguidores para a rebelião...

— Quando as pessoas virem que se juntaram a nós – disse Barrabás, entusiasmado –, saberão que chegou a hora de começar a lutar.

Yossef não contestou. Não duvidava nem de sua coragem nem de sua determinação. Assim como Joaquim e Barrabás, estava convencido de que continuar suportando a loucura de Herodes levaria apenas a mais sofrimento.

— Se quiser marcar um encontro com todos eles, podemos fazer isso aqui – disse ele. — Não é nada arriscado. Estamos a certa distância de Nazaré e os romanos nunca suspeitaram de mim. As pessoas que convidarem estarão em plena segurança. Há muitos caminhos alternativos para se chegar aqui. Não terão nem mesmo de passar por Nazaré.

Barrabás e Joaquim agradeceram. A grande dificuldade seria encontrar homens em quem pudessem confiar. Homens de sabedoria, mas também homens gentis e que tivessem poder sobre outros. Que não fossem violentos por natureza, mas que estivessem preparados para lutar. Tais homens eram raros.

Ao longo da discussão, Joaquim e Yossef voltavam sempre aos mesmos nomes. Entre os essênios, reduziram a escolha a apenas dois nomes, cuja reputação pela independência e oposição ao Templo de Jerusalém era bem conhecida: José de Arimatéia, certamente o mais sábio de todos, e Giora de Gamala, que conduzia um movimento de rebeldes com base no deserto próximo ao mar Morto.

Joaquim também mencionara o nome de um zelote da Galiléia, o qual conhecia e confiava. Barrabás fez uma careta, sempre desconfiado dos homens de religião.

— São até mais fanáticos que os essênios.
— Mas enfrentam os romanos sempre que têm oportunidade.
— São tão inflexíveis que o povo têm medo deles! Já ouvi dizer que às vezes batem naqueles que não oram quando eles mandam. Se tivermos essas pessoas conosco, nunca convenceremos os que ainda estiverem em dúvida.
— Mas também não conseguiremos sem eles. Não acredito nessa história de que eles batem nos camponeses. Os zelotes são duros e austeros, é verdade, mas são corajosos e não têm medo de morrer lutando contra os mercenários e os romanos.
— Tudo o que querem é impor sua própria idéia de Deus – insistiu Barrabás, levantando a voz. — É por isso que lutam, não para ajudar os que têm fome ou preservá-los da humilhação de Herodes.
— Por isso é que também devemos convencê-los. Conheço pelo menos dois que são bons homens: Eleazar de Jotapata e Levi, o sicário de Magdala. Eles lutam, mas são também bons ouvintes, que respeitam a opinião alheia.

Relutante, Barrabás concordou em agregar os zelotes. Mas a discussão ficou novamente acalorada quando tocaram no assunto Nicodemos. Era o único fariseu do Sinédrio que já havia mostrado compaixão pelo povo da Galiléia. Joaquim apoiava a decisão de chamá-lo. Barrabás era completamente contra e Yossef estava indeciso.

— Como é possível que pense em chamar um membro do Sinédrio? – exclamou Barrabás. — São todos corruptos! Dentre todos você é quem mais deveria saber disso! Não enfiou uma arma em um daqueles coletores de impostos?

— Uma coisa não tem nada a ver com a outra! – respondeu Joaquim, irritado. — Nicodemos é contra os saduceus, que nunca perderam uma oportunidade para nos explorar. Ele sempre atendeu às nossas reclamações. Por muitas vezes foi à sinagoga para nos ouvir.

— E daí? Isso é muito pouco. Ele vem, boceja para tudo, e então volta para sua vida de luxo em Jerusalém.
— Estou dizendo, ele é diferente.
— Por quê? Abra os olhos, Joaquim: são todos iguais! Covardes, pagos por Herodes, isso é o que são. Se o seu Nicodemos não fosse covarde, não estaria ainda sentado no Sinédrio. Assim que descobrir que estamos planejando uma rebelião, nos denunciará.
— Não Nicodemos. Uma vez ele discutiu com Ananias, o sacerdote, durante uma reunião no Templo. Herodes quis até que fosse preso...
— Mas não foi, não é? Ele não foi para a cruz como você! Tenha certeza de que ele se curvou e pediu perdão... Eu lhe digo, irá nos trair! Não precisamos de pessoas assim.
— É claro que não! – agora Joaquim estava realmente zangado. — Você pode incitar toda a população a se rebelar sem qualquer apoio de Jerusalém ou do Sinédrio. Já que é assim, vá adiante. Por quê esperar? Vá...
— Será que não basta tomarmos um pouco mais de cuidado? – disse Yossef, em tom conciliatório. — Poderíamos falar com Nicodemos sem revelar o que realmente pensamos.
— Por qual motivo? – retrucou Barrabás, teimando. — Para ter certeza de que é um covarde como todos os fariseus?
Joaquim explodiu:
— Qual o sentido de ainda continuarmos discutindo isso? Você fala como uma criança!
A discussão se prolongou. Por fim, Barrabás cedeu, mas ficou emburrado pelo resto da noite.
Ainda tinham de escrever as convocações. Joaquim foi incumbido de fazer isso, enquanto Obadias e seu bando de *am-ha-aretz* se dividiram em grupos de dois ou três, prontos para percorrer todas as distâncias.

— Não estamos lhes dando muita responsabilidade? – perguntou Yossef.
— De modo algum! – exclamou Barrabás, ainda irritado.
— Está claro que não os conhece. Têm mais desembaraço que macacos. Poderiam fazer entregas por todo o caminho até Negev, se precisassem.

Yossef assentiu, temendo provocar Barrabás ainda mais. Só bem mais tarde, depois de uma boa refeição, é que manifestou suas dúvidas.

— Aqui estamos, presos nessa colina da Galiléia – disse, abordando o assunto com cuidado. — É difícil acreditar que nós três iniciaremos uma revolta que vai agitar todo Israel.

— Fico contente em ouvir isso! – exclamou Joaquim, com uma ponta de ironia na voz. — Teria até duvidado de sua inteligência se não soubesse que possuía alguma. A verdadeira questão é: devemos seguir a loucura de Barrabás para que possamos enfrentar a loucura de Herodes?

Barrabás os encarava, recusando-se a entrar na brincadeira.

— Míriam é mais esperta e corajosa do que vocês, carpinteiros – afirmou, acidamente. — Ela diz que estou certo. "Cabe a nós decidirmos se somos fracos perante o rei. Acreditar que seus mercenários são mais fortes do que nós é dar-lhes razão para que nos desprezem." É o que ela diz.

— Minha filha fala muito bem, admito. Às vezes penso que ela poderia convencer até uma pedra a voar. Mas será que é menos louca que você, Barrabás? Somente Deus sabe... – Joaquim sorriu, a ternura amolecendo suas feições.

Barrabás relaxou.

— Talvez você já tenha passado da idade para uma rebelião – disse, dando-lhe um tapinha nas costas.

— Não há mal nenhum em saber a opinião de alguns homens sábios – arriscou Yossef.

— Isso não faz sentido nenhum! Quem aqui já viu uma rebelião de "homens sábios", como você os chama? São pessoas como eu que você deveria chamar para cá. Ladrões e salafrários não têm medo de arriscar nada.

No dia seguinte, de madrugada, carregados de cartas e mil advertências de Barrabás, Obadias e seus companheiros deixaram a casa de Yossef.

Antes de partir, porém, Obadias fez Joaquim prometer que, na volta, terminaria de contar a história de Abraão e Sara, ou mesmo a história maravilhosa de Moisés e Zípora. Joaquim prometeu, mais impressionado com Obadias do que podia admitir.

Com a mão afetuosamente apoiada sobre o pescoço do garoto, andou um pouco com ele. Partiram da ponta da floresta. Obadias disse que atravessaria por lá para ganhar tempo.

— Cuide-se, Joaquim! – ele exclamou, fazendo graça. — Não quero achar que tirei você da cruz por nada. Tome conta de sua filha também. Talvez um dia eu a peça em casamento.

Joaquim sentiu que corava. Obadias já corria por entre a vegetação, a risada maliciosa ainda ecoando entre as árvores. Depois que o jovem sumiu, Joaquim parou por uns instantes, absorto em pensamentos.

As palavras provocadoras de Obadias martelavam em sua cabeça. Via-se na sinagoga de Nazaré, alguns anos antes. Era um daqueles dias em que o rabino bradara em voz alta. Por alguma razão, vinha investindo contra os *am-ha-aretz*. Tinham de ser cortados ao meio, ele dizia, como peixes. Empolgado, apontou o dedo para o céu e se lamentou: "Um judeu não deve se casar com uma moça *am-ha-aretz*. E nós com certeza não devemos deixar essa gente tocar em nossas filhas! Não têm princípios, e ainda por cima alegam ser homens, isso é ridículo!"

Ao lembrar-se disso agora, rodeado de árvores e arbustos, Joaquim sentiu-se envergonhado, impuro até.

Seriam mesmo os *am-ha-aretz*, esses miseráveis tão desprezados pelos doutores da Lei, meras vítimas da antiga disputa dos ricos contra os pobres, que nem mesmo o Senhor conseguira erradicar dos corações dos homens?

Contudo, Obadias era um excelente rapaz. Isso era óbvio. Um companheiro de ouro, ávido por aprender e afeiçoado a qualquer um que demonstrasse interesse por ele. Não seria o sonho de qualquer pai ter um filho como aquele?

De repente, Joaquim perguntava a si mesmo se enviá-lo como emissário ao arrogante essênio Giora, que sempre pregava a pureza, havia sido boa idéia. Na verdade, nem Barrabás nem ele próprio haviam pensado nisso. Poderia comprometer aquele encontro antes mesmo que acontecesse.

De qualquer maneira, pensando sobre isso enquanto voltava para a casa de Yossef, Joaquim decidiu confiar na suprema sabedoria divina e guardar seus temores para si próprio, de modo a não agravar a impaciência e irritabilidade de Barrabás.

Capítulo 6

Por algumas semanas, eles esqueceram o drama que os havia unido e a batalha que os aguardava. Os dias passavam, calmos e serenos, cheios de alegrias ilusórias, como a calmaria que precede a tempestade.

Míriam cuidava das crianças. Halva, por fim, conseguira descansar e recobrara sua cor, os acessos de tontura tornaram-se menos freqüentes e, todos os dias, seu riso ecoava por entre os grandes plátanos.

Joaquim passava a maior parte do tempo na oficina de Yossef, sentindo as ferramentas, levantando as plainas até a altura das narinas, apalpando a madeira macia com o mesmo sentimento de admiração que tivera na juventude quando experimentara as primeiras carícias amorosas.

Discretamente informado por Hannah, Lisâneas veio correndo vê-los, tagarelando com alegria, abençoando Míriam e beijando-a na testa. Trazia boas notícias sobre Houlda: ela não sentia mais nenhuma dor proveniente dos golpes que recebera e havia recuperado sua antiga energia – e mau humor, também.

— Ela me trata como se fosse seu marido – disse, exultante.
— Tão mal como se tivéssemos vivido juntos por muitos anos.

Lisâneas sentia tanta saudade da vida comunal da oficina que, de imediato, começou a trabalhar com Yossef e Joaquim. Em algumas semanas, os três conseguiram fazer o trabalho de quatro meses.

Todas as noites, ao guardar as ferramentas como sempre havia feito antes, Lisâneas declarava, com satisfação:

— Hoje, certamente, fizemos um bocado.

Um dia, Yossef, que costumava responder com um sorriso agradecido antes de convidar a todos para se sentarem à mesa do jantar, disse:

— Isso não pode continuar assim. Eu pago a Lisâneas o que lhe é devido, mas você, Joaquim, não aceita receber nenhum pagamento. Não é justo. Se tenho tanto trabalho, é porque sua carpintaria está fechada. Estou constrangido. Temos de entrar num acordo.

Joaquim riu com entusiasmo.

— Absurdo! Cama e comida, o prazer da amizade, uma vida tranqüila; esse é o nosso acordo, Yossef, e é o bastante para mim. Não se preocupe, amigo. Não esqueci que você está se arriscando muito ao aceitar Míriam e eu em sua casa.

— Míriam é outra! Ela trabalha como uma criada!

— De jeito nenhum! Ela está aliviando a carga de sua esposa. Pague a Lisâneas o que ele merece, Yossef, mas não se aflija comigo. A alegria de trabalhar com você é tudo aquilo de que preciso. Só Deus sabe quando poderei voltar para minha oficina, e nada me dá maior satisfação do que me manter ocupado trabalhando aqui.

Yossef protestou. O assunto era sério. Joaquim não estava sendo sensato. Ele devia pensar no futuro. Tinha Míriam e Hannah para sustentar.

— A partir de agora, goste ou não goste, toda vez que um pedido for pago, reservarei algum dinheiro para você.

Lisâneas interrompeu a conversa.

— O que você precisa fazer, Yossef, é dar aos fregueses um prazo e, então, não cumpri-lo. Se não for assim, eles pensarão que fez um pacto com o diabo para conseguir trabalhar tão depressa!

Somente Barrabás permanecia taciturno. Impaciente, sempre em alerta, ainda acreditava que os mercenários fariam um ataque-surpresa a Nazaré para vingar a fuga de Joaquim. O fato de ainda não terem feito isso o perturbava, e ele temia que estivessem planejando algo. Para não ser tomado de surpresa, havia decidido se tornar pastor.

De manhã até a noite, envolvido numa velha túnica tão marrom quanto a terra, dirigia-se para as verdejantes colinas que circundavam a casa, rodeado pelos carneiros que Yossef tinha conseguido esconder da ganância dos coletores de impostos. Caminhava até um ponto onde pudesse vigiar quem entrasse e saísse da aldeia. Para ele, essa liberdade, essas longas caminhadas nas fragrantes colinas sob o calor de fim de primavera eram tão agradáveis que, mais de uma vez, passou a noite ao relento.

Sua impaciência, sua ânsia de lutar contra os mercenários o tornavam menos alerta, tanto que nem percebeu quando Obadias retornou, discreto como uma sombra.

Já era quase noite. Míriam havia contado a última história às crianças e dera-lhes um beijo de boa noite. Halva já dormia. Da oficina atrás da casa, podia ouvir uma conversa alta e alegre. Joaquim, Lisâneas e Yossef gostavam mesmo de trabalhar juntos, pensou Míriam. Em breve, estariam sentados à mesa, falando e comendo muito.

As discussões que travavam estendiam-se por horas, quando Barrabás estava presente. Mas ela não conseguia levá-los a sério.

— São como crianças – dizia ela para Halva. — Querem reconstruir o mundo que o Senhor já criou.

E as duas riam em segredo do orgulho masculino.

Ainda entretida por tal pensamento, Míriam atravessou a sala da casa. Já estava escuro. Sentiu o perfume do limoeiro, trazido pela brisa noturna.

Foi buscar as lamparinas e um frasco de óleo para enchê-las. Quando voltava, sentiu uma presença por trás de si. Olhou em torno, examinando a escuridão. Mas não havia ninguém. Não se via nada na porta, nenhuma silhueta recortada no céu avermelhado.

Míriam voltou ao trabalho. Mas, quando acendeu a luz, uma mão tomou-lhe a perna. Ela deu um grito e se afastou, deixando cair o pavio para acender o fogo.

— Sou eu, Obadias – ouviu, num sussurro. — Não precisa ter medo!

— Obadias! Seu idiota! Você me assustou, andando no escuro feito um ladrão!

Ela riu e aproximou-se dele. O rapaz se deixou ser abraçado por Míriam, palpitando de prazer, e em seguida soltou-se, tomado pela emoção.

— Não tive intenção de assustá-la! – disse ele, acendendo o pavio. — É bom poder olhar para você depois de tanto tempo. Estou muito contente em vê-la.

As chamas cresceram, dissipando as sombras. Míriam sentiu o quanto Obadias ficara constrangido após fazer o comentário que havia feito. Com um gesto maternal, ela passou a mão em seus cabelos desgrenhados.

— Eu também estou muito contente em vê-lo, Obadias... Você voltou sozinho?

— Não. – Ele apontou, com indiferença, a oficina de Yossef. — Eles estão lá. Os dois sábios essênios, como seu pai os chama. O que é de Damasco, tudo bem. Ele talvez seja mesmo um sábio. Mas o outro, Giora de Gamala, é um louco. Nem queria me ver, muito menos escutar o que eu tinha a dizer e receber a carta de Joaquim! Eu estava coberto de poeira e com a língua de fora quando cheguei a Gamala. Você acha que eles me deram algumas gotas de água? Nem um pingo! – reclamou Obadias, desgostoso. — Meus amigos queriam ir embora, pois lá existe um grande mercado onde poderíamos comer e aplicar nossos golpes.

Míriam levantou uma sobrancelha reprovadora.

— Roubar, você quer dizer?

Obadias sorriu com ar magnânimo.

— Depois de uma jornada tão longa e com boas-vindas como essas, precisávamos nos divertir. Mas eu não fui. Descobri um modo de entregar a mensagem de Joaquim para o velho.

Seu rosto encheu-se de orgulho, atenuando a estranheza de seus traços. Os olhos escuros brilhavam feito brasas.

— Por três dias e três noites – contou ele –, não saí da porta da fazenda, ou seja lá o que for aquilo onde ele e seus seguidores moram. Todos com as mesmas túnicas brancas e barbas tão compridas que se arrastam no chão. Sempre com aparência furiosa, como se fossem cortar você em pedacinhos. E sempre se lavando e orando. Sempre orando! Nunca vi ninguém rezar tanto. Mas, durante aqueles três dias, eles me viam a todo momento, o que realmente os deixou nervosos. Então, no quarto dia, surpresa! Eu não estava lá. Não havia mais um *am-ha-aretz* para macular seus olhos. Eles correram a contar a novidade para Giora. Mas, naquela noite, outra surpresa! Quando Giora entrou em seu quarto, quem ele viu? Eu, sentado em sua cama! Você devia ter visto o modo como ele pulou e gritou, aquele velho sábio essênio...

Obadias ria muito enquanto lembrava.

— Você devia ter ouvido, ele acordou o bando todo. E eu continuava calmamente sentado, como se nada estivesse acontecendo, enquanto todos gritavam comigo. Tive de esperar que se cansassem antes de dizer por que estava lá. Depois, o velho demorou uns dois ou três dias para decidir. De qualquer maneira, aqui estamos. Demorou mais para voltarmos porque tivemos de parar vinte vezes por dia para orar... Se Giora juntar-se a nós nessa rebelião, não será nada engraçado, eu garanto.

Quando Míriam conheceu Giora, percebeu que Obadias não estava mentindo. Também ficou impressionada com sua aparência e personalidade.

Ele era bem baixinho e tinha uma barba tão longa que era impossível adivinhar sua idade. Tinha aparência frágil, mas possuía uma energia enorme. Sua voz era titubeante, mas solene, salientando cada sentença com um movimento preciso das mãos. Quando atraía a atenção de alguém, não a deixava escapar, e por fim forçava a pessoa a baixar os olhos, como que tentando se proteger de uma luz intensa.

Na noite em que ele chegou, pediu que nem Halva nem Obadias compartilhassem a refeição com ele. Isso era impuro, como explicaria: mulheres e crianças eram, por natureza, portadores de fraqueza e infidelidade. Somente Yossef e Joaquim poderiam cortar o pão na mesa em que ele se sentasse – sem falar no outro recém-chegado, naturalmente. O nome desse homem era José de Arimatéia, e ele vinha de Damasco, onde também liderava uma comunidade de essênios. Mas, embora vestisse a mesma imaculada túnica branca de Giora, era bem diferente.

José de Arimatéia era alto e corpulento, com barba branca, calvo, com feições agradáveis e modos gentis. Portava-se de modo perfeitamente cortês com Obadias. Míriam se sentiu atraída por ele de imediato, pois emanava grande serenidade. Sua presença calma, como num toque de mágica, parecia abrandar o temperamento agressivo de Giora.

Mesmo assim, a refeição não foi nem um pouco corriqueira. Giora exigiu silêncio absoluto. Quando José de Arimatéia sugeriu que era possível tolerar conversas quando fizessem suas viagens, ele retrucou, com a barba tremendo:

— Você macularia nossa Lei?

José de Arimatéia não se sentiu ofendido, e cedeu aos desejos dele. Um silêncio estranho preencheu a casa. Só era possível ouvir o ruído das colheres de madeira e o ranger das mandíbulas.

A contragosto, talvez até um tanto alarmado, Obadias agarrou um pedaço de pão de trigo sarraceno e alguns figos e foi comer debaixo das árvores do quintal, envolvido pelo canto noturno dos grilos e pelo farfalhar das folhas.

Por sorte, o jantar não durou muito tempo. Giora anunciou que Yossef e Joaquim se uniriam a ele para uma longa oração. José de Arimatéia, que estava cansado da viagem, conseguiu, de modo hábil, que eles fossem poupados dessa tarefa. Convenceu Giora de que orações solitárias agradariam mais ao Senhor.

O dia seguinte não reservaria menos surpresas. Ao raiar do dia, Barrabás chegou, conduzindo seu rebanho. Com ele, três homens cobertos de poeira.

— Eu os encontrei de noite, perdidos no caminho – disse Barrabás a Joaquim, em tom de troça.

Joaquim sorriu e foi, junto com Yossef, cumprimentar os recém-chegados. Um deles, um homem troncudo e moreno, trazia uma grande adaga enfiada no cinto da túnica.

— Sou Levi, o sicário – anunciou ele a Joaquim em voz alta.

Atrás dele, Joaquim reconheceu Jônatas de Cafarnaum. O jovem rabino inclinou a cabeça timidamente. O mais velho dos três, Eleazar, o zelote de Jotapata, correu na direção de Joaquim, dizendo quanto estava contente em vê-lo vivo e bem.

— Deus é grande por não tê-lo chamado para junto Dele tão cedo! – Ele gritou de alegria. — Louvado seja o Senhor!

Os outros dois homens repetiram suas palavras. Barrabás explicou, com o mesmo tom zombeteiro de antes, como os havia encontrado na floresta, enquanto se dirigiam, já fatigados, para longe de Nazaré, na direção de Samaria, com medo de toparem com mercenários na aldeia.

— Deixei que dormissem algumas horas antes de partirmos, guiados pelas estrelas. Foi um bom treinamento para futuros combatentes.

José de Arimatéia, atraído pelo barulho, apareceu no pátio. Sua reputação de sábio e grande conhecedor da medicina e o prestígio dos essênios de Damasco o precediam, mas nenhum dos recém-chegados tivera a oportunidade de conhecê-lo pessoalmente.

Joaquim os apresentou. José de Arimatéia apertou suas mãos com uma simplicidade que os deixou imediatamente à vontade.

— Que a Paz esteja convosco – disse ele a Levi, Eleazar e Jônatas. — Abençoado seja Joaquim por ter promovido este encontro.

Yossef os convidou para se sentar à grande mesa debaixo dos plátanos. Cada homem falou longamente, contando sua história de vida e detalhando os infortúnios que haviam acontecido em sua região – infortúnios dos quais, em todos os casos, Herodes era culpado.

Enquanto isso, Halva e Míriam se ocupavam arrumando a mesa, colhendo frutas, preparando leite coalhado e biscoitos que Obadias, com as faces vermelhas pelo calor, habilmente retirava do forno.

— Fui aprendiz de padeiro por seis meses – disse ele a Halva, com orgulho, quando esta se mostrou surpresa com sua agilidade. — Eu gostava muito de fazer isso.

— Então, por que não se tornou padeiro?

O riso de Obadias era mais de zombaria do que de amargura.

— Já viu algum *am-ha-aretz* virar padeiro?

Míriam ouviu a conversa deles. Olhou para Halva e não pôde deixar de ruborizar-se. Halva estava prestes a dizer algo a Obadias quando o som de vozes muito altas no pátio fez que ela se voltasse. Giora havia saído e estava parado perante os recém-chegados, tão duro e tenso que sua pequena estatura não importava.

— Por que tanto barulho? – exclamou ele, gesticulando. — Posso ouvir suas vozes do outro lado da casa, e assim não consigo estudar.

Todos o fitaram, perplexos. José de Arimatéia se levantou e aproximou-se de Giora o bastante para que a diferença física entre eles fosse particularmente evidente. Sorriu um sorriso amistoso, leve, mas curiosamente glacial. Havia uma força em seus traços que não seria facilmente abalada, pensou Míriam.

— Estávamos fazendo tanto barulho, meu caro Giora, para expressar nossa alegria em estarmos juntos. Estes companheiros acabaram de chegar, depois de uma árdua jornada pela floresta. Deus os conduziu até nosso amigo, que os trouxe aqui, guiado pelas estrelas.

— Guiado pelas estrelas! – A barba de Giora tremeu, e seus ombros balançaram de raiva: — Que absurdo! Você, um seguidor dos sábios, ousa repetir essa tolice?

O sorriso de José de Arimatéia tornou-se ainda mais largo, mas tão glacial quanto antes.

Obadias deixara o forno e estava ao lado de Míriam. Ela percebeu que ele procurava se controlar para não fazer nenhuma troça. No pátio, os recém-chegados se levantaram, constrangidos pela raiva de Giora. Enquanto Joaquim parecia se divertir com a situação, Yossef observava os dois essênios com ansiedade. Sem responder à beligerância de Giora, José de Arimatéia apontou para um lugar vazio no banco.

— Giora, meu amigo – disse ele, com calma –, venha se sentar conosco. Sente-se e tome um pouco de leite. Será bom que conheçamos um ao outro.

— Não há razão para tal. Não precisamos conhecer um ao outro, só precisamos conhecer Jeová. Voltarei às minhas orações para cultivar esse conhecimento.

Virou-se de modo abrupto, lançando um olhar penetrante para Míriam, Halva e Obadias, que estavam em seu caminho, e em seguida voltou-se novamente, também de modo abrupto.

— É melhor começarmos a reunião que planejamos e esquecer esse assunto.
Joaquim balançou a cabeça.
— Nicodemos ainda não chegou. Temos de esperar por ele.
— Nicodemos, do Sinédrio? – disse Giora, com repulsa.
Joaquim assentiu.
— Virá de Jerusalém. É uma longa viagem e ele precisa ser cuidadoso.
— Assim são os fariseus! Seriam capazes de deixar até Deus esperando!
— Daremos a ele mais um dia – interveio José de Arimatéia, ignorando as costumeiras invectivas de Giora. — Ademais, nossos amigos precisam descansar. A mente fica mais clara quando o corpo está em paz.
Giora riu-se:
— Descansar! Corpo em paz! Tolices de Damasco! Estude e ore, se quiser ter mente clara. É disso que precisa. Todo o resto é insensatez e fraqueza!
Dessa vez ele desapareceu por trás da casa sem dar meia volta. Obadias deu um suspiro aliviado e tocou a mão de Míriam.
— Posso ter julgado esse Giora mal. Não precisamos de batalhas ou rebeliões. É só colocá-lo na frente de Herodes. Em menos de um dia, o rei estaria ainda mais doente e louco do que está agora. "Giora, nossa arma secreta" é como devemos chamá-lo.
Ele falou tão alto e com uma seriedade tão cômica que Halva e Míriam desataram a rir.
Sentados à mesa no pátio, os homens olharam os três em desaprovação. Barrabás lançou a Obadias um olhar sarcástico. Mas José de Arimatéia, que, como os outros, havia ouvido o que dissera Obadias, respondeu com um riso, embora moderado. Isso fez com que os outros caíssem na gargalhada, o que fez muito bem a todos.

No meio da tarde, com o sol de fim de primavera ainda quente, os companheiros de Obadias, que estavam montando guarda, chegaram correndo ao pátio.
— Vem alguém na estrada de Tabor!
— O sábio do Sinédrio?
— Não parece. A não ser que esteja disfarçado. Parece mais um fantasma.
Acompanhado de Barrabás e os filhos de Yossef, Joaquim foi dar as boas-vindas ao recém-chegado. Assim que viu a figura, percebeu que os meninos estavam certos. Não era Nicodemos. Vestido com uma capa de linho marrom, com o rosto escondido por um capuz, o homem avançava rapidamente e sua sombra parecia correr atrás dele, como um fantasma.
— Quem poderá ser? – murmurou Joaquim. — Ele foi convidado?
Barrabás continuou a observar o recém-chegado. Quando o homem tirou o capuz, ele gritou:
— Matias de Giscala!
O homem soltou um urro que mais parecia um relincho e fez um sinal com a mão cheia de anéis. Barrabás o segurou pelos ombros e eles se abraçaram como grandes amigos.
— Joaquim, quero apresentar um amigo. Mais que um amigo, um irmão. Matias liderou a rebelião em Giscala, no ano passado. Se há alguém na Galiléia com espírito de luta para desafiar os mercenários de Herodes, esse alguém é ele.
O espírito de luta havia deixado marcas em seu rosto, pensou Joaquim, ao cumprimentá-lo. Havia duas cicatrizes largas na testa de Matias, que percorriam a cabeça e chegavam até a nuca, deixando dois sulcos descorados e feios em seu cabelo. Por trás da barba grisalha, cicatrizes nos lábios. Quando abria

a boca, mostrava as gengivas, de onde a maior parte dos dentes havia sido arrancada. No conjunto, um rosto amedrontador: era óbvio por que Matias preferia escondê-lo sob um capuz.

— Soube que estava pela região – disse a Barrabás –, então pensei em cumprimentá-lo por sua investida em Tariquéia! E falar sobre sua rebelião...

Barrabás riu exageradamente, para esconder seu constrangimento.

— Você soube? – perguntou Joaquim, surpreso. — Como?

Matias riu-se.

— Eu sei de tudo o que acontece na Galiléia! – Ele segurou os pulsos de Barrabás em seus dedos cheios de anéis. — Você podia ter me enviado um convite, como aos outros.

— Sabe sobre os convites também? – disse Joaquim, friamente. — Tem razão, não podemos esconder nada de você.

— Você pegou um dos meninos, é isso? – indagou Barrabás, de modo não convincente, fingindo estar ofendido.

— O que devia entregar a mensagem a Levi, o sicário – respondeu Matias, com uma piscadela. — Não fique bravo com o garoto. Quando ele me viu, ficou assustado. Se fosse outra pessoa, estou certo de que ele não diria nada. De qualquer maneira, dei-lhe uma bonita bolsa como recompensa por sua dedicação. Eu queria fazer uma surpresa.

Joaquim os observava, dividido entre a ironia e a raiva. O ato que os dois bandidos encenavam não o enganava. Ele não duvidou, nem por um instante, de que Barrabás havia encontrado um modo de informar Matias... E sem dizer a ninguém, por medo que ele, Joaquim, fosse contrário à idéia. Mas este provavelmente não teria se oposto, porque a idéia não era de todo má.

— Uma surpresa que deverá alegrar nossos amigos – disse ele, num tom sardônico, deixando claro para os dois que ele não havia caído naquele conto.

A chegada de Matias causou agitação. Obadias não escondeu seu entusiasmo.

— Este é um guerreiro de verdade – sussurrou, animado, para Míriam. — Dizem que, certa vez, enfrentou trinta e dois mercenários com uma mão só. Todos morreram, e... Viu o rosto dele? Aquelas sim são cicatrizes de verdade!

Yossef, Eleazar e Levi cumprimentaram Matias sem demonstrar preconceito. José de Arimatéia foi gentil com ele e demonstrou especial interesse por suas cicatrizes. Jônatas parecia desconcertado por estar na companhia de dois verdadeiros bandoleiros, sobre os quais circulavam rumores não muito lisonjeiros. Entretanto, todos esperavam ansiosos pela reação de Giora. Joaquim e Barrabás alertaram Matias sobre a personalidade irritadiça do essênio. Mas, quando o velho apareceu, Matias curvou-se perante ele no que parecia ser respeito genuíno.

Giora o olhou por um instante e, em seguida, deu de ombros, deixando escapar por entre os lábios secos um suspiro de impaciência.

— Temos mais um – resmungou, dirigindo-se a Joaquim e José de Arimatéia. — Mas seu fariseu de Jerusalém ainda não chegou. Por que esperar mais? Ele não virá. Nunca devemos confiar naquelas serpentes do Sinédrio, vocês deveriam saber disso.

Barrabás concordou, com fervor tal que impressionou Giora. Mas Joaquim, apoiado por José de Arimatéia, pediu que esperassem um pouco mais.

Finalmente, ao chegar o crepúsculo, um dos jovens *am-ha-aretz* de vigia anunciou que um pequeno grupo se aproximava.

— Um grupo? – indagou Barrabás, surpreso.

— Um homem grande sobre uma mula clara, com um escravo persa correndo atrás dele. O ouro da túnica e dos colares poderia comprar uma dúzia de ótimos cavalos.

Nicodemos, o fariseu do Sinédrio, finalmente chegara. Houve sorrisos, mas ninguém fez comentário algum.

Quando Nicodemos entrou no pátio, todos, até Giora, já esperavam por ele. Era um homem robusto, atraente, do tipo que não envelhece. Vestia, sem ostentação, uma túnica de seda bordada. Tinha tantos anéis de ouro quanto Matias tinha de prata.

Nada havia de arrogante em suas maneiras, e sua voz tinha um charme agradável que tornava um prazer ouvi-lo. Recebeu com modéstia o respeito que lhe foi mostrado. Antes que Giora tivesse tempo de dizer uma só palavra, Nicodemos elogiou sua virtude. Era, claramente, tão astuto quanto sábio. Em seguida, disse a todos como tivera de parar num grande número de sinagogas ao longo do caminho.

— Em cada uma, expliquei que nós, membros do Sinédrio, não visitamos as aldeias de Israel com freqüência suficiente para conhecer o povo – disse ele, sorrindo. — Desse modo, todos podem ver que tenho um motivo perfeitamente razoável para vir à Galiléia. Esse também foi o motivo, meus amigos, pelo qual tive de viajar com um escravo e uma mula. De outro modo, levantaria suspeitas. De qualquer forma, hoje não ficarei aqui, Yossef. Prometi ao rabino de Nazaré que passarei a noite na casa dele. Voltarei amanhã pela manhã, e então poderemos falar quanto quisermos.

Tomou uma xícara de leite antes de continuar sua viagem até a aldeia. Bem no fundo, todos ficaram aliviados – principalmente Halva e Míriam, que, além do crescente número de bocas para alimentar, pensavam que não saberiam como se comportar perante figura tão ilustre.

Mas, assim que Nicodemos, sua mula e seu escravo deixaram o pátio, um silêncio constrangedor caiu sobre o grupo. Matias o quebrou com uma provocação:

— Se os mercenários vierem nos pegar amanhã, saberemos por quê.
Os outros o olharam, alarmados.
— Sempre fui contrário à vinda dele – disse Barrabás, lançando um olhar de reprovação para Joaquim.
— Está errado ao afirmar isso – protestou o rabino Jônatas.
— Conheço Nicodemos. É um homem honesto, muito mais corajoso do que aparenta. Ademais, pode não ser má idéia ouvir a opinião de um homem que conhece o Sinédrio por dentro.
Barrabás suspirou.
— Se você pensa assim...

Quando a noite já ia avançada e Míriam e Halva estavam caindo de exaustão, após terem limpado e arrumado a casa sob a fraca luz da lamparina, a jovem garota, incapaz de explicar sua intuição até para si própria, teve a súbita convicção de que todas as palavras que seriam proferidas no dia seguinte não levariam a lugar nenhum.

Deitada no escuro perto das crianças, sentindo a respiração delas como uma carícia, repreendeu-se por ter pensado algo assim. Seu pai havia agido certo ao convidar todos esses homens. José de Arimatéia agiu corretamente ao apoiar Nicodemos. Mesmo a presença "desse tal de Giora", como Obadias o chamava, era algo bom. Quanto mais diferentes os homens, mais importante era que conversassem entre si.

Entretanto, o que fariam eles com todas essas palavras?

Ah! Por que agora tantas perguntas? Era cedo demais para formar uma opinião, pensou ela.

Quanta presunção de sua parte, pensou, fazer qualquer julgamento das coisas – poder, política, justiça – que sempre haviam sido de alçada masculina. Onde ela teria arranjado tanta autoconfiança? Por certo, tinha a habilidade de pensar, como seu pai ou Barrabás. Mas de maneira diferente. Eles tinham experiência. Ela não tinha nada além da intuição.

Devia mostrar mais modéstia. Ademais, duvidar, a essa altura, era equivalente a trair Barrabás e Joaquim.

Míriam pegou no sono prometendo a si mesma que permaneceria em seu lugar de agora em diante e, no escuro, sorriu ao imaginar que Giora de Gamala certamente a forçaria a agir desse modo.

Capítulo 7

Quando terminaram as abluções e preces matinais, Joaquim olhou para os rostos que o observavam.

— Abençoado seja Deus, rei deste mundo, que nos deu a vida, manteve-nos em boa saúde e permitiu que chegássemos até este dia – disse, com a voz embargada de emoção.

— Amém! – responderam os outros.

— Sabemos por que estamos aqui – Joaquim prosseguiu, mas Nicodemos o interrompeu, erguendo a mão cheia de anéis de ouro.

— Não tenho tanta certeza, amigo Joaquim. Sua carta não foi muito clara. Tudo o que dizia era que você gostaria de reunir alguns sábios para refletir sobre o futuro de Israel. Isso é muito vago. Reconheço alguns rostos desta mesa, outros me são desconhecidos. Quanto aos meus irmãos essênios, conheço um pouco de seu pensamento e também as coisas que reprovam em mim.

Ele se curvou em respeito, sorrindo para Giora e José de Arimatéia. Sua voz começara a enfeitiçá-los. Todos perceberam a razão pela qual Nicodemos havia conseguido construir, entre os saduceus de Jerusalém, a reputação de saber lidar bem com as palavras.

Foi difícil para Joaquim esconder seu constrangimento e, instintivamente, olhou para José de Arimatéia em busca de ajuda. Mas Barrabás, cujos olhos se encheram de raiva, foi mais rápido que ele.

— Posse lhe informar a razão deste encontro, porque foi idéia minha – disse. — É simples. Nós, o povo da Galiléia, não podemos mais suportar o controle de Herodes sobre nossas vidas. Não podemos mais suportar as injustiças que ele e seus mercenários infligem a Israel. Não podemos mais suportar o fato de que os romanos são senhores dele e, conseqüentemente, os nossos. Tudo isso já durou tempo demais. Temos de dar um basta, e precisamos fazer isso agora.

O único som a perturbar o silêncio perfeito que se fez após as palavras de Barrabás foi o riso sarcástico de Giora. Agora, todos esperavam a reação de Nicodemos.

O fariseu assentiu e colocou os dedos sob o queixo.

— E como propõe dar um basta a isso, meu caro Barrabás? – perguntou.

— Pela força das armas. Pela morte de Herodes. Pela insurreição do povo que sofre. Por uma rebelião que acabe com tudo. Desse modo. Eu não era favorável à sua vinda, mas agora sabe de tudo. Pode nos denunciar, ou então juntar-se a nós.

Ao dizer essas palavras, Barrabás colocou a mão no ombro de Joaquim, que ficou desconcertado. Não devido à demonstração de amizade, mas porque Barrabás parecia estar indo muito depressa e muito longe. A franqueza demasiada era uma estratégia ruim. Certamente, não era o procedimento correto para convencer Nicodemos, ou mesmo os outros.

De fato, ele já podia ver o resultado. Embora Levi, o sicário, e Matias tivessem recebido com entusiasmo as palavras de Barrabás, os outros baixaram os olhos, demonstrando cautela – todos exceto José de Arimatéia, que permaneceu calmo e atento.

Quanto a Giora e Nicodemos, ambos fizeram expressões de desprezo.

Joaquim temia o efeito que isso teria sobre Barrabás e interveio.

— Barrabás tem seu próprio modo de dizer e fazer as coisas. É muito autêntico. Eu mesmo devo muito ao modo como ele age. Devo minha vida...

Foi interrompido por um guincho estridente, que fez o jovem rabino Jônatas dar um pulo. Veio de Giora, que apontava o dedo para o peito de Joaquim.

— Por certo que não! Você deve sua vida à vontade de Jeová e nada mais. Eu sei o que se passou em Tariquéia. Sei tudo sobre seu ato de violência aqui em Nazaré e sei que foi colocado na cruz. Se conseguiu sair dela, não foi porque um menino o tirou, mas porque foi a vontade do Senhor! Do contrário, ainda estaria lá a apodrecer.

Giora apontou para Barrabás e lançou-lhe um olhar fulminante, como uma ameaça.

— Não há por que se orgulhar de suas façanhas, como bandido que é. Você é meramente um instrumento do Senhor! Todos os nossos destinos estão sujeitos à vontade de Deus!

Vermelho de raiva, Barrabás se ergueu.

— Quer dizer que Deus desejou a loucura de Herodes e seu jugo sobre a Galiléia? Sobre Israel? Que Ele desejou que os mercenários de Herodes nos humilhassem e nos assassinassem? Que Ele desejou que os coletores de impostos nos roubassem e nos arrastassem na lama? Que Ele desejou todas as cruzes nas quais judeus como o senhor apodrecem? Se for assim, Giora, eu lhe digo na cara: pode ficar com seu Jeová. E eu o enfrentarei tão ferozmente quanto enfrento Herodes e os romanos!

Os gritos que suas palavras provocaram fizeram tremer as folhas nos plátanos que lhes faziam sombra.

— Não blasfeme! – interrompeu Nicodemos. — Ou então terei de deixá-los. Giora exagera; suas palavras atropelam seus pensamentos. Deus não deve ser culpado por nossos infortúnios...

— Sim, Ele é – gritou Giora. — Eu quis dizer exatamente o que disse, e você me entendeu perfeitamente bem, fariseu! Todos vocês ficam reclamando de Herodes! Herodes! É tudo culpa de Herodes! Mas não é! A culpa é dos arrogantes. Foi isso o que Moisés disse, e ele estava certo. Um povo arrogante vaga pelo deserto porque não merece Canaã. Sofrimento e vergonha: é a isso que fomos reduzidos!

Uma vez mais, houve gritos de protestos, mas Giora não se impressionou. Elevou a voz acima de toda a comoção.

— Quem, nesta nação, segue as leis de Moisés, como pede o Livro Sagrado? Quem reza e se purifica como prevê a Lei? Quem lê e aprende a palavra do Livro para construir um templo em seu coração, como ordenou o profeta Ezra? Ninguém. Os judeus de hoje fingem amar a Deus. O que realmente amam é ir às corridas de cavalos, como os romanos; ver representações nos teatros, como os gregos! Eles cobrem as paredes de suas casas com imagens. E, sacrilégio dos sacrilégios, até trabalham no Sabá! Até no âmago do Sinédrio, o comércio é mais importante que a fé. Esta nação é ímpia. Ela merece ser punida cem vezes mais. Herodes não é a causa de nossos infortúnios: ele é a conseqüência de nossos pecados!

Seguiu-se um silêncio breve e perturbador, quebrado pela voz de Eleazar, o zelote de Jotapata.

— Vou lhe dizer uma coisa, Giora, do fundo do meu coração: você está enganado. Deus deseja o que é bom para Seu povo. Ele nos escolheu em Seu coração. A nós, ninguém mais. Respeito suas orações, mas sou tão devoto quanto qualquer essênio. Se alguém blasfema aqui, esse alguém é você.

— Você não passa de um fariseu, como o outro! - retrucou Giora, com a barba eriçada de cólera. — Vocês, zelotes, se consideram muito superiores porque matam romanos. Mas, em suas cabeças, não passam de fariseus...

— É um insulto ser fariseu? - disse Nicodemos, ofendido.

Antes que Giora pudesse responder, José de Arimatéia, que ainda não dissera nada, agarrou seu braço com decisão e declarou, com uma autoridade que surpreendeu a todos.

— Essa discussão é inútil. Conhecemos nossas diferenças. Para que torná-las ainda piores? Vamos, pelo menos, ser gentis uns com os outros.

O zelote o agradeceu com um meneio.

— Ninguém se submete mais às leis de Moisés do que um zelote. Também consideramos a conduta de Herodes como uma mancha sobre nossa terra. A águia dourada dos romanos, que ele permitiu ser erguida sobre o Templo de Jerusalém, nos queima os olhos de vergonha. Censuramos o povo por não ser nem tão sábio nem tão devoto como deseja Jeová. Mas repito-lhe, Giora: o Todo-Poderoso não pode desejar o sofrimento de Seu povo. Barrabás e Joaquim têm razão: o povo sofre e não pode mais agüentar. A verdade é essa. Nossos filhos são crucificados, nossos irmãos, enviados à arena, nossas irmãs, vendidas como escravas. Até quando iremos tolerar tudo isso?

— Meus próprios pensamentos não estão distantes dos seus, amigo Eleazar – disse Nicodemos, ignorando os protestos de Giora. — Mas isso significa que devemos responder com armas e derramamento de sangue? Quantas vezes vocês, zelotes, já confrontaram os romanos ou os mercenários de Herodes?

— Mais de mil vezes, pode ter certeza! – riu Levi, o sicário, erguendo sua adaga. — Nós os fizemos penar de verdade!

— Isso é o que diz! – retrucou Nicodemos, friamente. — Mas para mim não parece que foi assim. Os romanos ainda são os senhores de Herodes. Usemos um pouquinho de bom senso. Uma rebelião não levará a nada. Mesmo supondo que sejam capazes de liderar uma! – Ele inclinou a cabeça em demonstração de dúvida.

— E o que o torna tão seguro de si? – perguntou Matias, com uma ponta de desprezo. — O Sinédrio não é lugar para julgar o que pode ser feito com lanças e espadas – e retirou o capuz, descobrindo a face, que seu sorriso tornava ainda mais terrível. — Não se vêem rostos como o meu por lá. Mas olhem muito bem para este rosto, porque ele diz que podemos combater os romanos e os mercenários... e derrotá-los.

Olhou bem para cada um deles, saboreando o efeito que seu gesto causara.

— Por mim, tudo bem – prosseguiu. — Se Barrabás quiser declarar guerra contra Herodes, estaremos prontos.

— Prontos para serem cortados em pedaços – disse o jovem rabino Jônatas –, do mesmo modo como fizeram no ano passado, quando tentaram tomar Tariquéia.

— Era outro momento. Agora é diferente. Não tínhamos armas suficientes naquela época. Foi uma lição inútil. Cerca de uma lua atrás, na baía de Carmel, perto de Ptolemaida, tomamos dois barcos romanos carregados de lanças, facas e até uma máquina de guerra. Hoje, se o povo tiver coragem suficiente, poderemos armar doze mil homens.

— Há tempos de paz e tempos de guerra – disse Barrabás, em tom determinado. — Chegou o tempo da guerra.

— Ou seja, o tempo de morrerem? – insistiu Nicodemos, e Giora resmungou algo, dando-lhe apoio.

Matias e Barrabás fizeram o mesmo gesto exasperado.

— Se tivermos de morrer, morreremos! É melhor do que viver de joelhos.

— Disparate absoluto! – murmurou Levi, o sicário. — A questão não é viver ou morrer. Não tenho medo de morrer em nome do Senhor, al kiddush ha-Shem. A questão é: podemos destituir Herodes e em seguida derrotar os romanos? Porque é isso que vai acontecer: se enfraquecermos aquele louco, ele irá ao imperador Augusto pedir ajuda. E essa, todos hão de concordar, é outra história.

— Augusto não se importa com Herodes! – disse Barrabás, acaloradamente. — De acordo com os comerciantes, todas as legiões do império estão se concentrando nas fronteiras do norte para resistir aos bárbaros. Dizem até que Varron, o governador de Damasco, teve de se desfazer de uma legião...

Barrabás esperou que José de Arimatéia confirmasse isso, o que ele fez, relutante.

— É o que dizem, sim.

Barrabás bateu com o punho na mesa.

— Então eu digo a todos vocês: nunca houve melhor momento para derrubar Herodes. Ele está velho e doente. Seus filhos, filhas, esposa, enfim, toda a família está se digladiando, pensando somente em traí-lo e tomar o poder! Assim que a doença melhorar um pouco, Herodes envenenará alguns deles para se sentir mais seguro. Todos no palácio têm medo. Dos cozinheiros às prostitutas. Até os oficiais romanos não sabem mais de quem devem receber ordens. Os mercenários têm medo de não receber seu pagamento... Repito: a casa de Herodes está um caos, e temos de tirar proveito disso. Uma chance como essa não virá novamente tão cedo. O povo da Galiléia não tem nada a perder, a não ser o medo e a timidez. Matias e eu podemos levar conosco milhares de *am-ha-aretz*. Vocês, zelotes, têm muita influência nas aldeias da Galiléia. Eles admiram sua gente pelos golpes desferidos no tirano. Se os convocarem, eles os seguirão. E você, Nicodemos, poderia reunir pessoas favoráveis à nossa causa em Jerusalém. Se a Judéia se insurgir ao mesmo tempo que nós, tudo será possível. O povo de Israel está esperando. Eles só precisam perceber que estamos determinados e então se encherão de coragem para nos seguir...

— Acredita realmente nisso? – interrompeu Nicodemos, sem mais nenhuma doçura na voz. — Então você acredita numa insensatez. Não se pode simplesmente convocar um exército ou incitar uma guerra. Não dá para transformar um bando de indigentes em soldados capazes de derrotar mercenários endurecidos por anos de combate. Sua rebelião resultará em muito sangue derramado, e será tudo em vão.

— Diz isso porque odeia os *am-ha-aretz*! – explodiu Barrabás. — Como todos os fariseus, como todos os ricos de Jerusalém e do Templo, não guarda em seu coração nada além de desprezo para com os pobres. Vocês são traidores de seu povo...

— O que sugere, Nicodemos? – perguntou Joaquim, tentando acalmar a cólera de Barrabás.

— Sugiro que esperemos.

Os gritos enfurecidos de Matias e Barrabás, de um lado, e Levi e Eleazar de outro quebraram o ar quente e parado. Nicodemos ergueu as mãos, de modo autoritário.

— Pediram minha opinião. Vim até aqui para dá-la a vocês. Poderiam, pelo menos, ouvir-me.

Relutantes, os outros lhe concederam o silêncio que pedia.

— Você está certo, Barrabás. A casa de Herodes está um caos. Nesse caso, por que antecipar o trabalho de Deus? Por que derramar sangue e acumular ainda mais dor, quando o Todo-Poderoso já está punindo Herodes e sua família? Você deveria acreditar na previdência divina. É Ele quem decide sobre o bem e o mal. No que concerne a Herodes e sua ímpia família, a justiça Dele já está sendo feita. Em breve, eles partirão. Aí então será a hora de fazer pressão sobre o Sinédrio...

— Entendo o que diz, Nicodemos – disse Joaquim –, mas temo que seja só um sonho. A única coisa que pode acontecer é Herodes morrer e outro louco tomar seu lugar...

— Como vocês todos são ignorantes! – berrou Giora, com os olhos selvagens, agora incapaz de se conter. — E que maus judeus! Não sabem que somente uma pessoa pode nos salvar? Esqueceram a palavra de Jeová? Aquele que esperam nascer para salvá-los, seu bando de ignorantes, é o Messias! Somente ele, estão ouvindo? Somente ele poderá salvar o povo de Israel do lamaçal em que se afundou. Você é tão estúpido, Barrabás! Não sabe que o Messias não dá a mínima para suas espadas? Tudo o que Ele quer é sua obediência e suas orações. Se deseja o fim do tirano, venha conosco ao deserto e siga os ensinamentos do mestre da Justiça. Venha e some suas preces às nossas a fim de apressar a vinda do Messias. É esse seu dever.

— O Messias, o Messias! É só isso o que você e sua laia sabem falar! São como bebês buscando o peito da mãe. O Messias! Vocês nem sabem se ele existe, esse tal Messias! Nem se algum dia irão vê-lo. Em cada estrada dessa terra há idiotas clamando ser o Messias! O Messias! É somente uma palavra que usam para disfarçar seu medo e sua covardia.

— Barrabás, dessa vez você foi longe demais! – gritou Nicodemos, seu rosto já em fogo.

— Nicodemos tem razão – disse o rabino Jônatas, já de pé.

— Não vim até aqui para ouvir suas blasfêmias.

— Deus prometeu que viria um Messias – disse Eleazar, o zelote, apontando um dedo acusador para Barrabás. — Giora está certo. Nossa pureza apressará Sua vinda.

— Nossas espadas também o farão, pois elas se abaterão sobre os ímpios como uma prece – disse Levi, o sicário.

Os gritos cessaram.

— Muito bem, já compreendi – suspirou Matias, enfiando novamente a cabeça no capuz e se levantando.

Todos olharam para ele, subitamente ansiosos. Matias bateu no ombro de Barrabás, num gesto amistoso.

— Você reuniu aqui uma assembléia de bebês chorões, meu amigo. Herodes tem razão em desprezá-los. Com essas pessoas por aí, ele poderá reinar por muito tempo mais. Não tenho nada a fazer aqui.

Ele deu meia volta. Os grilos e cigarras pipilavam, mas o único som que se conseguia ouvir era o de suas sandálias roçando o solo do pátio da casa de Yossef.

No frescor da cozinha, Míriam e Halva procuravam ouvir o mínimo ruído que viesse de fora. Após a partida de Matias e o longo silêncio que a acompanhou, os homens recomeçaram a discussão. Mas agora falavam baixinho, como se tivessem medo da própria voz.

Míriam se aproximou da porta. Podia ouvir José de Arimatéia falando calmamente, mas tão baixo que ela precisava fazer grande esforço para entendê-lo. Ele também acreditava na vinda do Messias, dizia. Barrabás estava errado em ver essa crença como uma fraqueza. O Messias era uma promessa de vida, e somente a vida poderia dar origem à vida, ao contrário de Herodes, que fazia nascer morte e dor.

— Acreditar na vinda do Messias é ter certeza de que Deus não nos abandonou. Que merecemos Sua atenção e somos fortes o bastante para ostentar e defender Sua palavra. Por que deseja privar nosso povo dessa esperança que nos dá força, Barrabás?

Barrabás fez uma careta, mas as palavras de José de Arimatéia atingiram seu objetivo, e os outros sentados à mesa concordaram.

— Entretanto, está certo acerca de uma coisa – prosseguiu José de Arimatéia. — Não podemos simplesmente baixar nossas armas quando deparamos com o sofrimento. Devemos repudiar o mal que Herodes espalha. Devemos agir de maneira que a bondade se torne nossa Lei; devemos todos fazer o possível, nós, homens, para tornar a vida mais justa. É isso, e não somente nossas orações, como acredita Giora, que tornará a vinda do Messias possível. Sim, devemos nos unir contra o mal...

— Ele fala bem – suspirou Halva, apertando o braço de Míriam. — Melhor até do que o seu Barrabás.

Míriam ia responder que Barrabás não era "seu", mas, quando se voltou para Halva, viu que seus olhos estavam marejados.

— Meu Yossef não abriu a boca, coitado. – Halva sorriu tristemente. — Mas talvez ele é que tenha razão. Esse palavreado não levará a lugar nenhum, não é?

Míriam foi tomada pela angústia. Halva estava certa. Mil vezes certa. E isso era terrível. Ela estava testemunhando a desprezível insensatez dos homens.

Seu pai e Barrabás, ela sabia, eram ambos homens fortes e bons. Barrabás falava bem e sabia como conduzir e persuadir outras pessoas. José de Arimatéia era, certamente, o mais sábio de todos, e os demais, até mesmo Giora, não desejavam nada além de fazer o bem e agir de modo honesto. Eles ostentavam seu conhecimento e poder, mas era sua impotência que os fazia entrar em conflito de modo tão intolerável...

— Ele foi embora mesmo!

Era Obadias, que retornava, sem fôlego, após correr atrás de Matias.

— Chamei-o e pedi que voltasse, mas ele só levantou o braço, dando-me adeus.

Também Obadias tinha um nó na garganta e lágrimas nos olhos. Também ele percebia que os homens que mais admirava estavam sem força, e essa vergonha lhe angustiava o coração.

Lá fora, Nicodemos acabara de perguntar a José de Arimatéia, com um toque de rancor, se havia perdido a cabeça. Também ele desejava pegar em armas? Não, José respondeu, a violência não era a solução. Isso deu margem a outra réplica feroz de Barrabás. Giora interveio, repetindo, com sua voz estridente, a costumeira ladainha sobre preces e pureza e gritando que a violência era somente válida se fosse o desejo de Deus.

Halva suspirou.

— Eles vão começar novamente?

— Se continuarem a brigar – disse Obadias, com tristeza –, Barrabás irá embora. Eu o conheço. Imagino como fez força para conseguir suportar Giora e o gordo do Sinédrio até agora.

Enquanto isso, Joaquim tentava acalmar a todos. A reunião havia falhado, disse ele, com amargura na voz. Eles teriam de admitir. Brigar daquele modo só demonstrava como eram fracos e quanto

Herodes e os romanos eram fortes. Joaquim estava zangado consigo por tê-los obrigado a fazer jornada tão longa e inútil...

— Nunca é inútil buscar a verdade — disse calmamente José de Arimatéia —, mesmo se a verdade que descobrirmos for desagradável. E existe um ponto sobre o qual todos concordamos: o pior inimigo do povo de Israel não é Herodes, mas sim a falta de união. É por isso que Herodes e os romanos são fortes. Precisamos unir-nos!

— Mas como? — exclamou Joaquim. — A Judéia, a Samaria e a Galiléia estão divididas, assim como nós estamos divididos no Templo e em nossa interpretação do Livro Sagrado. Podemos ser sinceros, mas brigamos. Você acabou de ver por si próprio.

Teria sido a tristeza na voz de seu pai, as lágrimas de desânimo de Halva, a decepção de Obadias ou o obstinado silêncio de Yossef... Míriam nunca saberia.

Seja qual fosse o motivo, ela não conseguiu se controlar. Pegou uma cesta de damascos que acabara de aprontar, correu até o pátio e se dirigiu aos homens, com o peito e a face ardendo. Eles silenciaram, os rostos endurecidos com expressões de surpresa e repreensão. Ignorando isso, ela colocou a cesta sobre a mesa e voltou-se para o pai.

— Permite-me dizer o que penso? — perguntou.

Joaquim não sabia o que responder e olhou para os outros com olhar de indagação. Giora já levantava a mão para dispensá-la, mas Nicodemos pegou um damasco da cesta, deu-lhe um sorriso condescendente e fez um sinal de aprovação:

— Por que não? Prossiga e nos diga o que pensa.

— Não, não, não! — protestou Giora. — Não quero ouvir nada dessa menina!

Joaquim tomou aquilo como ofensa.

— Essa menina é minha filha, Giora — disse ele, ruborizado. — Eu e ela sabemos que lhe devemos respeito, mas não a criei para ser ignorante e submissa.

— Não, não! — repetiu Giora, levantando-se. — Não quero ouvir nada vindo de incrédulos...

— Fale – disse José de Arimatéia em tom gentil, ignorando a cólera de Giora –, estamos ouvindo.

Míriam tinha a garganta seca. Ela sentia seu corpo quente e frio ao mesmo tempo. Constrangida e, ainda assim, incapaz de conter as palavras que ardia para proferir, ela olhou para seu amado pai como se estivesse lhe pedindo perdão.

— Todos aqui adoram palavras – começou –, mas não sabem usá-las. Não conseguem parar de falar. Mas suas palavras são estéreis como pedras. São arremessadas nos outros para que não ouçam o que está sendo dito. Nada pode uni-los, posto que cada um de vocês se considera o mais sábio...

Giora, que já havia saído, agora dava meia volta, balançando sua longa barba.

— Está se esquecendo de Jeová, menina? – bradou. — Está esquecendo que todas as palavras vêm Dele?

De modo doloroso, mas com coragem, Míriam balançou a cabeça.

— Não, Giora, não esqueci. Mas a palavra de Deus que lhe praz é a que estuda no Livro. Ela o torna um homem culto, mas não propicia nossa união. – A confiança de seu tom deixava-os admirados.

Ao fitar suas expressões assombradas, ela via raiva e incompreensão. Temia tê-los ofendido, quando tudo o que desejava era ajudá-los. Falando mais suavemente, prosseguiu:

— Vocês são todos homens cultos, e eu, somente uma menina ignorante, mas ouvi a todos e vejo que seu conhecimento leva somente a discussões. Quem, entre vocês, seria aquele a quem todos ouvem? E se conseguissem derrotar Herodes, o que aconteceria? Discutiriam e brigariam um com o outro como antes? Os fariseus contra os essênios? Todos contra os saduceus?

Barrabás riu.

— Então você também espera pelo Messias?

— Não, eu não sei... Tem razão: muitos levantam e gritam "Sou o Messias". Mas eles não conquistam nada. Têm sonhos, mas são sonhos estéreis. Por que instigar o povo a se rebelar contra Herodes se nenhum de vocês sabe para onde está indo? Herodes é, certamente, um péssimo rei, que não nos traz nada além de infortúnios. Mas quem, entre vocês, poderia ser um rei justo e bondoso?

Ela diminuiu a voz, como se estivesse prestes a lhes contar um segredo.

— Somente uma mulher que conhece o preço da vida pode dar vida a essa pessoa. O profeta Isaías não disse que o Messias nasceria de uma jovem?

Eles a fitavam em silêncio, seus rostos congelados de fascínio. Agora Giora ria.

— Creio que compreendemos. Você quer ser a mãe do Libertador. Mas quem será o pai?

— O pai não importa – Míriam olhou para longe, e seu tom tornou-se mágico. — Jeová, sagrado, sagrado, sagrado seja Seu nome, decidirá.

Ninguém disse uma palavra, até que Barrabás colocou-se de pé, com o rosto distorcido de ódio. Aproximou-se de Míriam tão abruptamente que ela deu um passo para trás.

— Pensei que estivesse comigo. Você disse que desejava esta rebelião, que não havia por que esperar! Mas vejo que é igual a todas as mulheres: um dia diz uma coisa, no dia seguinte diz outra!

Giora riu-se mais uma vez. Joaquim colocou a mão no pulso de Barrabás.

— Por favor – disse, forçando a si próprio para falar mais baixo.

Barrabás soltou o braço e bateu no peito, fazendo caretas de desgosto.

— Se é tão inteligente – gritou para Míriam –, deveria saber disto: eu, Barrabás, sou o eleito, e serei o rei de Israel!

— Não, Barrabás, não. Somente o homem que não conhece outro pai, não conhece outra autoridade a não ser o Senhor, nosso pai que está no Céu, terá coragem de desafiar a ordem causada pela perfídia dos homens e mudá-la.
— Está louca! Eu sou o eleito; eu, Barrabás. Sou o único aqui que nunca conheceu um pai. Barrabás, o rei de Israel! Você verá...
Ele deu meia volta e caminhou a passos largos na direção do caminho que levava para fora do pátio, ainda gritando:
— Barrabás, o rei de Israel! Vocês verão...
Obadias correu atrás dele, fazendo um gesto angustiado para Míriam ao sair.
Os gritos de Barrabás dispersaram a surpresa de todos. Nicodemos e Giora riram, desdenhosos.
— O jovem enlouqueceu. Ele seria capaz de mergulhar toda a nação numa guerra sangrenta.
— É um homem bom, corajoso – retrucou Joaquim. — E é jovem. Pode manter viva uma esperança que nós já não conseguimos sustentar.
Joaquim olhou para sua filha e deu-lhe um sorriso triste e carinhoso, no qual Míriam pensou ver reprovação.
O silêncios dos outros homens a condenou mais veementemente que palavras. Ela voltou correndo para a cozinha, coberta de vergonha.

Capítulo 8

Era noite deserta. Somente o pipilar incessante de um grilo quebrava o silêncio que envolvia a casa de Yossef. Não tardaria a amanhecer.

Incapaz de pegar no sono, Míriam havia levantado de sua cama perto das crianças. Esperava pela primeira luz da manhã e, ao mesmo tempo, a temia, desejando que a escuridão que a envolvia não terminasse nunca.

Não conseguia parar de reviver a loucura que a havia possuído e compelido a falar perante os homens. Nem conseguia esquecer a vergonha que havia imposto a seu pai. E Barrabás! Ela queria ter ido atrás dele para implorar seu perdão.

Por que era tão orgulhoso? Ela o admirava e sempre lhe seria grata pelo que havia feito. A última coisa que desejava era magoá-lo! Ainda assim, ele havia partido convencido de que Míriam o traíra. E Obadias partira com ele...

O olhar com que Obadias a fulminou enquanto se dirigia para seguir Barrabás ainda lhe enchia o coração de angústia.

Os outros haviam deixado a casa de Yossef com o mesmo ar aflito. Eleazar, o zelote, o rabino Jônatas, Levi, o sicário... Nicodemos e Giora se encontravam com humor ainda pior.

Somente José de Arimatéia não havia fugido. Ele perguntou gentilmente a Halva se poderia passar a noite. A estrada para Damasco era longa e ele preferia descansar antes da partida.

Míriam não tinha juntado coragem para se desculpar perante todos. As palavras subitamente lhe faltaram. Acima de tudo, ela não queria abrir a boca por medo de dizer mais alguma coisa que pudesse magoá-los.

Ela não tivera coragem nem de aparecer na refeição vespertina, embora Halva a tivesse beijado com toda a sua costumeira ternura e a assegurado de que ela havia agido do modo certo, mil vezes certo, ao dizer-lhes a verdade, mesmo que não estivessem dispostos ouvi-la.

Mas Halva falava com o coração transbordante de amizade e sua confiança em Míriam era tamanha que a deixava completamente cega.

Não! Giora havia dito a verdade: ela era somente uma menina cheia de orgulho que interferia em coisas que não lhe diziam respeito. Havia semeado a discórdia entre eles como se atirasse uma pedra em sua assembléia. Como tinha sido idiota! Quando tudo o que desejava era uni-los!

Ah! Por que não era possível voltar no tempo e consertar o que havia arruinado?

Agora, clareava o céu sobre Nazaré. O frio da manhã, úmido de orvalho, havia entorpecido Míriam sem que ela se desse conta, absorvida em pensamentos, autocensuras e dúvidas.

Foi somente no último instante que ela ouviu passos atrás de si. Yossef se aproximava, com um pesado cobertor nas mãos e um sorriso nos lábios.

— Estava me preparando para ir cuidar dos animais, agora que Barrabás desistiu de ser pastor.

Olhou para ela, que tinha os olhos vermelhos, os lábios trêmulos e os braços nus arrepiados de frio, e disse, em reprovação:

— Espero que não tenha sido louca de passar a noite aqui! – Ele a cobriu com o cobertor. — Aqueça-se ou vai ficar resfriada – disse, com carinho. — A madrugada engana.

— Yossef, estou com tanta raiva de mim mesma – murmurou Míriam em voz angustiada, e tomou a mão dele.

— Mas por que, meu Deus? – perguntou Yossef, segurando a mão dela.

— Estou tão envergonhada... Eu nunca deveria ter falado daquela maneira com todos ontem de tarde. Envergonhei não somente a mim mesma, mas a você e meu pai.
— O que está dizendo? Envergonhou-nos? Muito pelo contrário. Eu não abri a boca porque não sei me expressar muito bem, especialmente com alguém como Giora por perto, mas fiquei tão feliz em ouvi-la! Foi como um bálsamo para meus ouvidos. Que bom! Finalmente, alguém dizia o que precisávamos ouvir...
— Yossef! Não está pensando no que diz!
— Como assim? Todos achamos isso. Seu pai, Halva e até mesmo José de Arimatéia. Ele nos disse ontem à noite que achava isso. Se você não tivesse se escondido, teria ouvido também.
— Mas os outros foram embora...
— Envergonhados. Eles realmente sentiram vergonha. Sabiam que você estava certa e não tinham nada a acrescentar. Você tem razão: somos incapazes de nos unir em torno de um só anseio. Seja o Messias ou outro qualquer, o homem capaz de nos unir ainda não nasceu. Para pessoas como Giora e Nicodemos, essa não é uma verdade fácil de admitir. — Ele suspirou e balançou a cabeça. — Sim... todos temos de buscar muito em nossas almas.
— Barrabás, certamente, não pensa assim – murmurou Míriam, abalada.
— Barrabás! – exclamou Yossef, zombeteiro. — Você o conhece melhor do que nós. Ele está louco para lutar! É muito impaciente. E, acima de tudo, quer impressioná-la. Quem sabe? Talvez ele se torne mesmo o rei de Israel para conquistá-la! – A ironia de Yossef transformou-se em riso.
Míriam baixou os olhos, bêbeda de exaustão e atordoada pelo que acabara de ouvir. Estaria Yossef dizendo a verdade? Teria ela julgado erroneamente a reação de todos?

— Você perdeu uma boa noite de sono por nada – concluiu Yossef. — Venha para dentro. Halva cuidará de você.

Yossef havia dito a verdade.
Ela acabava de tomar uma tigela de leite quente quando Joaquim veio procurá-la. Os olhos dele brilhavam; ele sussurrou em seu ouvido:
— Estou orgulhoso de você.
José de Arimatéia chegou, sorrindo. Por baixo de sua gentileza, notava-se intenção de demonstrar que ele realmente se importava com Míriam.
— Joaquim me disse que sua filha não era uma menina comum. Não creio que ele esteja errado e não creio que seja somente orgulho de pai.
Míriam desviou o olhar, constrangida.
— Sou uma jovem como outra qualquer. Só que sou mais geniosa. Não deve levar a sério o que eu disse ontem à noite. Eu deveria ter ficado quieta. Não sei o que me deu. Deve ter sido porque fiquei irritada com Giora, ou porque Barrabás...
Ela não terminou a sentença. Os três homens e Halva riram.
— Seu pai me disse que você aprendeu a ler e escrever aqui em Nazaré – disse José de Arimatéia.
— Muito pouco...
— Gostaria de passar algum tempo com minhas amigas em Magdala? Lá, você poderia aprender muito mais.
— Aprender? Aprender o quê?
— A ler livros gregos e romanos. Livros que a fariam pensar, como a Torá, mas de modo diferente.
— Sou uma menina! – exclamou Míriam, quase não acreditando no que ouvia. — Uma menina não aprende nos livros...

Sua resposta divertiu José, mas não Joaquim, que retrucou que, se ela começasse a falar como sua mãe, Hannah, o deixaria envergonhado de verdade.

— Às vezes a mente de uma mulher vale mais do que a da maioria dos homens — declarou José de Arimatéia. — As mulheres de Magdala são como você. Não que elas queiram ser eruditas, mas são ávidas por compreensão e por fazer algo de útil com suas mentes.

— Além disso, tem de pensar nos dias futuros — disse Joaquim. — Não poderemos voltar a Nazaré por muito tempo...

Míriam hesitou e olhou para as crianças, que agarravam a túnica de sua amiga.

— Justamente. Halva precisa de mim aqui. Não é o momento de deixá-la sozinha...

Halva ia protestar quando ouviram gritos vindos de fora. Eles reconheceram a voz de Obadias antes que este despontasse na entrada.

— Aconteceu! — gritou ele, tentando retomar o fôlego. — Eles estão em Nazaré!

— Quem?

— Os mercenários, droga! Barrabás tinha razão. Dessa vez vieram atrás de você, Joaquim!

Por um instante, ficaram perdidos. Pediram a Obadias que contasse o que sabia. Ele explicou que estava dormindo sob os ramos mais baixos de uma acácia, na estrada de Séforis, junto com Barrabás e seus companheiros, quando foi acordado pelo som de soldados marchando. Era uma coorte romana seguida de, pelo menos, uma centena de mercenários que se dirigiam para Nazaré. Marchavam depressa, na alvorada, ainda carregando as tochas que usaram para guiar-se no escuro. Atrás deles vinham diversas carroças de mulas carregadas de lenha e frascos de óleo.

— Lenha e óleo? — exclamou José de Arimatéia, surpreso.
— Para quê?

— Para incendiar a aldeia – respondeu Joaquim, em voz monocórdia.
Obadias fez que não com a cabeça.
— A aldeia, não. Sua casa e sua oficina.
— Tem certeza?
— Barrabás nos pediu para ir acordar todos e avisá-los de que os romanos estavam chegando. Mas, quando os mercenários chegaram, foram direto para sua casa...
— Santo Deus!
Yossef apertou o ombro do amigo. Joaquim se afastou e correu para a porta, mas Obadias o impediu de sair.
— Espere! Não seja tolo, Joaquim, ou eles o pegarão.
— Minha esposa está lá! – gritou Joaquim, empurrando-o.
— Vão machucá-la!
— Repito, não haja como um tolo – disse Obadias, pressionando suas pequenas mãos contra o peito de Joaquim.
— Eu irei – disse Yossef. — Estarei seguro.
— Vocês podem ficar quietos e me ouvir? – gritou Obadias.
— Nada acontecerá à sua esposa, Joaquim, ela está vindo para cá com amigos meus! Conseguimos tirá-la de casa e eu corri na frente para avisá-lo... e para me afastar dela. Meu Deus, como aquela mulher grita! – Obadias sorriu para esconder sua irritação.
— Onde está Barrabás? – perguntou Míriam. — Se ele ficar na aldeia, pode ser preso.
Obadias balançou a cabeça, evitando os olhos dela.
— Não, não... Ele não voltou conosco. Disse que não precisavam mais dele. Já deve estar quase em Séforis a esta hora.
Houve um breve silêncio. Joaquim, pálido, sussurrou:
— Desta vez, acabou. Minha casa se foi. Minhas ferramentas se foram...
— Não podemos fazer nada – disse Obadias, com pesar. — Barrabás estava certo: os mercenários voltariam, cedo ou tarde.

— E quanto a Lisâneas? – perguntou Yossef, subitamete.
— O velho que trabalhava com vocês? Quase foi morto. Não queria deixar a oficina. Gritava ainda mais alto que a esposa de Joaquim. Os vizinhos quase tiveram de bater nele para fazê-lo parar.
— Não é sensato ficar aqui – disse José de Arimatéia.
— É verdade – concordou Obadias. — Os mercenários irão fuçar em todo lugar, para assustar a aldeia inteira.
— Podem se esconder na minha oficina – sugeriu Yossef.
— Não, vocês já se arriscaram o bastante – afirmou Joaquim, dirigindo-se à porta. — José de Arimatéia tem razão. Assim que Hannah chegar, partiremos para Jotapata. Meu primo Zechariá, o sacerdote, poderá nos acolher.
— Meus amigos e eu iremos com você, Joaquim.
Procurando mostrar sua gratidão, Joaquim, que esperava a chegada de Hannah, colocou a mão na nuca de Obadias, num gesto paternal.
Os olhos de Míriam se encheram de lágrimas. Parado ao seu lado, José de Arimatéia disse com carinho:
— Seus pais estão em boas mãos, Míriam. Creio que seria melhor vir para Magdala comigo.

Parte 2

A ESCOLHA DE MÍRIAM

Capítulo 9

— Mariamne! – gritou Míriam. — Não vá para o fundo...
Era um aviso inútil, ela sabia. A filha de Raquel, Mariamne, tinha uma contagiante alegria de viver. Era bonito vê-la nadar com todo vigor, na despreocupada animação da juventude. A água deslizava por sobre seu corpo esguio como óleo transparente, e, a cada movimento seu, viam-se centelhas bronzeadas do longo cabelo, circundando sua figura como algas marinhas.

Já fazia dois anos que José de Arimatéia trouxera Míriam para a casa de Raquel, em Magdala. Tão logo a jovem chegou, Raquel afirmou que ela era tão parecida com sua filha Mariamne que elas bem poderiam ser irmãs. As mulheres da casa concordaram.

— É incrível – diziam. — Até seus nomes são parecidos: Mariamne e Míriam!

Elas queriam ser gentis, mas isso não era verdade.

Naturalmente, as duas meninas tinham certas características em comum, a começar pela aparência física. Mas Míriam só via as diferenças entre elas. Diferenças que não se deviam somente à idade, embora Mariamne, quatro anos mais jovem, ainda tivesse toda a paixão e os caprichos da infância.

Não havia nada, nem mesmo a difícil iniciação em línguas e em outros conhecimentos, que Mariamne não transformasse em pura alegria. Essa fome de prazer não poderia contrastar mais com a austeridade de Míriam. A filha de Raquel havia nascido para amar tudo o que há no mundo e Míriam invejava seu poder de se maravilhar.

Quando ela olhava para trás em sua própria história de vida, não conseguia encontrar nada parecido. Durante os primeiros meses que passara sob a sombra da exuberância de sua jovem companhia, sentira, muitas vezes, que seu próprio bom senso, determinação e ousadia lhe pesavam muito. Mas Mariamne demonstrou que ela, sozinha, possuía alegria suficiente para as duas, o que fez com que Míriam a amasse ainda mais. Logo brotou a amizade, que até agora ajudava Míriam a agüentar a personalidade um tanto espinhenta que o Senhor havia lhe reservado.

E assim passavam os dias, alegres, pacíficos, aplicados, nessa linda propriedade, cujos jardins se estendiam até as margens do lago de Genesaré.

Raquel e suas amigas não eram mulheres comuns. Elas não eram reservadas como normalmente as filhas e esposas devem ser. Falavam sobre tudo, riam de tudo. A maior parte de seu tempo era dedicado à leitura e a conversas que deixariam os rabinos horripilados — afinal, eles acreditavam que as mulheres foram feitas para cuidar da casa, tecer, ou, quando fossem abastadas como Raquel, entregar-se a uma ociosidade tão arrogante quanto sem sentido.

Dez anos antes, seu marido, um comerciante dono de uma frota de navios que percorriam os grandes portos do Mediterrâneo, tivera uma morte estúpida em uma rua de Tiro, atropelado pela carroça de um oficial romano. Desde então, Raquel tinha usado sua considerável fortuna de maneira inusitada.

Recusando-se a viver em qualquer das casas luxuosas que havia herdado do marido, em Jerusalém e em Cesaréia, ela se fixara em Magdala, uma cidade galiléia a dois dias de caminhada de Tariquéia. Aqui, era fácil esquecer o frenesi das grandes cidades e portos. Mesmo nos dias mais quentes, uma brisa suave vinha do lago e durante todo o dia era possível ouvir, por entre o canto incessante dos pássaros, a água batendo nas margens. Dependendo da estação, as amendoeiras, as murtas e as alcaparreiras eram uma festa de cores. Ao pé das colinas, os camponeses de Magdala assiduamente cultivavam longas faixas de semente de mostarda selvagem e ricos vinhedos se alinhavam com sebes de plátanos.

Construída em volta de três pátios, a casa de Raquel tinha a sobriedade e a simplicidade dos edifícios judaicos do passado. Livres da profusão de objetos opulentos normalmente encontrados em casas de estilo romano, vários aposentos haviam sido transformados em salas de estudo, com as estantes repletas de obras dos filósofos gregos e pensadores romanos do tempo da República, pergaminhos manuscritos da Torá em aramaico e grego e textos dos profetas que datavam do exílio da Babilônia.

Sempre que possível, Raquel convidava os autores que admirava para o lago. Eles permaneciam em Magdala durante uma estação inteira, trabalhando, ensinando e trocando idéias.

José de Arimatéia, desafiando a tradicional desconfiança que os essênios têm das mulheres, era um visitante freqüente. Raquel apreciava muito sua companhia e sempre o recebia de braços abertos. Míriam soube que ela apoiava financeiramente a comunidade de essênios de Damasco, onde José não somente compartilhava sua sabedoria e seu conhecimento sobre a Torá, como também lecionava a ciência da medicina e aliviava o quanto podia o sofrimento de pessoas comuns.

Acima de tudo, Raquel abria suas portas para as mulheres galiléias que desejassem estudar. Ela precisava fazer isso muito discretamente. Se não podia dar chance para que Herodes e os romanos – assim como seus espiões – levantassem suspeitas, as mentes estreitas dos rabinos e maridos representavam ameaça não menos terrível. As mulheres que cruzavam a porta da casa de Magdala, quase todas esposas de ricos comerciantes e proprietários de terras, o faziam às escondidas. Resguardadas da repulsa que os homens sentiam por mulheres cultas, aqui elas se entregavam ao aprendizado da leitura e da escrita e, muitas vezes, passavam para suas filhas o gosto e a paixão pelo conhecimento.

Desse modo, Míriam aprendera o tipo de coisa que em Israel era normalmente reservada a poucos homens: a língua grega e a filosofia política. Com suas companheiras de estudo, ela lia e discutia as leis e normas que regiam a justiça dentro de uma república ou o poder num reinado, ponderando os pontos fortes e fracos de tiranos e sábios.

Raquel e suas amigas sofriam tanto quanto ela com o jugo de Herodes. A humilhação moral e material, assim como a decadência espiritual do povo de Israel, piorava dia após dia. Tais infortúnios eram assunto consensual para discussões – que freqüentemente terminavam com o reconhecimento da própria impotência por parte das debatedoras. Elas não tinham armas contra o tirano, a não ser sua própria inteligência e rebeldia.

Os boatos diziam que Herodes estava se tornando cada vez mais perigosamente insano e parecia determinado a arrastar o povo de Israel para dentro de seu inferno pessoal. Seus mercenários ficavam cada dia mais cruéis, os romanos, mais insolentes, e os saduceus do Sinédrio, mais gananciosos. Raquel e suas amigas, porém, temiam a morte de Herodes. Quem conseguiria deter outro louco como ele, talvez um degenerado da mesma estirpe, só que mais jovem?

A verdade é que Herodes parecia estar tentando assassinar toda a família. Os parentes de sua mulher já haviam sido dizimados. Mas o rei tinha distribuído sua semente de modo generoso durante a vida e muitos ainda poderiam reclamar sua linhagem. Então, era muito provável que, mesmo quando o tirano finalmente tivesse o que merecia, o povo de Israel não se visse livre de sua maldade.

Míriam já contara diversas vezes como Barrabás havia almejado, sem sucesso, incitar uma rebelião que destronasse o tirano e ao mesmo tempo libertasse Israel dos romanos, eliminando ainda a corrupção dos saduceus.

Embora as brigas estúpidas entre zelotes, fariseus e essênios entristecessem as mulheres de Magdala, elas não se resignavam com a idéia da violência como um meio de conseguir a paz. Afinal, Sócrates e Platão, a quem admiravam, não haviam ensinado que as guerras levavam a mais injustiça, a mais sofrimento das nações e à efêmera ascensão de conquistadores cegos por seu próprio poder?

Mas isso significava que todos simplesmente deviam esperar a intervenção de Deus? Se os homens e mulheres de Israel não conseguissem se livrar de seus infortúnios, teriam de esperar até o momento propício em que Deus, por meio de um Messias, seu intermediário, pudesse libertá-los?

A maior parte das mulheres pensava assim. Outras, incluindo Raquel, acreditavam que somente uma nova justiça, nascida da mente e da vontade humanas, uma justiça fundamentada no respeito e no amor, poderia salvar a todos.

— A justiça ensinada pela lei de Moisés é magnífica, admirável — dizia Raquel, provocativa. — Mas nós, mulheres, estamos numa boa posição para ver as fraquezas dessa justiça. Por que ela estabelece que homens e mulheres são diferentes? Como pôde Abraão entregar sua esposa Sara ao faraó sem ser condenado por tal pecado? Por que uma esposa é sempre a sujeira das mãos de seu esposo? Por que nós, mulheres, valemos menos do que os homens? Somos em igual número e trabalhamos tanto quanto eles. Moisés escolheu uma mulher negra para ser a mãe de seus filhos. Então por que sua justiça não trata todos os homens e mulheres sobre a terra como iguais?

Para os que afirmaram que essa era uma idéia ímpia, que a justiça de Moisés só poderia ser aplicada à nação escolhida por Jeová em seu Pacto, Raquel responderia:

— Vocês acham que o Senhor deseja felicidade e justiça para uma nação somente? Não! É impossível. Isso O reduziria ao nível das divindades grotescas adoradas pelos romanos ou os ídolos maléficos venerados pelos egípcios, os persas e os bárbaros do norte.

A idéia seria recebida com protestos. Como ousava Raquel pensar tal coisa? Não havia a história de Israel, desde o princípio, demonstrado a união entre o Divino e Seu povo? Jeová não havia dito a Abraão: "Eu te escolho e estabelecerei um pacto com teus descendentes..."?

— Mas por acaso Jeová disse que não transmitiria Sua justiça, Sua força e Seu amor a nenhuma outra nação?

— Quer que deixemos de ser judeus? – disse uma mulher de Tariquéia, com voz chocada. — Eu nunca seria capaz de concordar. É inconcebível...

Raquel balançou a cabeça.

— Nunca pensaram que o Senhor pode ter feito um Pacto conosco somente no princípio? Para que pudéssemos estender nossas mãos para todos os homens e mulheres? É o que penso. Sim, acredito que Jeová espera que amemos todos os homens e mulheres do mundo, sem exceção.

A discussão adentrou a noite. Até que terminasse o óleo das lamparinas, Raquel tentou demonstrar que a obsessão dos rabinos e dos profetas em preservar sua sabedoria e sua justiça exclusivamente para o benefício do povo de Israel poderia muito bem ser a razão de sua desgraça.

— Então, o que deseja – zombou outra mulher – é que todo o universo se torne judeu?

— Por que não? – retrucou Raquel. — Quando algumas ovelhas se separam do rebanho, tornam-se mais fracas e correm maior risco de serem devoradas por animais selvagens. O mesmo acontece conosco. Os romanos compreenderam isso. Eles querem impor suas leis sobre todas as nações do mundo para que continuem fortes. Nossa ambição, também, deveria ser convencer o mundo de que nossas leis são mais justas do que as leis de Roma.

— Mas é contraditório! Você não acabou de dizer que nossa justiça não é o bastante, pois deixa a nós, mulheres, de lado? Se é esse o caso, por que deveríamos impô-la ao resto do mundo?

— Tem razão – admitiu Raquel. — Antes de mais nada, precisamos mudar nossas leis...

— Bem, certamente não lhe falta imaginação! – exclamou uma mulher sorridente, aliviando a tensão. — Mudar o pensamento de nossos maridos e de nossos rabinos é muito mais difícil que destronar Herodes, disso estou certa.

Por dias seguidos, Míriam tinha ouvido debates como esse, onde os humores se alternavam entre a maior seriedade e o riso excessivo. Ela raramente intervinha, preferindo deixar para outras mulheres mais experientes o prazer de confrontar o pensamento aguçado de Raquel.

Mas os debates nunca descambavam para briguinhas ou confrontos estéreis. Pelo contrário, o choque entre visões opostas era uma lição de liberdade e tolerância. Raquel, espelhando seu comportamento na prática das escolas gregas, havia decretado que nenhuma mulher deveria reprimir suas opiniões, nem condenar as palavras, as idéias ou o silêncio das companheiras.

No entanto, apesar de entusiasmar Míriam no início, esses embates vivos acabaram deixando-a irremediavelmente triste. Quanto mais fervorosos e brilhantes eles eram, menos conseguiam esconder uma verdade persistente e incômoda: nem Raquel nem suas amigas tinham uma solução para o problema da tirania de Herodes. Elas não conheciam nenhum modo de unir o povo de Israel em uma só força. Pelo contrário, mês após mês, as notícias que chegavam a Magdala indicavam que os mais indefesos – os camponeses, os pescadores, os que conseguiam sobreviver arduamente – eram os que mais temiam o futuro.

Sem nenhuma saída, desprezados pelos ricos de Jerusalém e do Templo, eles concentravam sua fé nos oradores e nos falsos profetas que proliferavam nas cidades e aldeias. Bramindo seus discursos alarmistas, nos quais as ameaças se alternavam com a promessa de acontecimentos sobrenaturais, esses homens alegavam ser profetas de uma nova era. Ai de nós! Suas profecias deixavam muito pouco a escolher. Consistiam de arengas cheias de ódio contra a humanidade e visões desenfreadas e apocalípticas que prenunciavam os castigos mais hediondos. Parecia que a única coisa que esses profetas – com suas pretensões de serem puros, devotos e exemplares – realmente queriam era aumentar o terror e o desespero já sentidos pelo povo. Todos eles denunciavam os males que afligiam Israel, mas pareciam não ter muito interesse em sugerir soluções para esses males.

Apesar da suavidade da vida em Magdala, apesar da alegria contagiosa de Mariamne e do carinho de Raquel, quanto mais o tempo passava, mais os pensamentos de Míriam se concentravam no caos e na destruição que assolavam sua terra. Ficava cada vez mais tempo em silêncio e passava as noites em claro, remoendo as mesmas idéias. Os debates liderados por Raquel começavam a lhe parecer inúteis e as risadas de sua amiga, levianas.

Mas não seria sua própria impotência um pecado? Não teria cometido um erro? Em vez de levar uma vida luxuosa naquela casa, ela não deveria ter-se juntado a Barrabás e Matias numa luta que ia além das palavras? Cada vez que pensava nisso, sua razão retorquia que ela estava simplesmente substituindo uma ilusão por outra. A escolha da violência era, mais do que qualquer outra, a escolha dos impotentes. Significava agir do mesmo modo como os falsos profetas: somar mais dor à dor.

Mas ela não podia simplesmente ficar ali sem fazer nada.

Recentemente, uma decisão havia tomado forma dentro dela: deixar Magdala.

Míriam devia se unir ao pai e tornar-se útil para sua prima Elisheba, em cujo lar Joaquim e Hannah haviam encontrado abrigo. Ou então ficar com Halva, sobre quem o tempo e os filhos deviam ter constituído um pesado fardo. Sim, era isso o que tinha de fazer: ajudar a vida a crescer, em vez de ficar aqui, onde todo esse aprendizado, por mais belo que fosse, esvaía-se frente ao impacto da realidade como fumaça que se dispersa ao vento.

Ela ainda não ousara contar a Raquel nem a Mariamne que planejava partir. Raquel estava fora, no porto de Cesaréia, preparando a chegada de seus navios, que logo zarpariam novamente rumo a Antioquia e Atenas. Além de comercializar tecidos, especiarias persas e madeira da Capadócia, como fazia seu finado marido, essa frota também deveria trazer alguns livros que Míriam aguardava. Ademais, hoje era o aniversário de quinze anos de Mariamne, e Míriam não queria estragar a comemoração de sua amiga. Mas, a partir de agora, ela contaria os dias para sua partida.

— Míriam! Míriam!
Os chamados de Mariamne a despertaram de seus pensamentos.
— Entre! A água está tão calma!
Ela recusou com um aceno.
— Não seja tão séria – insistiu Mariamne. — Hoje não é um dia qualquer.
— Não sei nadar...
— Não tenha medo. Eu lhe ensino... Vamos! É meu aniversário. Dê-me esse presente. Entre e nade comigo.
Míriam havia perdido a conta de quantas vezes Mariamne tentara persuadi-la a entrar no lago com ela.
— Você já ganhou seu presente – retrucou ela, rindo.
Mariamne resmungou.
— Uma história da Torá! Você deve achar isso divertido...
— Não é só "uma história da Torá", sua boba. É uma linda história de amor, a história de Judite, que salvou seu povo graças

à sua coragem e pureza. Surpreende-me que não a conhecesse. Além disso, eu mesma a copiei. Você devia me agradecer.

A única resposta de Mariamne foi enfiar-se novamente na água. Com a agilidade de uma náiade, ela nadou ao longo da margem. Seu corpo desnudo ondulava graciosamente contra a paisagem verde que se descortinava por trás do lago.

Até mesmo a imprudência de Mariamne era linda. Judite deveria ter sido como ela, a Judite que declarara na frente de todos:

— Escutem-me! Vou fazer algo cuja lembrança será passada de geração a geração de nosso povo.

E ela o fez tão bem que Deus salvou o povo de Israel da tirania de Holofernes, o assírio.

Mas quem poderia ser Judite hoje? A beleza de uma mulher, embora extraordinária, não poderia domar os demônios do palácio de Herodes!

Subitamente, a cabeça de Mariamne despontou na superfície. Ela emergiu da água e veio correndo para a margem. Antes que Míriam pudesse reagir, a amiga se atirou por sobre ela, rosnando feito um animal selvagem.

Gritando e rindo, as duas rolaram sobre a grama, apertando-se e lutando. Mariamne usava toda a força que tinha para arrastar Míriam para dentro da água, com o corpo encharcado molhando a túnica da amiga.

Sem fôlego, trêmulas de tanto rir, os dedos entrelaçados, elas se deixaram cair de costas. Míriam pegou a mão de Mariamne e a beijou.

— Você é completamente louca! Olhe só para a minha túnica!

— Bem feito. Você só precisava nadar um pouco...

— Não gosto de água tanto quanto você. Sabe disso.

— Você é séria demais, esse é o seu problema.

— Não é difícil ser mais séria que você!

— Ora, ninguém está forçando você a ser tão calada. Nem triste. Sempre pensando em sabe-se lá o quê. Ultimamente

tem estado pior que nunca. Costumávamos nos divertir juntas... Você podia ser tão alegre quanto eu, mas não quer...
Mariamne apoiou-se num cotovelo e colocou o dedo indicador na testa de Míriam.
— Já está se formando uma linha entre suas sobrancelhas. Aqui! Às vezes ela é visível logo de manhã. Continue assim e logo terá rugas, como uma velha.
Míriam não respondeu. Ambas ficaram em silêncio por um momento. Mariamne fez uma careta e perguntou, num sussurro ansioso:
— Ficou zangada?
— É claro que não.
— Sabe quanto a amo. Não quero que fique triste por causa das minhas bobagens.
— Não estou triste – respondeu Míriam, baixando os olhos. — O que você diz é verdade. Eu sou "Míriam, a séria". Todos sabem disso.
Mariamne se deitou de lado, arrepiada com a brisa fria. Com a flexibilidade de um animal, ela se encorujou nos braços de Míriam para se esquentar.
— Sim, as amigas de minha mãe a chamam assim. Estão erradas. Elas não conhecem você como eu. Você é séria, mas de um modo engraçado. Na verdade, você não faz nada como as outras pessoas. Tudo tem muita importância para você. Você nem dorme e respira como o resto de nós.
Os olhos dela se fecharam, contente que estava por sentir seus corpos aquecendo um ao outro. Míriam não respondeu.
— E você não me ama tanto quanto eu a amo, sei disso também – prosseguiu Mariamne. — Quando você partir, porque você vai partir, ainda assim a amarei. Mas não sei se você ainda me amará.
Míriam se sobressaltou. Mariamne havia adivinhado seu pensamento? Mas, antes que pudesse responder, Mariamne, de súbito, sentou-se e apertou sua mão bem forte.

— Escute!
O ruído das rodas de uma carroça podia ser ouvido perto da casa.
— Minha mãe voltou!
Mariamne deu um pulo e se pôs de pé. Sem ligar para o fato de ainda estar molhada, pegou a túnica que estava pendurada nos galhos de uma tamareira e correu ao encontro da mãe.

As criadas já ajudavam Raquel a descer da carroça. Coberta com uma pesada lona verde, a carroça exigia quatro mulas para puxá-la, e somente o cocheiro Rekab, o único serviçal masculino da casa, conseguia conduzi-la.
Mariamne correu para a mãe e a beijou efusivamente.
— Eu sabia que você voltaria para o meu aniversário!
Raquel era um pouco mais alta que a filha. Com a idade, havia encorpado um pouco, o que era disfarçado por uma túnica elegante, com franjas bordadas. Retribuiu carinhosamente os cumprimentos de Mariamne, mas Míriam sentiu que Raquel estava preocupada com alguma coisa. Não parecia tão feliz por estar de volta quanto afirmava naquele momento.
Somente mais tarde, após ter presenteado a filha com um colar de coral e contas de vidro procedente de um lugar mais longínquo que a Pérsia e ter-se certificado de que suas preciosas caixas de livros haviam sido abertas corretamente, ela fez um discreto sinal para Míriam. Em seguida, levou-a para um terraço com vista para os pomares que se estendiam na direção do lago. Protegidas do vento, os abetos balsâmicos, as macieiras de Sodoma e as figueiras proporcionavam sombras agradáveis. Raquel adorava relaxar aqui. Ela freqüentemente utilizava esse lugar para conversas reservadas.

— Não quis estragar o prazer de Mariamne... Às vezes ela ainda parece uma criança!
— É bom que ela seja tão determinada a preservar a pureza da juventude.

Raquel balançou a cabeça, concordando, e olhou adiante, para além dos juncos e papiros que brotavam nas margens, fitando o lugar onde a serena superfície do lago estava coberta de velas e barcos de pesca. Tinha a expressão grave.

— Tudo vai de mal a pior, muito mais do que imaginávamos. Cesaréia está fervilhando com boatos. Dizem que Herodes mandou matar seus dois filhos, Alexandre e Arquelaus. – Ela hesitou e baixou a voz. — Todos lá estão muito assustados. Ele tem tanto medo de ser envenenado que mata e prende pessoas sob a mais leve suspeita. Seus melhores criados e oficiais foram torturados. Eles confessam qualquer coisa para permanecer vivos, mas suas mentiras tornam o rei ainda mais insano.

Raquel relatou como a irmã do rei, Salomé, e seu irmão, Feroras, suspeitos de querer tomar o poder, fugiram para uma fortaleza na Judéia. Tomado pelo ódio por sua família e pelo povo judeu, Herodes fizera amizade com um lacedemônio chamado Euricles. Homem dissimulado e ganancioso, Euricles havia se infiltrado na corte por meio de presentes luxuosos que dera a Herodes, todos roubados da Grécia. Com uma mistura de bajulação covarde e calúnias perversas, ele criara a armadilha que havia levado o rei a matar seus filhos.

— Consegui vê-lo de relance no porto, onde se pavoneava numa carruagem que reluzia de tanto ouro – continuou Raquel, desgostosa. — Euricles é a arrogância servil em pessoa. É fácil imaginar o tipo de atos baixos dos quais é capaz. Mas isso não é o pior. Ninguém se importaria se o rei e sua família se matassem uns aos outros, desde que não nos arrastassem junto. Mas Herodes e todos que o rodeiam são humanos somente na aparência. Seus vícios de poder já apodreceram seu âmago.

Ela suspirou, abatida.

— Não sei mais o que Deus deseja de nós... Até o que nós fazemos me parece inútil! Para que servem os livros que trouxe comigo? Todos os que temos em casa? As coisas que aprendemos, que discutimos? Até há pouco tempo eu tinha a convicção de que cultivar nossas mentes nos ajudaria a mudar o rumo deste mundo. Disse a mim mesma: nós, mulheres, devemos mudar. Aí sim poderemos controlar a insensatez dos homens. Não acredito mais nisso. Quando saio de Magdala, quando passo um dia nas ruas de Tariquéia, tenho a sensação de que estamos nos tornando mais e mais cultas e mais e mais inúteis...

— Não pode falar assim, mãe – gritou Mariamne, por trás dela. — Não você...

— Ah! Você estava aí?

— Sim, e ouvi tudo. Embora perceba que você sempre reserva as conversas sérias para Míriam.

Ela se aproximou, com olhos acusadores, e ergueu o colar que lhe caía sobre o peito.

— Eu vinha mostrar como ele me caiu bem. Mas creio que parece fútil demais para você.

— Pelo contrário, Mariamne. Senão, por que eu lhe haveria dado? E tem razão, caiu-lhe muito bem...

Mariamne dispensou o cumprimento com um gesto agressivo.

— Você ficou igual a Míriam. Austera, obcecada por Herodes. Mas não tem o direito de duvidar. Você não dizia para as mulheres que vinham aqui: "Se houver um só homem ou mulher que defenda o conhecimento e a razão e recorde a sabedoria dos antigos, esse alguém poderia salvar o mundo e as almas dos seres humanos antes do julgamento de Deus"?

— Você tem boa memória – disse Raquel, sorrindo.

— Tenho excelente memória. E, ao contrário do que você imagina, sempre a escuto com muita atenção.

Raquel estendeu a mão para lhe acariciar o rosto, mas

Mariamne afastou a cabeça. Raquel fechou o semblante e baixou os olhos, fatigada.
— Você fala com toda a paixão da juventude. Mas tudo à nossa volta me parece tão feio.
— Está redondamente enganada – disse Mariamne, exaltando-se. — Para começar, a idade não tem nada a ver com isso; Míriam é só quatro anos mais velha do que eu. Vocês duas esqueceram como olhar para o que é belo. Mas a beleza ainda existe. De modo agressivo, Mariamne apontou para o esplendor que as rodeava.
— O que pode ser mais bonito do que este lago, estas colinas, as flores nas macieiras? A Galiléia é linda. Nós somos lindas. Você, Míriam, nossas amigas...O Senhor nos deu esta beleza. Por que Ele desejaria que a ignorássemos? Pelo contrário, deveríamos nos alimentar dessa alegria e contentamento que Ele nos proporciona, não somente dos horrores de Herodes! É somente um rei, e breve morrerá. Um dia será esquecido. Mas as coisas que os livros desta casa dizem só desaparecerão se nos esquecermos de mantê-las vivas.

O sorriso voltou ao semblante de Raquel. Um sorriso terno, de leve arremedo, mas que revelava prazer e surpresa.

— Bem, vejo que minha filha cresceu em razão e sabedoria, e eu nem havia percebido...

— Por certo que não, pois ainda pensa em mim como uma criança!

Mais uma vez, Raquel tentou afagar o rosto da filha. Dessa vez, Mariamne não se afastou, mas enfiou-se nos braços da mãe.

— Prometo que nunca mais a tratarei como criança – disse Raquel.

Com uma risada travessa, Mariamne se libertou.

— Só não espere que eu me torne séria como Míriam. Isso é algo que nunca serei... – Ela se virou e anunciou, como se desejasse enfatizar o que havia acabado de dizer: — Vou mudar de túnica. Esta não combina com o colar.

Saiu rapidamente. Quando havia desaparecido dentro da casa, Raquel balançou a cabeça.

— É assim que as filhas ficam mais velhas e se tornam estranhas para nós. Mas, quem sabe? Talvez ela tenha razão.

— Ela tem razão – disse Míriam. — A beleza existe, e Deus certamente não quer que nos esqueçamos dela. É uma coisa boa, maravilhosa, que criaturas como Mariamne existam. E ela também tem razão quando diz que sou séria demais! Eu gostaria de...

Ela não concluiu a fala. Estava tentando encontrar uma maneira de dizer a Raquel que desejava ir embora e voltar para Nazaré ou juntar-se ao pai. Pássaros cruzaram o céu, chilrando, barulhentos; ela observou seu vôo. Do outro lado da casa, chegou-lhe o som de Mariamne rindo junto às criadas, o som de uma carroça sendo guardada. Antes que Míriam pudesse voltar a falar, Raquel a tomou pelo pulso e levou-a para baixo, adentrando o pomar.

— Eu queria dizer uma coisa antes de Mariamne nos interromper – afirmou, com voz nervosa. Tirou uma folha de pergaminho do pequeno bolso da túnica. — Tenho uma carta de José de Arimatéia. Ele não virá mais aqui porque suas visitas estão causando um escândalo em sua comunidade. Os novos irmãos que acabaram de chegar para estudar medicina com ele estão exigindo que se distancie de nós, "mulheres"... Ele não diz, mas creio que haja a mão de Giora nisso. Giora provavelmente teme a influência de José sobre os essênios. Ele e seus discípulos de Gamala nutrem ódio profundo pelas mulheres.

— Não somente das mulheres – disse Míriam, indignada. — Dos *am-ha-aretz*, dos estrangeiros, e dos doentes também! O fato é que Giora odeia os fracos e respeita somente a força e a violência. Não é um homem agradável e, na minha opinião, nem sequer é sábio. Conheci-o em Nazaré, com meu pai, José de Arimatéia e Barrabás. Ele não concordava com ninguém, exceto consigo...

Raquel concordava com a cabeça, entretida.

— Este é outro assunto que gostaria de conversar com você:

Barrabás. O nome dele está na boca de todos em Cesaréia, Tariquéia e na estrada vindo para cá.

Míriam sentiu um frio na espinha e endureceu. Percebendo sua ansiedade, Raquel balançou a cabeça.

— Não, não trago más notícias... Pelo contrário. Dizem que ele angariou um bando de mais de quinhentos ou seiscentos bandoleiros, e que formou uma aliança com outro bandido...

— Matias, tenho certeza – disse Míriam.

— Não consegui descobrir o nome, mas os dois juntos reuniram cerca de mil homens. Dizem que já despistaram a cavalaria duas ou três vezes, aproveitando-se do fato de Herodes, em sua loucura, ter aprisionado seus próprios generais.

Míriam sorriu. Mais do que gostaria de admitir, sentiu-se aliviada, contente e até um pouco invejosa.

— Sim – disse Raquel, em resposta a seu sorriso –, sei que é bom ouvir isso. Naturalmente, há pessoas em Cesaréia e em Tariquéia, e até em Séforis, que temem pelas próprias posses. Eles bradam palavras como "bandoleiro" e "rufião" e chamam Barrabás de "arauto do terror". Mas me disseram que os bons aldeões da Galiléia rezam por ele. E que Barrabás sempre encontra abrigo entre eles, quando necessita. Isso é bom... – Ela silenciou, olhando para longe.

— Vou embora – disse Míriam, subitamente.

— Vai se juntar a ele? – perguntou Raquel, imediatamente. — Sim, é claro. Pensei nisso assim que soube das notícias.

— Eu já havia decidido partir antes de ouvir isso tudo. Mas queria esperar pela sua volta e pelo aniversário de Mariamne.

— Ela ficará triste sem você.

— Voltaremos a nos ver.

— É claro... – Os olhos de Raquel enevoaram-se.

— Amo as duas com todo o meu coração – prosseguiu Míriam, com a voz trêmula. — Nunca me esquecerei do que vivi nesta casa. Aprendi tanto com vocês...

— Mas chegou a hora de ir – disse Raquel, sem amargura.

— Sim, compreendo.
— Minha cabeça não está mais em paz. Eu acordo, de noite, e digo a mim mesma que não deveria estar dormindo. É verdade, eu estou bem, aprendi muito, recebi tanto amor de você e de Mariamne... mas dei tão pouco em troca!

Inclinando a cabeça, Raquel, ternamente, colocou seu braço sobre os ombros de Míriam.

— Não deve pensar assim. Sua presença é uma bênção, e isso é o bastante para Mariamne e para mim. Mas entendo como se sente.

Ambas ficaram em silêncio por algum tempo, unidas pela mesma tristeza e pela mesma afeição.

— Já era hora de algo acontecer, mas o quê? – disse Raquel.
— Não sabemos o que queremos. Às vezes parece que há um muro à nossa frente, que vai ficando cada dia mais alto e difícil de ultrapassar. Palavras, livros, até mesmo nossos pensamentos mais justos parecem tornar esse muro mais grosso. Você está certa em voltar para o mundo. Vai se juntar a Barrabás?
— Não. Duvido de que ele precise de mim em sua luta.
— Talvez estejamos erradas e ele, certo. Talvez tenha chegado a hora da revolta.

Míriam hesitou por um instante; por fim, disse:
— Não tenho notícias de meu pai e minha mãe há muito tempo. Vou procurá-los. E depois...
— Pelo menos fique até amanhã para Mariamne poder se despedir de você apropriadamente. Pode pegar minha carroça de viagem...

Míriam tentou protestar, mas Raquel colocou os dedos sobre seus lábios.

— Não, deixe-me ajudá-la, pelo menos desse modo. As estradas não são tão seguras a ponto de uma jovem poder se aventurar sozinha.

Capítulo 10

Naquela noite, como em muitas outras, Míriam acordou quando ainda estava escuro como breu. Abriu os olhos. Mariamne dormia ali perto, respirando sem dificuldade. Mais uma vez, invejou o sono calmo de sua amiga.

Por que toda vez que abria os olhos ela se sentia culpada, como se não lhe fosse permitido dormir? A ansiedade parecia sufocá-la, como se um pano molhado lhe tivesse sido empurrado garganta abaixo. Arrependera-se de prometer a Raquel que ficaria mais um dia. Teria sido melhor partir para Nazaré ou Jotapata na primeira luz da manhã.

Em silêncio, levantou-se da cama. Na sala contígua, passou por entre as camas onde dormiam duas criadas, para sair no amplo saguão.

Descalça, com um pesado xale jogado sobre a túnica, ela saiu da casa, caminhando sem hesitação sobre a grama úmida. Na margem do lago, conseguia distinguir contornos vagos sob a luz da lua. Ela avançou com cuidado. Tinha caminhado por ali tantas vezes durante a noite nessas últimas semanas que conseguia encontrar o caminho guiada somente pelo farfalhar das folhas sob a brisa e o marulhar das ondas.

Dirigiu-se para a parte mais baixa do muro, que servia como atracadouro, onde os barcos que pertenciam à casa ficavam ancorados. Arrastou a mão sobre as pedras até encontrar uma que fosse mais larga que as outras, sentando-se sobre ela. Diante de si, os juncos elevavam-se em paredes opacas que levavam ao lago, formando um corredor. O céu, por contraste, parecia claro. Na outra margem, a escuridão tinha um tom azulado, anunciando o raiar da aurora.

Sentada ali, começou a se sentir mais calma. Era como se a imensidão do céu a aliviasse do peso que estava sentindo no peito.

Os pássaros ainda não haviam começado a cantar. O único som era o da água quebrando nos sarrafos ou o balouçar dos juncos. Ali deixou-se ficar por bastante tempo. Imóvel. Uma sombra entre as sombras. Suas ansiedades, dúvidas, até suas recriminações, tudo se fora. Pensou em Mariamne. Agora, sentia-se feliz por passar mais um dia junto a ela. Sua despedida seria repleta de carinho. Raquel agira corretamente ao impedi-la de partir tão depressa.

De súbito, assustou-se. Da superfície do lago, vinha um ruído regular. Golpes surdos de madeira contra madeira. O bater de um remo contra a amurada de um barco, imaginou ela. Um movimento regular, forte, mas discreto. Míriam olhou para as águas.

Preocupada, perguntou-se se deveria ir acordar as criadas. Teria um marido ciumento enviado alguns rufiões para fazer algo desagradável? Isso nunca tinha acontecido. Diversas ameaças já haviam sido feitas contra Raquel e sua "casa de mentiras" por homens que tinham descoberto a influência dela sobre suas esposas.

Cautelosamente, Míriam voltou para perto do muro, indo se esconder debaixo de uma tamareira. Não precisou esperar muito. O céu no leste estava mais claro agora. Foi onde, sobre a superfície do lago, viu refletido um pequeno barco.

A embarcação deslizava suavemente na direção da margem. Na proa, um homem remava. Quando alcançou o meio do corredor formado pelos juncos, parou. Míriam imaginou que estivesse tentando visualizar a plataforma.

Com uma remada firme, mais longa e mais forte que as outras, ele virou o barco na direção de Míriam.

Mais uma vez, ela pensou em correr, mas ficou no lugar, paralisada de medo. Ao olhar para ele, algo em sua figura, em seu cabelo, no modo como jogava a cabeça para trás, pareceu-lhe familiar. Não, não era possível...

O homem parou de empurrar o barco, somente usando o remo para dirigi-lo. Ouviu-se um baque: a proa atingira a murada. Por um instante, o homem desapareceu nas sombras, em seguida reaparecendo subitamente, para amarrar uma corda na argola do atracadouro. O barco balançava, e ele se movia depressa para não cair. Estava mais claro agora, e ela conseguiu ver claramente seu perfil. Míriam sabia que não estava enganada.

Como era possível? Ela saiu de seu esconderijo e caminhou para frente. Ele ouviu seus passos e encostou-se na amurada. Uma lâmina de metal brilhou à meia-luz. Amedrontada, ela segurou um grito: talvez estivesse enganada. Por um instante, os dois se mantiveram imóveis, desconfiados.

— Barrabás? – disse Míriam, em voz quase inaudível.

Ele não se mexeu. Estava tão perto que podia ouvir a respiração dela.

— Sou eu, Míriam – disse ela, tentando soar um pouco mais segura.

O homem não respondeu. Virou-se para o barco, agachou-se para verificar se estava bem amarrado. Mais uma vez, seu perfil apareceu claramente sob a luz pálida. Não restava mais dúvida.

Ela andou na direção dele, com as mãos estendidas.

— Barrabás! É você mesmo?

Dessa vez, ele virou-se para encará-la. Quando ela estava próxima o suficiente para tocá-lo, ele exclamou de surpresa, com voz rouca e abatida:

— O que está fazendo aqui no meio da noite?

A pergunta a fez rir. Era um riso nervoso, mas feliz. Envolvida por uma alegria que há muito pensara morta, ela o puxou para si e beijou seu rosto e seu pescoço.

Míriam sentiu que ele estremeceu de timidez em seus braços. O rapaz retesou-se, afastou-a de si e, antes que ela perguntasse qualquer coisa, disse:

— Preciso de sua ajuda. Obadias está comigo.

— Obadias?

Ele apontou para o barco. Míriam distinguiu uma silhueta escura no fundo do barco, sob uma pele de cabra.
— Ele está dormindo – disse Míriam, sorrindo.
Barrabás escorregou para dentro do barco.
— Não está dormindo. Está ferido. Gravemente ferido.
A alegria que invadira Míriam desapareceu repentinamente. Barrabás levantou o corpo inerte de Obadias.
— O que aconteceu? – perguntou ela. — É muito grave?
Barrabás dispensou a pergunta com um gesto nervoso.
— Ajude-me.
Ela se agachou e passou suas mãos sob as costas de Obadias. Estavam quentes e úmidas.
— Santo Deus! Ele está coberto de sangue.
— Temos de salvá-lo. Por isso estou aqui.

Não demorou muito tempo para a casa inteira acordar. Lamparinas e tochas foram trazidas para iluminar a sala onde Barrabás havia deitado Obadias.

Raquel, Mariamne, as criadas e até o cocheiro Rekab, todos se amontoaram em volta da cama. O corpo desfalecido de Obadias parecia tão frágil quanto o de uma criança de dez anos, mas seu rosto estranho, rígido de inconsciência ou dor, parecia mais velho e mais duro que antes. Uma atadura improvisada, preta de sangue e suja de poeira solidificada, havia sido amarrada com força em volta do peito.

— Fizemos o que podíamos para ele não sangrar feito um carneiro – disse Barrabás. — Mas o ferimento continua abrindo. Não entendo nada de ataduras. Ninguém conseguiu nos ajudar onde estávamos. Não era muito longe daqui, por isso… – Ele nem terminou a sentença, somente fez um gesto vago no ar.

Raquel inclinou a cabeça, em consentimento, e garantiu que ele havia feito a coisa certa. Dispensou as criadas que encaravam o bandido de quem tanto tinham ouvido falar. À luz do lampião, o rosto de Barrabás se mostrava esmorecido pela exaustão, afligido pela dor. Nele, não havia mais o fogo e a raiva que Míriam tanto vira em seus olhos. Seus braços estavam cobertos por crostas de feridas que não haviam sarado apropriadamente, e ele andava transferindo o peso de uma perna para a outra.

— Você também está ferido – disse Raquel, preocupada.

— Não é nada.

As criadas trouxeram água quente e panos limpos. Míriam hesitou em tirar a atadura. Suas mãos tremiam. Raquel ajoelhou-se e deslizou a lâmina de uma faca por baixo do pano imundo. Aos poucos, cortou a bandagem e Míriam a afastou para o lado, deixando exposto o ferimento.

O ferimento se localizava debaixo da caixa torácica, no alto do estômago. Era tão grande que deixava ver as entranhas. Fora causado por uma lança que um mercenário havia torcido no ferimento para torná-lo ainda pior. As criadas soltaram gemidos e cobriram seus olhos e bocas. Raquel as espantou. Bravamente, Mariamne sentou-se ao lado de Míriam, com os lábios em frêmito. Com a expressão dura e os olhos secos, Míriam começou a limpar a parte externa da ferida.

Quando havia removido a atadura imunda, Raquel se voltou para Barrabás:

— É pior do que eu imaginava. Ninguém aqui tem habilidade suficiente para cuidar de um ferimento tão profundo.

Barrabás deixou escapar um gemido gutural.

— Temos de salvá-lo! Precisamos fechar a ferida, colocar emplastos…

— Há quanto tempo ele está assim?

— Duas noites. No começo não estava tão mal. A dor o manteve acordado. Mas eu temia que a ferida ficasse maior. Temos de salvá-lo. Já vi homens em estado pior sobreviverem...

As palavras saíam de sua boca mecanicamente, como se as houvesse repetido para si próprio mais de mil vezes, a cada movimento do remo que o levava para mais perto de Magdala.

Raquel viu que ele se aproximava de Míriam e quase tocou seu ombro enquanto ela lavava a face de Obadias. Mas deixou o braço cair, com uma expressão amarga no rosto.

— Vá descansar — disse, carinhosamente. — Você precisa de cuidados, também. Pelo menos coma alguma coisa e durma um pouco. Não há o que possa fazer aqui.

Barrabás se voltou para Raquel como se não tivesse compreendido. Ela o encarou e viu olhos assombrados com a carnificina que haviam testemunhado. Raquel sentiu um arrepio correr-lhe a espinha. Tentando manter o controle, forçou um sorriso.

— Vá — insistiu. — Vá descansar. Nós cuidaremos de Obadias.

Ele hesitou, olhou para Míriam mais uma vez e deixou a sala. Míriam pareceu não notar.

Durante todo o tempo que cuidaram dele, Obadias não recuperou a consciência. Não havia sinal de sofrimento em seu estranho rosto, somente uma sensação de abandono. Por diversas vezes, Míriam chegou o rosto perto da boca dele para verificar se ainda respirava. Sempre que lavava aquele rosto encardido, os gestos dela eram, cada vez mais, carícias.

O corpo de Obadias estava coberto de ferimentos. Suas coxas estavam negras de escoriações e a pele de seus quadris estava rasgada. Parecia que ele tinha sido amarrado a um cavalo e arrastado pelo chão por uma grande distância.

Sem admitir para si mesma, Míriam temia que ele tivesse ossos quebrados. Raquel chegou à mesma conclusão. Em silêncio, apalpou os braços e pernas de Obadias. Depois olhou para Míriam e balançou a cabeça. Nada parecia quebrado, embora fosse difícil ter certeza quanto ao quadril.

As criadas retornaram com uma grande quantidade de panos limpos. O cocheiro havia trazido a parteira local, que era famosa por seu conhecimento das plantas.

Quando viu Obadias, ela teve ânsia de vômito e começou a gemer. Imediatamente, Raquel a silenciou e pediu que fizesse alguns emplastos para tratar o ferimento, especialmente para evitar a hemorragia.

A mulher se acalmou; Mariamne passou-lhe uma lamparina. Ela a aproximou do ferimento e examinou o jovem cuidadosamente, agora sem temor.

— Posso fazer um emplasto – disse ela, aprumando-se. — Até mesmo uma atadura para impedir que o ferimento se deteriore. Também posso fazer uma poção para ele poder agüentar, se conseguirem fazer que a beba. Mas não posso garantir que isso vai ajudá-lo, muito menos curá-lo.

Com a ajuda de Mariamne e suas criadas, a parteira preparou um emplasto feito de argila e semente de mostarda selvagem moída junto com outras pimentas e cravo em pó. Pediu às criadas que recolhessem folhas macias de confrei e bananas-da-terra que se enfileiravam ao longo das alamedas dos jardins, as quais adicionou à mistura. Depois, amassou tudo junto até obter uma pasta pegajosa.

Enquanto isso, sob suas instruções, Mariamne fervia alho, raiz de tomilho selvagem e grãos de cardamomo no leite de cabra com vinagre – um preparado utilizado para ajudar pessoas idosas com corações fracos.

A parteira cobriu as feridas de Obadias com o emplasto e envolveu tudo com ataduras. Em seguida, Míriam e Raquel lhe deram o preparado que Mariamne havia feito. Não foi fácil: em estado inconsciente, ele regurgitou o líquido diversas vezes. Elas precisaram ser pacientes e fazê-lo sorver gota por gota.

Pareceu que o tratamento surtira algum efeito. Quando iam virá-lo para apertar as ataduras, Obadias soltou um gemido alto, que as pegou de surpresa. Elas ficaram imóveis, olhando para ele, e viram seus dedos tatearem o ar, como se tentassem agarrar algo. Em seguida, quando procuravam deixá-lo confortável, de costas, sua respiração se tornou mais rápida e seus olhos se abriram. A princípio, ele pareceu não ver nada. Depois, ficou claro que estava recobrando a consciência.

Obadias olhou para Mariamne e Raquel, ambas desconhecidas para ele, e a expressão em seu rosto desolado e precocemente velho foi uma mistura de surpresa, dor e medo. Depois viu Míriam, deixou escapar um suspiro fraco e relaxou, apesar de ainda respirar com dificuldade.

Colocando seu rosto perto do dele, a garota apertou de leve sua mão.

— Sou eu, Míriam — sussurrou. — Está me reconhecendo?

Ele piscou. Havia um quê de sorriso em seus olhos. Parecia tão fraco que ela temeu que fosse desmaiar novamente. Mas ele lutava, e encontrou força suficiente para murmurar:

— Barrabás me prometeu que... eu a veria antes de...

As palavras pareciam se quebrar em seus lábios. Ele não conseguiu terminar a sentença. Mas seus olhos diziam o que sua boca não conseguia pronunciar.

— Não se canse — disse Míriam, pressionando seus dedos contra a boca dele. — Não há por que falar. Guarde suas forças: vamos curar você.

Obadias fez um gesto de negação.

— Não é possível... eu sei...

— Não diga asneiras.

— Não é possível... O buraco é muito grande... Eu vi...

Soluçando, Mariamne se levantou e saiu da sala. Míriam pegou o jarro que continha a poção.

— Você precisa beber isto.

Obadias não se opôs. Míriam primeiro molhou seus lábios rachados com um pano, depois inseriu delicadamente a borda de uma caneca entre seus dentes. Ele bebeu um pouco, tremendo devido ao esforço. Mal conseguira absorver um pouco da mistura, já precisava recuperar o fôlego.

Após alguns goles, Míriam afastou a caneca e acariciou o rosto dele. Obadias procurou a mão dela e a segurou firme entre os dedos ressecados.

— Eu prometi a Joaquim... Prometi... – ele não tinha nenhum sinal de ironia nos olhos – que me casaria com você...

— Sim! – gritou Míriam, com fervor. — Viva, Obadias! Viva e eu me casarei com você!

Dessa vez, Obadias sorriu de verdade. Ele piscou mais uma vez e apertou levemente os dedos de Míriam. Seus olhos se fecharam, permanecendo somente o esboço de um sorriso em seus lábios.

— Obadias? – disse Míriam suavemente, sem obter resposta.

— Ele ainda está vivo?

Era Barrabás, parado à porta, quem perguntava. Míriam, agachada ao pé da cama e apertando os dedos de Obadias contra seus lábios, não respondeu. Raquel, ao seu lado, inclinou-se e colocou a palma da mão sobre o peito do rapaz.

— Sim – disse –, ele ainda está vivo. Seu coração bate feito um martelo. Que o Senhor lhe tenha piedade.

Ao meio-dia, Obadias ainda vivia. Mas seu corpo ardia em febre e ele não recobrara mais a consciência. Míriam não havia saído da cabeceira um só instante.

A parteira preparou mais emplastos e uma outra poção, aferventou alguns panos em uma infusão de hortelã e cravo – a fim de

impedir que a atadura apodrecesse a ferida, explicou. Mas, quando Mariamne perguntou se Obadias sobreviveria, ela simplesmente suspirou. Apontou para Barrabás com ar altivo e disse:
— Temos de cuidar daquele ali também.

Barrabás objetou, zombeteiro, mas a mulher não se deixou intimidar por ele.

— Você pode esconder dos outros, mas eu sei. Está gravemente ferido e esse ferimento está lhe consumindo. Em um dias ou dois, estará tão ruim quanto este rapaz aqui.

Teimoso, Barrabás a chamou de louca. Raquel mandou que saíssem da sala:

— Não quero todo esse barulho perto de Obadias – disse. Em seguida, insistiu em que Barrabás concordasse em ser tratado pelos cuidados da parteira. — Vamos precisar da sua ajuda para salvar seu companheiro. Não quero vê-lo no mesmo estado que ele.

Relutante, Barrabás levantou a túnica. Havia um pedaço de tecido rasgado amarrado em sua perna. A parteira o desamarrou e fez uma expressão de repulsa quando viu a ferida. A ponta de uma flecha havia atravessado a parte superior da coxa. A ferida não era muito grande, mas não havia sido tratada, e agora exsudava um pus amarelado e fétido.

A parteira disse, suspirando:

— Você está mais imundo que um piolho, pois sim!

Com um movimento abrupto que o tomou de surpresa, ela rasgou a túnica de Barrabás, revelando um corpo coberto de cicatrizes e cascas de feridas.

— Olhem para isso! Cutiladas, feridas, inchaços... Quando foi a última vez que tomou um banho?

Barrabás lhe disse alguns impropérios e afastou-a, irritado. Mas a mulher o agarrou pela nuca e o forçou a escutar; seus rostos estavam tão colados que pareciam prestes a se beijar.

— Cale-se, Barrabás. Eu sei quem você é: sua fama já chegou aqui. Sei o que faz e por que luta, e não precisa provar que é um homem destemido. Também não precisa morrer inutilmente de tristeza porque seu companheiro está à beira da morte. Use sua cabeça. Deixe que cuidemos de você, descanse por algumas horas e depois conseguirá ajudá-lo.

A tensão nos músculos de Barrabás relaxou imediatamente. Ele lançou um olhar para a sala onde Míriam e Obadias estavam. Seus ombros cederam. Mesmo sem lágrimas, seus lábios tremiam. Raquel e a parteira sabiam o que isso significava e, discretamente, desviaram o olhar.

Um pouco mais tarde, ele entrou na banheira que as criadas haviam preparado e caiu no sono, morto de exaustão. A parteira sorriu e sussurrou no ouvido de Raquel que o tratamento dele poderia esperar.

Se Míriam tinha ouvido a discussão ou os protestos de Barrabás, ela não demonstrou. Também não perguntou sobre seu estado.

A seu lado, Mariamne olhou para o rosto dela e não a reconheceu. As feições sérias, mas acolhedoras, haviam se tornado duras e selvagens, devassadas pelo ódio e pela tristeza. Seu olhar fixo parecia não ver o corpo de Obadias. Debaixo das dobras de sua túnica, a extrema tensão de suas costas era evidente. Sua respiração era tão fraca quanto a de Obadias.

Desconcertada, Mariamne não murmurou uma só palavra. No entanto, estava morrendo de curiosidade de saber a identidade desse jovem *am-ha-aretz* que havia perturbado tanto sua amiga. Míriam nunca havia falado dele, embora tivessem freqüentemente brincado sobre Barrabás, cuja coragem, determinação e orgulho Míriam adorava descrever.

Hesitante, sua mão tocou a dela.

— Você também precisa descansar; não dormiu quase nada a noite passada. Eu ficarei com ele. Não se preocupe: se ele abrir os olhos, chamarei-a imediatamente.

Míriam não reagiu de pronto, e Mariamne pensou que ela talvez não tivesse ouvido. Estava prestes a repetir o que dissera quando Míriam levantou a cabeça e a encarou. Estranhamente, ela sorriu. Um sorriso sem alegria, mas carinhoso, que quebrou a dureza de suas feições como uma frágil peça de louça rebentando.

— Não – disse ela, com algum esforço —, Obadias precisa de mim. Sabe que estou aqui e precisa de mim. Ele tira sua força do meu coração.

O sol ainda não tinha nascido quando Barrabás acordou. Sua primeira preocupação foi saber se Obadias havia recobrado a consciência. A parteira fez que não com a cabeça, mas não lhe deu tempo para perguntar mais nada antes de pôr-se a cuidar dele. Quando ela terminou de colocar uma atadura em sua coxa, enrijecendo a perna, ele aproximou-se de Míriam.

Ela não pareceu notar sua presença; com um gesto nada mecânico, a garota passava a esponja sobre a testa de Obadias de vez em quando ou colocava algumas gotas da poção em seus lábios. Em outras vezes, acariciava as mãos, o rosto ou o pescoço. Os lábios dela se moviam como se fosse murmurar palavras que nem Raquel nem Mariamne, agachada ao pé da cama, poderiam entender.

De repente, a voz abrupta de Barrabás quebrou o silêncio. Encarando Míriam, como se falasse somente para ela, começou a contar sua história.

— Matias, meu amigo que se uniu a nós em Nazaré, na casa de Yossef, chegou um dia ao lugar onde estávamos nos escondendo dos mercenários, perto de Gabara. "Quanto tempo planeja ficar se escondendo feito um rato?", perguntou-me ele. "Precisamos de homens prontos para enfrentar Herodes e atingi-lo de verdade. Você tem mil homens dispostos a segui-lo. Eu tenho somente a metade, mas tenho muitas armas. Não mudei de idéia, você sabe disso. Temos de lutar. E, se tivermos de morrer, que pelo menos morramos enfiando nossas espadas nas entranhas daqueles porcos!" Ele tinha razão, e eu estava cansado de me esconder. E também de me lembrar, constantemente, de suas reprimendas, Míriam. Você pode estar certa: talvez precisemos de um novo rei. Mas ele não virá só porque desejamos. Então, apertei a mão de Matias e disse que sim. Foi assim que tudo começou.

A princípio, a melhor arma deles tinha sido a surpresa. Havia homens em número suficiente para organizar ataques em diferentes lugares ou situações ao mesmo tempo: colunas de soldados que passavam, acampamentos ou pequenos fortes construídos às margens de aldeias... Os mercenários de Herodes, não esperando os ataques, pouco podiam fazer em defesa própria e fugiam, deixando para trás muitos mortos. Se resistiam, por serem superiores em número, Matias e Barrabás se retiravam tão rapidamente que o inimigo era incapaz de persegui-los. Na maioria das vezes, era tarefa fácil pilhar ou queimar as tropas de reserva.

Em poucos meses, a ansiedade havia se espalhado por entre as tropas de Herodes. Os mercenários tinham medo de se movimentar em pequenos grupos. Nenhum acampamento da Galiléia era seguro o bastante para eles. Os roubos e incêndios nos depósitos interrompiam o envio de suprimentos para as legiões. Até mesmo os oficiais romanos que comandavam os fortes, normalmente tão seguros de si, começaram a se preocupar.

— Mas, na casa de Herodes, a loucura reinava – prosseguiu Barrabás. — Os romanos o temiam e não contavam a verdade. Nos palácios, ninguém conseguia mais saber a diferença entre verdade e mentira. Tudo estava acontecendo exatamente como eu tinha previsto. Não haveria momento melhor para uma rebelião.

Todos os dias, mais homens se juntavam à luta. Nas aldeias da Galiléia e no norte da Samaria, eles eram recebidos de braços abertos. Os camponeses ficavam contentes em lhes dar comida e, se necessário, escondê-los. Em troca, quando suas incursões contra o tirano e seus aliados rendiam bastante, eles tinham prazer em dividir seus prêmios entre todos, fossem combatentes ou simples aldeões.

Encorajados pelo poder recém-adquirido, Barrabás e Matias haviam decidido deflagrar ataques em campos mais distantes, fora da Galiléia. Nunca eram grandes batalhas, mas lutas rápidas e mortais. Primeiro na Samaria e, depois, no porto de Dora, em território fenício, onde eles tinham capturado uma boa carga de armas forjadas no outro lado do mar. Nessa mesma ocasião, haviam libertado da escravidão mil bárbaros do norte, alguns dos quais permaneceram junto a eles. Tinham atacado Siquém e Acrabeta, às portas da Judéia, esbarrando com os filhos sobreviventes de Herodes, que haviam se refugiado na Fortaleza de Alexandrium.

— Não tivemos de enfrentá-los, pois o próprio Herodes os assassinou na lua passada!

Depois de cada vitória, aumentava o entusiasmo nas aldeias.

— Até mesmo os rabinos pararam de falar contra nós nas sinagogas – disse Barrabás em tom monocórdio. — E, quando entrávamos nas cidades que não estavam vigiadas por mercenários, os habitantes nos recebiam cantando e dançando. Pode ter sido isso que trouxe nossa derrocada.

Ele continuava falando, como se quisesse limpar sua mente de todas as coisas intensas e extraordinárias que havia vivido ao longo dos últimos meses. Enquanto isso, Míriam não havia tirado os olhos de Obadias. Ela parecia não estar ouvindo, ao contrário de Raquel e Mariamne, que não tiravam os olhos de Barrabás, sorvendo cada palavra que ele dizia.

Barrabás apontou para Obadias com um gesto doloroso, como se desejasse afagá-lo.

— Ele também gostava. Sempre gostou de lutar. Em combate cerrado, quando estamos lá com nossas espadas em punho, cortando e gritando, ele está em seu elemento. Tira proveito do fato de parecer uma criança. Mas não se pode julgá-lo por seu tamanho. É mais esperto que um macaco e mais corajoso que todos nós. Sim, gosta mesmo de lutar. É a vingança dele...

Barrabás silenciou por um instante e observou Míriam enquanto ela acariciava o braço de Obadias e passava a esponja em suas têmporas. Ele balançou a cabeça.

— Foi idéia dele voltar para a Galiléia e atacar a fortaleza de Tariquéia. Queria dar um grande golpe. Não por orgulho, mas para demonstrar finalmente a todos que tanto os legionários de Roma quanto os mercenários de Herodes estavam à nossa mercê. Até mesmo onde se consideravam mais fortes.

— Tínhamos de achar um lugar com a reputação de ser inexpugnável. Pensamos nas fortalezas de Jerusalém e Cesaréia. Mas Obadias disse "É Tariquéia que temos de atacar. Nós já quase conseguimos tomá-la uma vez".

Era verdade. O ataque durante o qual eles haviam libertado Joaquim expusera os pontos fracos da fortaleza. Os romanos eram por demais estúpidos e seguros de si para tê-los reparado. Eles haviam somente reconstruído as barracas do mercado e os edifícios de madeira em volta das muralhas de pedra. Assim como haviam feito da primeira vez, Barrabás, Matias e seus bandos só precisavam incendiá-las.

Mas dessa vez, ao invés de tirar proveito da confusão causada pelo fogo para escapar, eles atacariam os portões. Estavam seguros de ter homens em número suficiente para invadir o lugar.

Ademais, Barrabás e Matias tinham certeza de que, uma vez iniciada a batalha, e ficando evidente que os mercenários e legionários haviam enfraquecido, o povo de Tariquéia lançaria mão de marretas, foices e machados para se unir à luta.

— O mais difícil de tudo – prosseguiu Barrabás – foi tentar não levantar suspeitas. Havia espiões de Herodes por todo lado. Mais de mil pessoas não poderiam aparecer na cidade da noite para o dia.

Então, os dois bandos haviam se dividido em pequenos grupos de três ou quatro. Disfarçados de comerciantes, camponeses, artesãos e até de mendigos, eles haviam encontrado refúgio nos casebres das colinas e nas aldeias de pescadores entre Tariquéia e Magdala. Isso levou tempo: quase um mês inteiro.

— Naturalmente, alguns deles adivinharam – suspirou Barrabás. — Mas achamos que...

Ele fez um gesto cansado.

Quem teria se vendido? Seria o traidor do bando de Matias ou do seu? Um pescador? Um campônio assustado ou simplesmente alguém que queria ganhar uns poucos denários às custas da vida de outrem?

— Nunca saberemos, mas acho que foi um de nós. De que outra maneira saberiam onde Matias e eu nos encontrávamos? Obadias estava conosco. É isto o que o traidor deve ter dito a eles: que Matias e eu estávamos na aldeia. Que tudo o que precisavam fazer era nos levar e os outros não ousariam lutar.

Duas noites antes do ataque, ao raiar da aurora, enquanto a aldeia ainda dormia, uma chuva de fogo se abateu sobre os telhados de sapê. Durante a noite, um grande navio de guerra havia se posicionado no lago, perto do pequeno cais. As catapultas a bordo haviam lançado dezenas de dardos incendiários sobre os telhados. Como as famílias fugiram em pânico, uma coorte de cavaleiros romanos entrou na aldeia pelo norte e pelo sul. Crianças, mulheres, velhos e combatentes: os cavaleiros os cortavam indiscriminadamente.

— Foi tarefa fácil para eles – prosseguiu Barrabás. — O pânico era geral. As mulheres e as crianças gritavam e corriam em todas as direções, e os cascos dos cavalos pisavam em todos. Os roma-

nos ficaram jubilosos. Quase não conseguimos lutar. Estávamos em cinco, somente. Matias, dois de seus homens, Obadias e eu. Matias morreu imediatamente. Obadias me ajudou a escapar...
Barrabás não conseguia mais falar. Ele esfregava o rosto, na vã tentativa de apagar o que ainda podia ver.
O silêncio que se seguiu foi tão intenso, tão terrível que a respiração ofegante de Obadias podia ser ouvida claramente.
Sem perceber, Mariamne apertava forte a mão de sua mãe. Agora, chorando copiosamente, ela escorregara encostada à parede, ficando lá, agachada.
Míriam ainda não se movera. Era como se houvesse se transformado em pedra. Raquel sabia que Barrabás esperava que ela dissesse alguma coisa, qualquer coisa, para ele. Mas nada veio. Só o que ela disse, em voz curta, foi:
— Se Obadias ficar aqui, ele não sobreviverá.
Raquel estremeceu.
— O que podemos fazer? A parteira disse que já fez tudo o que pôde. E ela é a melhor curandeira de Magdala.
— Existe somente uma pessoa que pode trazê-lo de volta à vida, e essa pessoa é José. Em Beth Zabdai, perto de Damasco. Ele sabe como curar os enfermos.
— Damasco é muito longe! Três dias de viagem, no mínimo. Nem pense nisso.
— Nós conseguiremos. Só precisaríamos de um dia e meio, se não pararmos de noite e levarmos boas mulas.
A voz de Míriam era aguda e fria. Ficou claro que ela, durante toda a narrativa de Barrabás, tinha pensado somente em uma coisa: como chegar a Damasco o mais depressa possível. Ela olhou para Raquel.
— Pode me ajudar?
— É claro, mas...
Não havia razão para prevaricação. Era óbvio que, se necessário, Míriam carregaria Obadias em seus braços por todo

o caminho até Beth Zabdai. Raquel se pôs de pé, ignorando o olhar estarrecido de Barrabás.

— Sim... pode levar minha carroça. Vou pedir a Rekab para aprontá-la.

— Ele precisa ficar mais confortável – disse Míriam. — Temos de levar um sortimento de ataduras, água e emplastos. Precisamos também de uma segunda pessoa para conduzir as mulas. Eles podem se revezar. Podemos partir agora mesmo...

As palavras saíam automaticamente, como ordens, mas Raquel não se ofendeu, limitando-se a fazer que sim com a cabeça.

Mariamne levantou-se e enxugou os olhos em uma dobra da túnica.

— Sim, temos de correr. Eu ajudarei. Vou com vocês.

— Não – disse Barrabás. — Sou eu quem deve ir com ela. Precisamos de um homem para conduzir as mulas.

Míriam nem sequer olhou para ele mais do que havia olhado anteriormente, tampouco aceitou ou rejeitou sua ajuda.

Capítulo 11

Saindo de Magdala não muito depois de o sol estar a pino, eles não se permitiram descansar muito tempo. A equipe estava dobrada e Rekab, o cocheiro de Raquel, ia sentado ao lado de Barrabás, no banco do condutor. Revezando-se nas rédeas, eles tinham de manter as mulas no passo mais rápido que elas pudessem agüentar.

Jarros de água e poção nutritiva, potes de ungüento e um frasco de vinagre de cidra foram colocados à mão, em grandes cestos presos aos bancos. Mariamne e Raquel haviam adicionado ataduras limpas e panos sobressalentes. A velocidade fazia a carroça pular muito, embora as criadas tivessem forrado o interior com grossos colchões de lã, como Míriam havia pedido. Obadias ia deitado sobre um deles, ainda inconsciente, o corpo largado entre as almofadas.

Míriam velava por ele e verificava sua respiração. De vez em quando, ela embebia um pano com água e lavava seu rosto, procurando refrescá-lo.

Não trocaram uma palavra sequer. O ruído surdo das rodas cobria qualquer outro som, exceto um grito ocasional de Barrabás ou Rekab mandando alguém sair do caminho.

Nas estradas ou nos casebres e aldeias pelos quais passavam, os pescadores, os camponeses, as mulheres retornando dos poços paravam por um instante e depois saíam da frente e observavam, com um misto de surpresa e suspeita, a carroça passar correndo, levantando poeira como um vendaval.

Dessa maneira, eles passaram por Tabga, Cafarnaum e Corozaim. Ao anoitecer, alcançaram a extremidade sul do lago Merom, por onde era possível atravessar o rio Jordão.

Lá, sob a fraca luz do crepúsculo, Barrabás teve de persuadir os barqueiros a levar a carroça com os animais a bordo.

Um após o outro, os homens vinham e levantavam as cortinas de juta que ocultavam o interior do carro. Ao ver a figura de Míriam inclinada sobre a massa disforme na qual o corpo de Obadias se transformara, eles recuavam, aterrorizados pelo odor exalado. O punhado de denários que Barrabás tirou da bolsa – uma contribuição de Raquel – os fez decidir. Eles cobraram três vezes o preço normal e prepararam seus remos e cordames.

Já estava totalmente escuro quando chegaram à costa de Traconites. Lá, cavaleiros árabes do reino de Hauran os submeteram a uma inspeção sob a luz de tochas. Eles também exigiram uma taxa para lhes dar passagem.

Uma vez mais, perderam tempo pechinchando. Quando os cavaleiros retiraram as capas da carroça e iluminaram seu interior, Míriam se voltou para eles e disse:

— Ele morrerá se não chegarmos logo a Beth Zabdai.

Os homens viram seus olhos brilhantes e o corpo de Obadias envolto em ataduras e seu rosto pálido e imediatamente se afastaram.

Dirigiram-se a Barrabás e Rekab e disseram:

— Suas mulas estão exaustas. Nunca chegarão a Damasco, especialmente de noite. Há uma fazenda a duas milhas daqui, onde alugam animais. Lá vocês poderão trocá-los, se tiverem dinheiro suficiente.

Aliviado, Barrabás concordou. Os cavaleiros se posicionaram à frente da carroça iluminando o caminho com suas tochas e os acompanharam por entre as sombras de agaves e figueiras-da-índia que margeavam a estrada.

Tiveram de acordar os fazendeiros, explicar sua situação e deixar uma generosa soma em dinheiro. Quando, finalmente, as cangas já tinham sido apoiadas no pescoço dos novos animais, Rekab colocou tochas nos arreios e lanternas em volta de toda a carroça, mais uma em seu interior. Quando terminaram, ele disse a Míriam:

— No escuro, não poderemos ir tão depressa. As mulas podem cair em algum buraco e se machucar.

Míriam limitou-se a dizer:

— Vá o mais depressa possível. E não faça mais paradas.

Quando o horizonte, à beira do deserto, se encontrava rosado pelo raiar do dia, eles estavam somente a cinqüenta milhas de Damasco. As lanternas e tochas já tinham apagado havia muito tempo. Por baixo dos arreios, as mulas estavam brancas de suor.

Barrabás e Rekab lutavam para se manter de olhos abertos, mesmo após revezar-se uma dúzia de vezes. Dentro do carro, Mirian ainda estava sentada, com os músculos enrijecidos, a cabeça pulando a cada solavanco.

No momento em que a lamparina apagara, mergulhando-a na escuridão e tornando impossível ver o rosto de Obadias, ela pegara a mão dele e a pressionara contra o peito. Desde esse momento, ainda não a largara uma só vez sequer. Seus dedos, já entorpecidos, não mais sentiam a pressão que Obadias, em seu estado de coma, por vezes exercia.

Assim que percebeu o aproximar da aurora, Míriam levantou a cortina. O ar frio da noite lhe bateu no rosto, lavando o torpor e o ranço do interior da carroça, os quais ela não mais sentia.

Gentilmente, soltou os dedos de Obadias, mergulhou um pano em água e molhou o rosto. Com a mente mais clara, molhou novamente o pano e estava prestes a usá-lo para limpar o rosto de Obadias quando parou no meio do gesto e abafou um grito.

Os olhos de Obadias estavam escancarados. Por um breve momento, ela se perguntou se ele ainda vivia. Mas não havia dúvida. Entre as olheiras de dor e doença, os olhos de Obadias sorriam para ela.

— Obadias! Meu Deus, você está vivo! Está vivo...
Ela acariciou seu rosto cansado e o beijou na têmpora. O rapaz reagiu com um arrepio que lhe percorreu o corpo todo. Não tinha força para falar ou erguer a mão. Míriam umedeceu os lábios dele. Deu-lhe um pouco de água, procurando manter a caneca perto da boca, apesar dos solavancos. Obadias não tirou os olhos dela. Suas pupilas pareciam imensas, mais escuras e profundas que a noite, capazes de afogar quem as olhasse. Era como se oferecessem uma ternura e carinho sem limites.
Míriam olhou para ele, enfeitiçada. Parecia-lhe que Obadias estava estranhamente feliz. Seu coração e sua alma falavam não de dor ou de reprovação, nem de luta ou de arrependimento. Pelo contrário, ofereciam a ela algum tipo de paz.
Míriam não soube quanto tempo eles permaneceram assim, ligados por esse sentimento. Talvez somente até a carroça dar outro solavanco ou o dia nascer plenamente.
Obadias lhe falou do amor e da alegria que sentia por estar nas mãos dela. Juntos, eles se lembraram de seu encontro em Séforis, como ele a havia levado até Barrabás e como salvara Joaquim. Pareceu a Míriam que ele conseguiu rir. Obadias lhe contou coisas que ela não sabia. A vergonha de ser um *am-ha-aretz* e ver uma jovem como ela. Falou-lhe de felicidade e da esperança de ser feliz. Queria lutar para que Míriam se orgulhasse dele.
Míriam não deveria ficar triste, porque, graças a ela, ele tinha feito algo que o deixara feliz: tinha lutado para que a vida fosse mais justa e o mal, mais fraco. E ela estava tão perto dele, tão perto que ele poderia se dissolver dentro dela e não sair nunca mais. Obadias seria seu anjo, pois o Grande Jeová, diziam, às vezes envia seres humanos.
Sem nem perceber, ela estava sorrindo para ele, mesmo com um frêmito de terror lhe crescendo no peito. Os olhos de Oba-

dias olharam dentro dos seus, queimando seu coração com um amor possível e impossível, radiante de esperança. Ela respondeu com todas as promessas de vida das quais era capaz.

Então, um solavanco mais forte que os outros dobrou a cabeça de Obadias para o lado, e a luz se foi de seus olhos como um fio que fora cortado. Míriam percebeu que ele morrera.

A jovem gritou o nome dele o mais alto que conseguiu. Num arrebatamento, atirou-se sobre Obadias.

Rekab puxou as rédeas tão violentamente que uma das mulas foi arremessada para o lado, quase quebrando os arreios. A carroça parou. Míriam gritava até quase perder a voz. Barrabás pulou do banco. Um olhar para dentro do carro foi o bastante.

Ele subiu com dificuldade, pegou Míriam pelos ombros e a afastou do corpo de Obadias, que a garota agitava como se fosse um saco. Ela o empurrou com uma força inacreditável. Barrabás caiu por sobre o corrimão, indo parar na estrada, entre a poeira e as pedras.

Míriam se levantou, gritando ainda mais alto e erguendo o corpo de Obadias como se quisesse mostrar aos céus a imensidão da injustiça e da dor que a esmagavam. Mas suas pernas, amortecidas pelas longas horas de inércia, não conseguiram suportá-la. Sob o peso de Obadias, ela, por sua vez, desabou sobre a poeira da estrada. E lá permaneceu, inerte, enquanto o corpo do rapaz rolava como uma bola disforme a seu lado.

Barrabás foi acudi-la, com o estômago apertado de temor. Mas Míriam estava consciente. Nem um só osso de seu corpo estava quebrado. Quando ele a tocou, a jovem o empurrou novamente. Ela chorava e soluçava desesperadamente, as lágrimas transformando em lama o pó de sua face.

Barrabás se afastou, aterrorizado, sem saber o que fazer. O ferimento em sua coxa havia reaberto, e ele mancava. Rekab foi ajudá-lo. Ambos ficaram estarrecidos ao ver Míriam se levantar e ameaçar Barrabás com seu punho.

— Não me toque! – gritava ela como uma louca. — Nunca mais me toque! Você é um inútil. Não é capaz nem de trazer Obadias de volta à vida!

Os gritos foram seguidos de um silêncio surpreendente, quebrado apenas pelo suspirar do vento varrendo a areia e os arbustos espinhentos.

Rekab aguardou um instante e foi até o corpo de Obadias, pegando-o nos braços. As moscas já o rodeavam, atraídas pelo cheiro da morte. Sob o olhar gelado de Míriam, ele colocou o corpo na carroça e o cobriu cuidadosamente, com gestos carinhosos como os de um pai.

Barrabás não tentou ajudá-lo. Tinha os olhos secos, mas seus lábios tremiam como se ele buscasse as palavras de uma oração havia muito esquecida.

Quando Rekab desceu da carroça, Barrabás foi até Míriam e fez um gesto de impotência, inevitabilidade. Ela estava agachada no chão, confusa, como se tivesse levado uma pancada. Ele podia ter tentado levantá-la, mas não ousou.

— Sei o que está pensando – disse ele em tom grave. — Que é minha culpa. Que ele morreu por minha causa.

Sua voz ecoava no silêncio reinante. Míriam, entretanto, não recuou. Era como se nem o tivesse escutado. Barrabás ficou agitado e procurou ajuda em Rekab. Mas o cocheiro, imóvel do lado das mulas, com as rédeas nas mãos, curvou a cabeça. Barrabás andou aos tropeços até uma das rodas e apoiou-se nela.

— Vocês me condenam, mas foi a lança de um mercenário que o matou! – Ele agitava os punhos, com os músculos retesados. — Obadias adorava lutar. Adorava. E me amava, também, assim como eu o amava. Sem mim, não teria sobrevivido. Quando o recebi, ele era somente uma criança. Um fedelho deste tamanho.

Ele bateu no peito violentamente.

— Fui eu quem o salvou das garras dos traidores do Sinédrio, depois de pessoas respeitáveis como você deixarem os pais dele morrerem de fome! Dei tudo a ele. Comida, bebida e um teto para protegê-lo do frio e da chuva. Ensinei-lhe como viver de pequenos furtos e como se esconder. Toda vez que lutávamos eu temia por ele, como um irmão teme pelo próprio irmão. Mas somos guerreiros. Sabemos os riscos que corremos! E por que corremos!

Deu uma risada desagradável, angustiada.

— Não mudei de idéia. Não tenho medo. Não preciso meter meu nariz nos livros para saber se estou fazendo algo bom ou ruim. Quem salvará Israel, se não lutarmos? Suas amigas de Magdala?

Míriam ainda não se movera. Parecia impermeável às palavras que ele lhe atirava como pedras.

Incrédulo, impotente, com a face retorcida pela dor, Barrabás confrontou toda essa indiferença. Deu alguns passos trôpegos e lançou os olhos aos céus.

— Obadias! Obadias!

Em volta deles, os grilos silenciaram. Novamente, só se ouvia o som do vento nos arbustos.

— Não há mais Deus para nós! – gritou Barrabás. — Acabou. Não há mais Messias para esperar. Temos de lutar, lutar e lutar! Temos de atingir os romanos ou ser massacrados por eles...

Finalmente, Míriam levantou a cabeça e olhou para ele friamente, calmamente. Com um gesto quase mecânico, pegou um punhado de poeira e esfregou no cabelo, para demonstrar seu luto. Em seguida, juntou as pontas da túnica e, cambaleante, ficou de pé.

Rekab deu um passo adiante, temendo que ela fosse desmoronar novamente. Mas Míriam andou até a carroça. Antes de subir, virou-se para Barrabás e, sem levantar a voz, declarou:

— Você é estúpido e de mentalidade estreita. Não foi somente Obadias que morreu por sua causa. Mulheres e crianças também. Uma aldeia inteira. E seus companheiros e os de Matias. Para quê? Para qual vitória? Não houve vitória nenhuma. Eles morreram por causa de sua teimosia, de seu orgulho. Morreram porque Barrabás queria ser o que nunca será: o rei de Israel...

Ao ouvir essas palavras, ele balançou. Porém o que mais o afetou foi o olhar de desprezo no rosto de Míriam.

— É fácil me condenar, mas pelo menos eu me arrisco.

— Você nunca será o mais forte. Só trará sangue e sofrimento para onde já existe sangue e sofrimento.

— Você não veio a mim para ajudar a salvar seu pai? Na ocasião, não se importava se as pessoas morressem ou matassem! Você esquece depressa que também era a favor da rebelião!

Ela assentiu.

— Sim, é minha culpa também. Mas agora eu sei. Não será desse modo. Não será assim que imporemos a vida e a justiça.

— Como será, então?

Míriam não respondeu. Subiu na carroça e deitou-se ao lado do corpo de Obadias, colocou a cabeça no cobertor que o cobria e abraçou-o.

Barrabás e Rekab lá ficaram, atônitos. Finalmente, Rekab perguntou:

— O que vamos fazer? Voltar para Magdala?

— Não – murmurou Míriam, com os olhos fechados. — Temos de ir para a casa de José, em Beth Zabdai. Para os essênios. Eles podem curar os enfermos e trazê-los de volta à vida.

Rekab pensou que tivesse compreendido mal. Ou que talvez Míriam estivesse confusa de tanta exaustão. Lançou um olhar para Barrabás, pronto para lhe perguntar algo. Mas as lágrimas corriam pelas faces daquele bandido admirado por todos da Galiléia.

Rekab baixou os olhos e se sentou no banco. Esperou um momento para que Barrabás se unisse a ele.

Como Barrabás não se moveu, Rekab estalou os arreios sobre as ancas das mulas e partiu.

Entraram em Damasco pouco antes do anoitecer. Por diversas vezes Rekab havia parado para as mulas descansarem, aproveitando esses breves momentos para verificar a condição de Míriam.

Ela parecia estar dormindo, mas tinha os olhos bem abertos. Seus braços ainda envolviam o corpo de Obadias. Rekab enchera uma caneca de água de um dos jarros.

— Tem de beber, ou ficará doente.

Míriam olhou para ele como se mal o visse. Como ela não pegou a caneca, o cocheiro ousou colocar a mão em sua nuca para forçá-la a beber, assim como ela havia feito com Obadias durante a noite anterior e os dias antes disso. Míriam ainda não protestara. Pelo contrário, havia permitido que o fizesse com surpreendente amabilidade, fechando os olhos e agradecendo com um vago sorriso. Rekab ficara surpreso com o modo como ela olhou para ele. Pela primeira vez, o rosto de Míriam era o de uma menina, e não o de uma jovem mulher austera e intimidadora.

À entrada dos opulentos jardins que circundavam Damasco, encerrando a cidade num esplêndido porta-jóias de vegetação repleto de aglomerados fervilhantes nas partes mais pobres da cidade, Rekab parou novamente. Dessa vez, teve o cuidado de fechar as cortinas.

— Não há razão para que a vejam — disse, justificando-se. Mas o cocheiro estava pensando principalmente no corpo de Obadias. Se um dos pedestres o percebesse, uma multidão poderia se juntar e não seria fácil explicar tudo a um bando de desconhecidos.

Mas Míriam parecia não ouvi-lo. Algum tempo depois, ele perguntou onde ficava a aldeia de Beth Zabdai. As instruções foram bem diretas: a aldeia ficava a duas léguas dos limites de Damasco, e era conhecida por todos como a aldeia onde os enfermos são curados. Felizmente, o caminho que levava até lá era largo o bastante para Rekab conduzir a carroça sem muita dificuldade. Situada a oeste de Damasco e rodeada por campos e pomares, a aldeia consistia meramente de uns poucos edifícios caiados. Os telhados planos eram cobertos de trepadeiras. As paredes não tinham janelas para o exterior, somente para pátios internos. A casa onde pararam tinha uma grande porta de madeira pintada de azul. Nela, uma portinhola de tamanho suficiente para deixar passar uma criança tornava possível entrar sem ser necessário abrir a porta principal. Havia uma aldrava de bronze.

Rekab parou os animais, desceu e foi bater à porta. Esperou e, como ninguém vinha, bateu novamente, dessa vez mais forte. Nenhuma resposta. Ele pensou que ninguém abriria. Como o céu já estava rubro e a noite se aproximava, não era de surpreender.

O cocheiro deu meia volta para retornar à carroça, aflito para informar Míriam, quando a portinhola foi entreaberta. Um jovem essênio de cabeça raspada, vestindo uma túnica branca, colocou a cabeça para fora e olhou para Rekab com desconfiança. Era a hora das orações, disse ele, e não de visitas. Eles teriam de esperar o dia seguinte se quisessem cuidados médicos.

Rekab correu até a porta e segurou-a antes que o essênio a fechasse. O jovem protestou. Rekab o agarrou asperamente pela túnica e arrastou-o até a carroça. Levantou a cortina. O jovem essênio, que gritava insultos e lutava ferozmente, respirou o odor da morte. Ele congelou, arregalou os olhos e viu Míriam na escuridão do interior da carroça.

— Abra a porta – rosnou Rekab, finalmente soltando o jovem.

O garoto arrumou a túnica. Desconfortável com a visão de Míriam, baixou os olhos.

— Não é a regra – disse, teimoso. — A esta hora, os mestres nos proíbem se abrir.

Antes que Rekab pudesse reagir, Míriam interveio:

— Dê meu nome a José de Arimatéia. Diga a ele que estou aqui e não posso prosseguir. Sou Míriam de Nazaré.

Ela havia se aprumado um pouco. Sua voz era afável, o que constrangeu o jovem essênio ainda mais do que o que ele vira.

O jovem não respondeu e correu para dentro da casa – sem fechar a portinhola atrás de si, como notou Rekab.

Eles não precisaram esperar muito. José de Arimatéia veio correndo, acompanhado de alguns dos irmãos.

Nem sequer cumprimentou Rekab, pulou direto para dentro da carroça. Antes que pudesse perguntar qualquer coisa a Míriam, ela desvelou o rosto de Obadias. José de Arimatéia imediatamente reconheceu o jovem *am-ha-aretz* e deixou escapar um gemido. Míriam murmurou algumas palavras incompreensíveis. Rekab percebeu que ela estava pedindo a José que devolvesse o jovem à vida.

— Você pode, eu sei que pode – murmurou ela, como se tivesse perdido a razão.

José não respondeu. Pegou-a por debaixo dos braços e chamou seus companheiros para ajudar a tirá-la da carroça. Ela protestou, mas estava fraca demais para resistir. A jovem estendeu as mãos a José, implorando numa voz que arrepiou o essênio:

— Eu lhe imploro, José, faça esse milagre... Obadias não merecia morrer. Ele tem de viver novamente.

Com expressão grave e tensa, José afagou a face dela sem dizer uma palavra. Depois, fez sinal para que a levassem para dentro da casa.

Mais tarde, depois de Rekab ter estacionado a carroça no pátio e o corpo de Obadias ter sido retirado, José foi conversar com o cocheiro. Gentilmente, colocou a mão sobre seu ombro.

— Vamos cuidar bem dela – disse, apontando para a ala feminina para onde Míriam tinha sido levada. — Obrigado pelo que fez. A viagem deve ter sido dura. Precisa comer e descansar um pouco.

Rekab apontou para as mulas, que ele havia acabado de libertar da junta.

— Elas também precisam descansar e comer. Partirei amanhã. A carroça pertence a Raquel de Magdala. Tenho de devolvê-la o mais cedo possível...

— Meus companheiros cuidarão dos animais – disse José.

— Você já fez o bastante por hoje. Não se preocupe com sua senhora. Ela pode esperar mais alguns dias pela carroça. Até lá, Míriam já vai estar se sentindo melhor.

Rekab hesitou, dividido entre recusar e aceitar. José o impressionara. Sua benevolência, sua calma, a cabeça raspada, os gentis olhos azuis, o grande respeito com que os jovens essênios que andavam às pressas pela casa o tratavam... Tudo acerca desse homem o intimidava. Ao mesmo tempo, seu coração sangrava. Ele não conseguia parar de pensar no que acabara de viver – algo além de qualquer coisa que pudesse imaginar.

José apertou seu ombro com afeição e o conduziu até o salão principal.

— Eu não conhecia muito bem esse rapaz, Obadias – disse.

— Mas o pai de Míriam, Joaquim, me falou muito bem dele. Sua morte é triste. Mas todas as mortes são tristes e injustas.

Eles adentraram uma sala longa, com uma abóbada, mobiliada somente por uma enorme mesa e bancos.

— Não deve se preocupar com Míriam – disse José. — Ela é forte. Estará melhor amanhã.

Mais uma vez, Rekab ficou impressionado com a amabilidade demonstrada pelo mestre dos essênios. Nem mesmo na casa de Raquel ele era tratado com tamanha consideração. Ele olhou bem dentro dos olhos de José e disse:

— Barrabás, o bandoleiro, estava conosco ontem à noite. Foi ele quem trouxe o rapaz para Magdala...

José inclinou a cabeça, em sinal de compreensão. Convidou Rekab a se sentar e sentou-se a seu lado. Um jovem irmão colocou uma travessa de semolina e uma caneca de água na mesa à frente deles.

Com a mão ligeiramente trêmula, Rekab levou a primeira colher à boca. Em seguida, baixou a colher, virou-se para José e começou a contar os horrores que havia vivido durante a viagem.

Capítulo 12

Míriam levou mais tempo para se recuperar do que José havia previsto.

Ela tinha sido alojada em uma das salas menores da ala feminina, no norte da casa. A princípio, protestara; queria ficar perto de Obadias. Recusava-se a descansar, a se acalmar, a ser razoável quando lhe pediam. Toda vez que uma das criadas lhe dizia que ela tinha de cuidar da própria saúde, e não da de Obadias, pois ele estava morto, Míriam a insultava abertamente.

Entretanto, depois de um dia difícil durante o qual ela havia resistido e gritado constantemente, as criadas conseguiram que tomasse um banho, comesse três colheres de semolina com leite e bebesse chá de uma erva que a fez dormir sem que ela se desse conta.

Foi assim durante três dias. Tão logo Míriam abria os olhos, davam-lhe alimento e um chá de ervas narcóticas para beber. Quando ela acordava novamente, encontrava José a seu lado.

Na verdade, José vinha visitá-la quantas vezes podia. Enquanto a jovem dormia, ele a observava, ansioso. Quando ela abria os olhos, ele sorria e murmurava palavras serenas.

Míriam mal o ouvia: incansavelmente, fazia as mesmas perguntas. Não poderia ele cuidar de Obadias? Não era possível trazê-lo de volta da terra dos mortos? Por que José não podia realizar esse milagre? Não era ele o mais culto dos doutores?

José se limitava a balançar a cabeça. Evitando dar respostas curtas e secas, tentava distrair Míriam de suas ansiedades e obsessões. Ele nunca mencionava o nome de Obadias. Sua maior preocupação era fazer com que ela comesse e, assim que possível, bebesse a poção que a fazia dormir.

José nunca ia visitar Míriam sozinho. Dentro da comunidade, as regras não permitiam que um irmão permanecesse a sós com uma mulher. Por isso ele sempre estava acompanhado pelo mais brilhante de seus discípulos, um homem chamado Geouel, de Gadra, na Peréia. Geouel não tinha mais de vinte anos; seu rosto era magro e ossudo, e seus olhos estavam constantemente julgando tudo e todos.

Geouel nutria grande admiração por José. Mas seu jeito intransigente quase sempre sobrepujava suas verdadeiras qualidades e irritava os companheiros. José tolerava essa personalidade espinhenta, embora às vezes troçasse dele, afetuosamente. Na maior parte do tempo, costumava manter-lhe a mente alerta, como um homem que joga água fria em sua nuca de manhã, para acordar.

Quando Míriam, insistentemente ignorando as respostas de José, repetiu as perguntas pela quarta vez, Geouel declarou:

— Ela está perdendo o juízo.

José não concordou.

— Ela se recusa a aceitar algo que a faz sofrer. Isso não significa que esteja perdendo o juízo. Todos fazemos isso.

— E é por isso que não podemos mais perceber a diferença entre o Bem e o Mal, as Trevas e a Luz...

— Nós, essênios – salientou José, com um sorriso –, acreditamos que aquele que morreu pode viver novamente.

— Sim, mas somente pela vontade do Senhor. Não por nossos próprios meios. E somente se o homem que viverá novamente levou uma vida de perfeita bondade... que certamente não é o caso deste *am-ha-aretz*!

José inclinou a cabeça mecanicamente. Ele sempre discutia essa questão com seus irmãos. Todos da casa conheciam seu ponto de vista: a vida merecia ser amparada, mesmo nas trevas e na morte, pois era uma luz que Deus concedera ao homem. Era uma dádiva preciosa, o próprio sinal do poder de Jeová. Era preciso fazer de tudo para mantê-la. Isso certamente não excluía a possibilidade de que, se um dia um homem alcançasse a pureza suprema, poderia reacender a vida mesmo quando ela parecesse extinta. O fato de José haver professado essa opinião muitas vezes não impedia Geouel de argumentar.

— Nenhum de nós viu o milagre da ressurreição com seus próprios olhos – disse ele. — Os que cuidamos e trazemos de volta à vida não haviam morrido. Somos somente curandeiros. Distribuímos amor e compaixão dentro dos estreitos limites do coração e da mente humanos. Somente Jeová pode realizar milagres. Esta jovem está enganada. Em sua dor, ela pensa que você é tão poderoso quanto Deus. Isso é blasfêmia.

Dessa vez, José inclinou a cabeça com mais convicção. Ficou olhando por alguns instantes para o rosto de Míriam enquanto ela dormia, depois disse:

— Sim, somente Deus pode realizar milagres. Mas pense numa coisa, irmão Geouel. Por que estamos vivendo em Beth Zabdai e não no mundo, entre outros homens? Por que amparamos a vida aqui dentro e não lá fora, se não para torná-la mais forte e mais rica? No fundo de nossos corações, esperamos poder ser puros o bastante, amados o bastante por Jeová, para que o Pacto que Ele fez com os descendentes de Abraão seja completamente realizado. Não é por isso que seguimos as leis de Moisés tão rigidamente?

— Sim, mestre José, mas...

— O que significa, Geouel, que esperamos, do fundo da alma, que um dia Jeová lance mão de nós para realizar seus milagres. Do contrário, teremos falhado em ser Sua escolha e Sua alegria. Seremos uma raça que O desapontou.

Geouel tentou retrucar, mas José ergueu a mão, com autoridade.

— Você está certo acerca de uma coisa, Geouel – prosseguiu ele. — Seria errado estimular as ilusões de Míriam. Ela não deve acreditar que podemos realizar tais milagres. Mas, como médico, você está errado: Míriam não está perdendo o juízo. Ela está sofrendo de um ferimento invisível que lhe deixou um corte tão profundo quanto um golpe de espada. Não pense que as palavras que ela profere, as esperanças que nutre, são insanas, mas sim sábias: elas acalmam sua ferida tanto quanto um ungüento e fazem com que ela consiga expelir de seu corpo a corrupção.

Quando Míriam acordou, voltou a implorar que José trouxesse Obadias de volta à vida. Dessa vez a resposta foi diferente.

— Depois que vocês chegaram, nos despedimos do corpo de Obadias, segundo nosso costume. Nós o envolvemos no tecido dos mortos e o encomendamos à luz de Jeová. A carne dele está sob a terra, onde retornará ao pó, como o Senhor tencionou quando nos fez mortais pela graça de Sua respiração. Ele está entre nós em espírito. É assim que deve ser. Agora, você precisa pensar em sua própria saúde.

A voz de José era fria, sem a costumeira amabilidade. Seu rosto ficou inescrutável e até a boca parecia dura. Míriam enrijeceu. Geouel a observava bem de perto. Seus olhos se encontraram e ela sustentou o olhar dele por um momento, antes de se voltar para José e pedir sua ajuda.

— Em Magdala – disse ela, com a voz palpitando de cólera –, você nos ensinou que a justiça é o bem supremo, o caminho para a luz da bondade que Jeová nos oferece. Mas onde está a justiça quando Obadias morre e Barrabás, não? Ele poderia facilmente ter morrido, determinado que está a desafiar Herodes por meio da carnificina.

Geouel soltou um gemido. José se perguntou, com certo constrangimento, se o jovem companheiro estava reagindo à condenação de Barrabás por Míriam ou à menção de seu próprio "ensinamento" entre as mulheres de Magdala.

Com uma autoridade que não excluiu o desejo de provocar Geouel, ele pegou a mão de Míriam.

— Deus decide – declarou, recobrando sua costumeira suavidade. — Ninguém mais a não ser Deus decide nossos destinos. Nem você, nem eu, nem nenhum outro ser humano. Deus decide os milagres, os castigos e as recompensas. Ele decide sobre a vida de Barrabás e é Ele quem chama Obadias de volta. Essa é a Sua vontade. Podemos tratar os enfermos, aliviar a dor, curar doenças. Podemos tornar a vida mais forte, mais bonita e poderosa. Podemos tornar justas as regras que unem os homens. Podemos evitar lançar mão do mal. Mas a morte e a origem da vida pertencem somente ao Todo-Poderoso. Se você não compreendeu isso no que chama de meus ensinamentos, então minhas palavras devem ter sido mal empregadas ou de pouco valor.

Estas últimas palavras foram proferidas com uma ironia que não chegou até Míriam. Ela havia fechado os olhos novamente enquanto José falava. Quando ele parou, a jovem tirou sua mão da dele e, sem uma palavra sequer, virou-se na cama, encarando a parede.

José olhou para ela, estendeu o braço e a afagou com doçura. Depois, com um gesto paternal, colocou o pesado cobertor de lã sobre ela. Geouel o observava.

José se forçava a ficar em silêncio e parado. Achava que Míriam não falaria novamente com ele, mas queria ter certeza de que ela respirava com mais facilidade.

Quando ficou satisfeito, levantou-se e fez um gesto para que Geouel o seguisse para fora da sala.

No vestíbulo, a caminho do pátio, foram subitamente rodeados por um grupo de criadas que voltavam da sala de banhos, carregadas de cestos de panos de linho. José deu um passo atrás para sair da frente, mas Geouel continuou andando, forçando as criadas a se mover para o lado com suas pesadas cargas.

Apesar de terem de fazer um esforço para dar passagem a ele, elas não protestaram, evitando seu olhar e curvando a cabeça, respeitosamente.

Chegando ao pátio, Geouel parou para esperar José, com as sobrancelhas levantadas. Ele apontou para as criadas.

— Elas não poderiam tê-lo deixado passar? Estão ficando cada vez mais insolentes.

José encobriu sua irritação com um sorriso.

— O fato é que temos cada vez menos criadas, o que significa que elas estão sobrecarregadas. E, se não houvesse nenhuma, você estaria preparado para lavar nossa roupa suja numa hora em que deveria estar estudando e orando?

Geouel rejeitou esse pensamento com uma careta. Quando eles já haviam quase atravessado o pátio, comentou, em tom que parecia conciliatório:

— Às vezes, ao ouvi-lo, alguém poderia pensar que não se importaria se mulheres se tornassem rabinos! – Ele fez uma pausa para dar uma risada divertida. — Essa é a vontade de Deus. Isso nunca será possível, e é mero orgulho pensar ao contrário e esperar das mulheres que elas um dia se livrem do que as torna mulheres.

José hesitou antes de responder. Estava preocupado com Míriam e sem disposição de sorrir perante a obstinação de Geouel.

— É a vontade de Deus que nasçamos do homem e da mulher. Saímos da barriga de uma mulher, não é? Por que Deus não quer que saiamos de uma cloaca?

— Não é isso que me concerne. As mulheres são o que são: guiadas pela carne, pela ausência de razão e pela fraqueza do prazer. Tudo isso as torna impróprias para receber a luz de Jeová. Não é isso que está escrito no Livro Sagrado?

— Eu sei, Geouel, que você e muitos outros irmãos condenam minha opinião. Mas nem você nem os outros já responderam à minha pergunta. Por que o mal moraria no vaso e não na semente? Por que deveríamos ser mais inclinados à pureza do que aquelas que nos dão a vida? Você já viu fonte mais pura do que a caverna onde ela nasce?

— Nós já lhe respondemos, com palavras do Livro. Elas constantemente separam a mulher do homem e a julgam imprópria para obter o conhecimento.

Eles já haviam discutido sobre esses assuntos umas mil vezes. Esse tipo de conversa não levava a lugar algum. José fez um gesto irritado, como se espantasse uma mosca, e se absteve de responder.

— Mandei tirar o corpo do *am-ha-aretz* de nosso cemitério – disse Geouel, mordendo os lábios. — Devem ter entendido mal nossas instruções. Você sabe que ele não pode ser enterrado junto conosco. Os *am-ha-aretz* não têm o direito de ser enterrados em solo consagrado.

José ficou paralisado, e um arrepio de repulsa lhe percorreu todo o corpo.

— Você o tirou da terra? – perguntou, em voz monocórdia.
— Quer negar-lhe um enterro?

Geouel balançou a cabeça.

— Ah, não! – disse, com um desagradável sorriso de vitória.
— Sem um enterro, ele seria maldito. Creio que não merecia isso, não é? Embora o fato de ter morrido enquanto ainda era pouco mais que uma criança deva significar que Deus não tinha grandes planos para ele. Não, não se preocupe. Nós o colocamos de volta à terra, ao lado da estrada de Damasco, onde os estrangeiros são enterrados.

José não conseguiu dizer uma só palavra em resposta. Ele pensava em Míriam. De repente, parecia que tudo o que dissera a ela era falso.

Geouel teve percepção suficiente para adivinhar o que ele estava pensando.

— Pode ser melhor que não veja novamente essa menina – afirmou ele. — A saúde dela não está em risco, mas a mente, sim. Ela não precisa mais de seus cuidados, e nossos irmãos não veriam com bons olhos futuras visitas ao pavilhão feminino.

Capítulo 13

Míriam ouvia as idas e vindas dentro da casa, os cochichos das mulheres e até suas risadas. Os golpes regulares do pilão, reduzindo a farinha os grãos de centeio e cevada, ecoavam pelas paredes como o bater de um coração pacífico, porém poderoso. Ela queria se levantar, juntar-se às criadas e ajudá-las no trabalho. Não se sentia mais cansada. Estava fraca, naturalmente, mas somente porque tinha comido muito pouco nos últimos dias. Sua cólera, no entanto, não se abatera.

Míriam se recusava a aceitar as palavras que José havia proferido. O simples pensamento do corpo de Obadias debaixo da terra lhe trazia angústia ao coração e ela tinha de cerrar os punhos para não chorar.

Além disso, sua mente ainda estava clara o bastante para saber que ela não era bem-vinda naquela comunidade. Tinha visto isso nos olhos do irmão que sempre vinha com José. O mais sensato agora era reunir forças e coragem, deixar Beth Zabdai e fazer o que ela já decidira fazer quando estava em Magdala: juntar-se ao pai.

Mas esse pensamento reacendia seu ódio. Deixar essa casa e Damasco significava abandonar Obadias para sempre, dar adeus à alma dele, quem sabe até começar a esquecê-lo.

— Está acordada mesmo, desta vez?

Espantada, Míriam se virou. Uma mulher de idade indefinida estava parada perto de sua cama. Seu cabelo era branco como neve, e ela tinha centenas de rugas delicadas em volta dos lábios e pálpebras. Mas sua pele parecia tão fina quanto a de uma jovem, e seus olhos muito claros brilhavam de inteligência – e talvez um toque de astúcia.

— Acordada e muito brava, já percebi – continuou ela, aproximando-se.

Míriam se sentou na cama, emudecida pela surpresa. Não sabia ao certo se a mulher desconhecida estava zombando dela ou sendo amável.

A mulher também parecia incerta. Olhou para Míriam, com as sobrancelhas arqueadas e fazendo beicinho.

— Ficar brava com estômago vazio não é uma boa idéia.

Míriam levantou-se muito rapidamente. Sentiu tontura e teve de sentar novamente e colocar as duas mãos sobre a cama para não voltar a cair.

— Como eu dizia – disse a mulher –, é hora de parar de dormir e começar a comer.

Atrás dela, as criadas se amontoavam à porta, loucas de curiosidade. Utilizando suas reservas de orgulho, Míriam projetou o queixo e forçou um sorriso.

— Estou bem. Já me levanto. Gostaria de agradecer a todos por...

— Eu também acho que deve! Como se não tivéssemos mais nada para fazer, ainda ter uma coisinha teimosa como você reclamando em nossos ouvidos.

Míriam abriu a boca para se desculpar, mas a ternura no rosto da mulher desconhecida tornava claro que não havia por quê.

— Meu nome é Rute – disse a mulher. — E você não está boa, ainda não.

Ela a pegou por baixo dos braços e a ajudou a ficar de pé. Apesar do apoio, era difícil para Míriam manter-se assim.

— Bem, já é hora de você melhorar, minha menina – disse Rute.

— Eu só preciso me acostumar...

Rute fez sinal com os olhos para que uma das criadas viesse em auxílio.

— Não diga bobagens. Irei alimentá-la; você vai gostar da nossa comida. Ninguém vira o nariz para ela, é boa demais!

Mais tarde, enquanto Míriam mordiscava uma panqueca de trigo sarraceno recheada de leite de cabra, que ela embebia numa travessa de cevada fervida com suco de vegetais, Rute disse:

— Esta casa não é como as outras. Você tem de aprender as regras.

— Não há razão para isso. Partirei amanhã. Vou ver meu pai.

Franzindo as sobrancelhas, Rute perguntou a Míriam onde seu pai vivia. Quando Míriam explicou que era de Nazaré, nas montanhas da Galiléia, Rute fez uma careta.

— É bem distante para uma menina se aventurar sozinha...

Ela acariciou a testa de Míriam e correu os dedos enrugados pelo cabelo da garota. Tocada por esse inesperado gesto, Míriam tremeu de satisfação. Fazia muito tempo que uma mulher não lhe acariciava com tanta ternura maternal.

— Tire essa idéia da cabeça, minha menina – prosseguiu Rute, carinhosamente. — Você não vai partir amanhã. O mestre ordenou que ficasse aqui. Todos o obedeceremos, e você também.

— O mestre?

— Mestre José de Arimatéia. Quem mais poderia ser nosso mestre?

Míriam não respondeu. Ela sabia que era assim que chamavam José. Até mesmo em Magdala, algumas mulheres haviam usado esse título, em sinal de respeito. Mas aqui em Beth Zabdai, obviamente, José era um homem diferente daquele que ela conhecera em Nazaré e que a levara para a casa de Raquel.

— Tenho de ir até o cemitério, para ver onde Obadias está enterrado – disse ela. — Tenho de orar por ele e dar-lhe adeus.

Rute pareceu surpresa e, em seguida, preocupada.

— Não, não pode. Você não está bem o suficiente para jejuar. Precisa comer... O mestre mandou! – Ela falou depressa, com as faces enrubescidas.

— Algum irmão está em vigília sobre o túmulo dele? – indagou Míriam. — Se não, eu mesma vou. Sou a única pessoa que Obadias precisa ver em sua passagem.

— Não se preocupe. Os homens desta casa cumprem seus deveres. Não cabe a nós, mulheres, fazer isso por eles. Você precisa comer.

O barulho dos pilões, que ecoava atrás dela, silenciou por um instante. O refeitório das mulheres era uma sala longa com teto baixo. Sacas e cestas de frutas e vegetais secos ficavam dispostos nas laterais, assim como alguns objetos que pareciam bancos com buracos para apoiar jarros de óleo. A porta ficava num extremo e estava totalmente aberta, levando à cozinha, onde o forno era constantemente alimentado.

Algumas criadas estavam moendo grãos para fazer farinha em uma pedra com a ajuda de um macete de oliveira, enquanto quatro mulheres pressionavam e esticavam massa para biscoitos. De vez em quando, elas levantavam a cabeça e lançavam um olhar curioso para Míriam.

Pesarosa, mas satisfeita, Míriam tinha quase acabado sua travessa. Rute se apressou a enchê-la novamente.

— Você está muito magra. Tem de recuperar seu peso se quiser ser atraente para os homens.

Isso foi dito afetuosamente, da maneira como as coisas sempre eram ditas por uma mulher mais velha para uma jovem. Rute ficou confusa com a reação de Míriam: seu corpo enrijeceu, seu olhar ficou imóvel, sua voz, ferina.

— Como podemos querer que os homens nos olhem quando sabemos o quanto os homens que vivem aqui nos odeiam?

Rute lançou um olhar cauteloso em direção à cozinha.

— Os irmãos essênios não nos odeiam. Eles nos temem.

— Nos temem? Por quê?

— Eles temem o que nos torna mulheres: nosso ventre e nosso sangue.

Isso era algo que Míriam conhecia muito bem. Ela tivera a chance de discutir essa questão muitas vezes em Magdala, com as amigas de Raquel.

— Somos do modo como Deus quis nos criar, e isso já é suficiente.

— Estou certa de que você tem razão – disse Rute. — Mas, para os homens desta casa, isso nos tira do caminho que leva à ilha dos Abençoados. E isso, acima de qualquer outra coisa no mundo, é o que mais importa para eles: chegar à ilha dos Abençoados.

Míriam olhou para ela, não compreendendo. Ela nunca havia ouvido falar de tal ilha.

— Não cabe a mim explicar – disse Rute, constrangida.

— É muito complicado, e eu diria que é uma coisa idiota. Não recebemos nenhum ensinamento aqui. Às vezes ouvimos os irmãos falando entre si e captamos algumas palavras aqui e ali, só isso. A única coisa que sabemos é que temos de seguir as regras da casa. É isso o que interessa. Graças às regras, os irmãos se purificam para que possam obter permissão para entrar na ilha... A primeira regra é ficar na parte da casa que é reservada a nós. Podemos entrar nos pátios, mas o resto da casa não nos é permitido. Além disso, é proibido falar com um irmão se ele não nos dirigir a palavra primeiro. Temos de nos banhar antes de cozer o pão, o que fazemos todas as manhãs antes de o sol raiar...

As tarefas consistiam em preparar sopa de semolina e fazer biscoitos recheados de queijo duas vezes por dia, lavar as roupas dos irmãos e assegurar que suas tangas de linho e túnicas estivessem imaculadamente brancas.

— Outra coisa: não devemos desperdiçar nada. Nem a comida, nem as roupas. Com relação à comida, devemos cozinhar somente o necessário; nem mais, nem menos. As roupas comuns, as túnicas castanhas de trabalho, os irmãos não as jogam fora, mesmo se estão cheias de buracos. Eles só se desfazem delas quando estão em farrapos. O que não é de todo ruim, pois nos dá menos trabalho.

O conselho continuou. A coisa mais importante era que elas eram proibidas de se aproximar do refeitório dos irmãos. Era um lugar sagrado, reservado aos homens. Para os essênios, as refeições eram como orações. Comer e beber era um presente Divino e, em troca desse presente, eles devem amá-Lo. Assim, antes de cada refeição, os irmãos tiravam suas grosseiras túnicas castanhas, vestiam tangas de linho branco e se banhavam em água absolutamente pura para lavar as máculas da vida.

— É claro que nunca os vi fazendo isso — sussurrou Rute, dando uma piscadela. — Mas, quando se permanece muito tempo num lugar, como eu, é impossível não captar uma coisa ou outra... Os banhos são muito importantes. Depois que se banharam, o mestre abençoa a comida e todos comem, sentados à mesma mesa. Em seguida eles voltam a vestir suas roupas comuns e temos de lavar as túnicas que usaram para a refeição. Quando neva, a água do banho pode estar congelando, mas eles não se importam. O poço de onde retiram a água fica dentro da casa. O poço de onde nós tiramos a água para cozinhar e lavar fica fora. Como pode ver, há muito a ser feito. Você logo se encaixará entre nós.

Míriam, calada, afastou sua travessa.

— Coma! — disse Rute, imediatamente. — Coma mais, mesmo sem vontade. Você precisa recuperar sua energia.

Mas Míriam nem sequer levantou a colher.

— Você vai ficar, não vai? — perguntou Rute, com a voz tão ansiosa quanto sua expressão.

Míriam olhou para ela, surpresa.

— Por que deseja tanto que eu fique? Não há nada para mim aqui. Isso é óbvio.

Rute suspirou.

— Você é teimosa. O mestre José pediu, só por isso. Ele

me fez um pedido pessoal, dizendo: "Ela não vai querer ficar, mas você precisa persuadi-la". José a ama e deseja somente o que é bom para você. Não há ninguém melhor do que ele no mundo!

— Eu vim até aqui para que ele cuidasse de Obadias, e ele não fez nada.

— Você está louca mesmo, não? Sabe perfeitamente que o rapaz chegou morto! Na verdade, já estava morto havia algum tempo. O que o mestre poderia ter feito?

Míriam parecia não escutar a repreenda. Ela havia fechado os olhos e seus lábios tremiam novamente.

— Não gosto desta casa – murmurou. — Não gosto desses homens e não gosto dessas regras. Pensei que José poderia me ensinar como combater o mal e a dor, mas não aprenderei nada aqui porque sou mulher.

Rute suspirou e balançou a cabeça, desapontada.

— Obadias era um anjo que veio do céu – prosseguiu Míriam, com voz ao mesmo tempo subjugada e intensa. — Ele deveria ter sido salvo. Não há justiça nisso, não há nenhuma justiça! Barrabás não deveria ter deixado que Obadias lutasse. Eu deveria ter sabido como cuidar dele e José deveria ter sabido como trazê-lo de volta à vida. Todos nós falhamos. Não sabemos como levar adiante a bondade e a justiça.

Rute começava a questionar se o mestre estava errado e o irmão Geouel, certo. Essa menina de Nazaré não havia se recuperado. Pelo contrário, havia perdido completamente o juízo.

Míriam viu a dúvida no rosto de Rute. A raiva que a tinha possuído nas últimas horas voltou, fazendo latejar suas têmporas e garganta. Ela levantou-se abruptamente e pisou sobre o banco, como se estivesse indo embora.

Na cozinha, as criadas tinham parado de trabalhar e observavam as duas, na expectativa de uma briga. Míriam pensou duas vezes. Inclinou-se na direção de Rute e disse:

— Acha que sou louca, não é?
Rute enrubesceu e desviou o olhar.
— Não há motivo para decidir agora. Você pode decidir amanhã. Descanse mais um pouco e, pela manhã...
— Pela manhã já será outro dia, exatamente igual ao de hoje. Não sou louca e você se apraz com a própria ignorância. Vou lhe contar quem era Obadias.

Em tom monocórdio, ela narrou como conhecera o jovem *am-ha-aretz* em Séforis, como ele salvara seu pai, Joaquim, da cruz em Tariquéia, e como os mercenários de Herodes o haviam assassinado e poupado Barrabás.

— Obviamente, foi um mercenário quem fincou uma lança no peito dele. E, é claro, é Herodes quem paga os mercenários para estes levarem o sofrimento ao povo. Mas fomos nós, todos nós, que empurramos Obadias na frente daquela lança. Com nossas fraquezas. Toleramos os que nos humilham e não reagimos. Acostumamo-nos a viver sem justiça, sem amor nem respeito pelos mais fracos. Não recusamos o fardo do mal que pesa sobre nosso pescoço. Quando um *am-ha-aretz* morre por nós, o mal é ainda maior, o pecado, ainda mais grave. Por que ninguém pensa nele, ninguém clama por vingança? Ao contrário, todos nos rebaixamos um pouco mais em nossa indiferença.

Míriam havia levantado a voz. Rute não esperava por esse sermão e a fitava, boquiaberta, assim como as criadas da cozinha.

— Onde está o bem? – bramiu Míriam. — Aqui? Nesta casa? Não, eu não o vejo em lugar nenhum. Estarei cega? Onde está o bem gerado por esses homens que tentam se purificar para entrar na ilha dos Abençoados? O bem que eles oferecem a todo o povo de Jeová, onde está? Eu não o vejo.

Rute a encarava, horrorizada, com lágrimas nos olhos.

— Não deve falar desse jeito! Não aqui, aonde eles vêm, às centenas, para o mestre aliviar sua dor. Ah! Não, não deve! Lá estão eles, com seus filhos, seus avós idosos, e todos os dias o mestre mantém a porta aberta e os deixa entrar. José faz tudo o que pode por eles. Quase sempre os cura. Às vezes, eles morrem em seus braços, mas é assim que é. O Senhor decide.

Míriam já ouvira esse argumento demasiadas vezes.

— O Senhor decide! Mas eu digo que não deveríamos simplesmente curvar nossas cabeças perante o que é injusto e aceitá-lo. – Com uma baforada colérica, ela saiu andando.

— Espere! Aonde vai?

Rute agarrou sua túnica e a segurou. Míriam tentava se libertar, mas a velha tinha muita força.

— Vou ao cemitério, ver Obadias! Tenho certeza de que ninguém foi até lá para lamentar sua morte!

— Espere, por favor, espere!

Míriam ficou intrigada pela súplica na voz de Rute. Parou de lutar e deixou que Rute tomasse suas mãos em seus dedos velhos e enrugados.

— O menino não está no cemitério.

— Como assim?

— Os irmãos não permitiram. Os am-har-aretz não são...

— Meu Deus! Não é possível.

— Não tema. Ele foi enterrado, mas...

— José nunca permitiria isso!

— Não foi ele. Eu juro! Não foi ele, não pense isso! Ele não sabia...

Com um grito, Míriam libertou-se do domínio de Rute.

— Obadias está morto, mas é somente um *am-ha-aretz*! Quem se importa se está vivo ou morto? Que Deus os amaldiçoe a todos!

Míriam correu para fora, deixando suas palavras ecoar sob os arcos.

Rute fechou os olhos e bateu na mesa com a palma da mão. Ela começou a chorar lágrimas quentes, escaldantes. Tinha vontade de correr atrás de Míriam. A menina podia estar tomada pelo ódio, mas estava certa, e Rute sabia disso. Tinha visto isso nos olhos do mestre José, quando este lhe pedira ajuda. Ele, também, sabia que Míriam estava certa. Ele, também, temia sua ira.

Ao anoitecer, havia um único assunto na conversa das criadas. Faziam mil perguntas a Rute, que ficava mais e mais taciturna e se recusava a responder. A menina de Nazaré, diziam, tinha aproveitado o movimento de doentes no pátio principal e saído da casa pelo pequeno cemitério, que ficava a pouco mais de duzentos ou trezentos passos dali. Lá, havia perguntado onde o corpo de um jovem *am-ha-aretz* fora depositado. Ela encontrara o lugar, e agora demonstrava seu luto, rasgando a túnica e cobrindo o cabelo com cinzas e terra.

Voltando do campo, os moradores de Beth Zabdai, surpresos com o fervor intenso dos lamentos e orações sobre um túmulo que nem ficava em solo sagrado, paravam, um pouco distantes, para prestar atenção. Eles, também, provavelmente se perguntavam se ela estaria louca.

Míriam simplesmente cumpria os rituais previstos para os sete dias de luto. Mas o fazia com tamanha devoção que todos os que a viam e ouviam ficavam arrepiados, como se a dor da morte lhes penetrasse os ossos.

Ninguém permanecia por muito tempo. Muitos baixavam os olhos e continuavam seu caminho, discretamente. Alguns vinham se juntar a ela para uma breve oração. Depois, faziam um meneio triste e iam embora, quietos e desconcertados.

Terminado o trabalho, Rute e algumas criadas subiram no telhado antes que anoitecesse.

Míriam estava a alguma distância da casa, mas ainda podia ser vista do lado do túmulo. Não era preciso muita imaginação para pensar em suas condições: quieta, prostrada, suja e sozinha.

Quando soube o que acontecia lá fora, Rute perguntou se o mestre havia tentado trazer Míriam de volta para casa. As criadas olharam com surpresa. Por que o mestre haveria de infringir as regras? A porta permaneceria fechada. Uma mulher de luto, maculada no corpo e na mente, dificilmente poderia entrar quando os irmãos já tivessem se purificado com os banhos e a refeição vespertina.

Sim, Rute sabia disso. Mesmo assim, lembrou-se de quanto José insistira em que ela ficasse de olho em Míriam. O pedido era tão incomum que Rute não poderia nem mesmo esquecer as palavras exatas que ele usara.

— Não deixe que ela vá embora. Míriam está tomada de ódio profundo e é muito forte. Não se trata de uma menina comum e sua força pode se voltar contra ela própria. Fique bem alerta, se puder...

Ele nem precisou acrescentar "... porque eu não posso". Rute entendera.

Por alguma razão que ela não sabia nem procuraria saber, essa menina de Nazaré era muito cara ao coração do mestre. Isso era algo que os irmãos nunca aceitariam. Eles o condenavam antecipadamente. Geouel, que se considerava o mais sábio e o mais inflexível dos irmãos, assim como o mais querido por Deus, usaria isso para expô-lo ou mesmo para expulsá-lo. Ele não gostava do mestre. Todos sabiam disso, sentiam isso, e Rute já vira que José também temia isso.

Mas José de Arimatéia havia dado tanto a Rute que ela tinha o dever de retribuir. Ele a procurara insinuando quanto estava preocupado e quanto precisava de sua ajuda.

Agora, parada no telhado da casa em pleno anoitecer, Rute não podia deixar de sentir que havia falhado.

— Ela vai passar a noite fora – murmurou, com os punhos apertados contra o peito.

As que estavam com ela não se importaram. Apesar de não ousar dizer em voz alta, todas pensavam que isso poderia fazer bem à menina, poderia acalmá-la. Uma noite a céu aberto não mataria ninguém. As pessoas que traziam seus enfermos à casa quase sempre dormiam nos arredores. Alguns traziam tapetes ou cobertores que estendiam sobre os postes para armar tendas. Outros se satisfaziam dormindo sob uma árvore ou junto a alguma mureta, para se proteger do vento. A menina de Nazaré podia fazer o mesmo. Mesmo assim, era triste vê-la em seu luto exagerado por um menino *am-ha-aretz*.

Mas Rute sabia que, com Míriam, nada era simples. As outras criadas não haviam visto seus olhos, sua ira, de perto. Míriam não havia dirigido diretamente a elas suas palavras de revolta. Palavras mais cortantes que golpes de espada.

Bastava olhar para ela, junto ao túmulo, aquela pequena figura prostrada, para saber que não faria nada para se proteger do frio, dos cães que vagavam na escuridão em busca de carniça, nem mesmo dos malvados que andavam a esmo procurando uma vítima.

Ela poderia até ser louca o bastante para ir embora rumo à Galiléia, somente com a lua para lhe iluminar o caminho. Correndo o risco de ficar ainda mais perdida do que já estava, com o estômago quase vazio e a mente em fogo.

Rute não disse em voz alta nenhum desses pensamentos. Mas já tinha decidido. Não poderia fazer nada até que as mulheres terminassem de comer e se retirassem para seus aposentos.

Ela esperou impacientemente, quase sem tocar na comida. Orava em silêncio, sem movimentar os lábios, mas pedindo ao Senhor, do fundo do coração, Sua indulgência, Sua compreensão, Sua benção. Desde que Míriam não deixasse o local do túmulo!

Rute fingiu ir para a cama, como suas companheiras. Uma vez dentro de seus aposentos, rapidamente amarrou seu cobertor na cintura. Sem fazer barulho, seguiu pelos corredores escuros que levavam à cozinha. Mais cedo, ela tinha discretamente preparado uma trouxa contendo alguns biscoitos e uma cabaça de leite de cabra. Conhecia tão bem o lugar que não precisou de muito tempo para encontrar a trouxa.

Tateando o caminho ao longo das paredes, chegou ao grande depósito atrás da cozinha. Havia um alçapão na parede do depósito, através da qual os grãos eram descarregados do lado de fora para um grande tina de madeira. Isso eliminava o vaivém no pátio e preservava a atmosfera tranqüila da casa.

Tropeçando um pouco no caminho, ela finalmente encontrou a mureta que circundava a tina. Tentou passar por cima dela, meio sem jeito, e seus pés afundaram nos grãos. Rute se assustou, sentindo que poderia soterrar-se, e buscou desesperadamente pela portinhola. Finalmente, seus dedos encontraram a tampa de madeira e o fecho de metal, que somente podia ser aberto pelo lado de dentro.

Ela suspirou de alívio; atrapalhou-se um pouco ao abrir o fecho, que não era tocado havia meses. Tinha a sensação de que fazia muito barulho e que poderia facilmente acordar alguém nos aposentos femininos.

As dobradiças rangeram, finalmente, e o alçapão foi aberto. Com o coração prestes a explodir, Rute respirou fundo. Devia estar louca, pensou. O que aconteceria a ela quando descobrissem o que tinha feito? Porque iriam descobrir, cedo ou tarde. Nada naquela casa permanecia em segredo. E nunca, em todos os anos em que vivera ali, ela tinha sido tão desobediente.

Horrorizada com sua própria ousadia, ela deslizou o torso pelo alçapão. A abertura tinha o tamanho exato para que seu corpo passasse. Depois do escuro absoluto, a luz da meia-lua parecia quase irreal, mas tão forte que ela conseguia ver os mínimos detalhes do que havia ao seu redor.

O alçapão se revelou mais distante do solo do que Rute havia previsto. Ela não era mais tão flexível nem ágil como já fora um dia. Apertando os dentes, sem fôlego, agarrou a beira do muro e se inclinou para a frente. O alçapão se fechou e ela caiu, soltando um grito ao atingir o solo.

Rute caiu numa posição tão grotesca que, se fosse em outro momento, teria achado engraçado. Felizmente, o cobertor amarrado com firmeza em sua cintura havia amortecido o impacto, e o caminho adiante estava deserto.

Ela se levantou praguejando. A trouxa havia rolado para baixo dela, os biscoitos tinham quebrado e se espalhado pelo chão. Rute recolheu alguns pedaços que não pareciam sujos e afastou-se da casa, na direção do caminho que levava à aldeia.

Andava cercada por sombras e ruídos estranhos. Como se estivessem vivas, as coisas em volta dela, as árvores, as pedras do caminho, sutilmente mudavam de forma enquanto ela caminhava. Rute sabia que esse era um efeito produzido pela luz da lua, mas ela não estava mais acostumada com as ilusões da noite. Já perdera a conta dos anos que se passaram desde a última vez que andou assim, na hora em que os demônios brincam com as pessoas.

Ela pronunciou o nome do Senhor, pediu Seu perdão e implorou-Lhe que, uma vez mais, mantivesse a menina de Nazaré perto do túmulo do *am-ha-aretz*.

E lá estava ela.

Rute não a viu de imediato. Era difícil distingui-la dos arbustos que salpicavam o cemitério, entre covas pobres desprovidas de pedras e de qualquer sinal indicando o nome do morto que acolhiam. Então, Míriam se inclinou um pouco e a lua iluminou sua túnica rasgada e o cabelo desgrenhado e coberto de terra.

Rute esperou até que sua respiração voltasse ao ritmo normal antes de se aproximar dela. Seu coração batia tão forte que ela estava certa de que Míriam o ouviria.

Mas a jovem pareceu não perceber que havia alguém perto dela. Rute controlou o desejo de envolvê-la em seus braços.

— Sou eu, Rute – murmurou ela.

— Se veio aqui me pedir para entrar em casa, é melhor voltar para a cama.

O tom de Míriam foi tão resoluto que Rute deu um passo para trás.

— Não esperava que me desse ouvidos – sussurrou ela.

— Se veio aqui chorar por Obadias comigo, seja bem-vinda. Do contrário, pode ir embora.

Rute desamarrou o cobertor da cintura, estendeu-o no chão, tirou a cabaça de leite e agachou-se.

— Não, eu não vim aqui para fazê-la voltar para dentro. Mesmo que quisesse, não seria possível. A porta está fechada a noite toda. Eu também terei de esperar até amanhã. Se me deixarem entrar.

Ela esperou alguma reação de Míriam, mas, como esta não respondeu nada, prosseguiu:

— Trouxe um pouco de leite e um cobertor. A madrugada será fria. Tenho aqui uns biscoitos, também, mas eu caí e eles quebraram.

Ela agora conseguiria achar isso engraçado. Mas Míriam disse, sem virar a cabeça:

— Não preciso de comida. Estou jejuando.

— Não é proibido beber durante o luto. Usar um cobertor também não. E, no seu estado, é insensato jejuar.

Novamente, Míriam não respondeu. O silêncio que as envolvia era repleto de chilros e rangidos, do sussurrar do vento e do cricrilar de grilos. Rute sentou-se no chão e tentou encontrar uma posição razoavelmente confortável.

Ela tinha medo. Nem poderia ser diferente; saber que todas essas covas em volta continham mortos que não tinham sido abençoados por rabinos a aterrorizava. Ela quase nem mexia a cabeça, por medo de ver um monstro a lhe assombrar. Só o fato de pensar nisso lhe dava arrepios. Só Míriam mesmo para não tremer de medo em meio a esse silêncio cheio de ruídos.

— Não sei se vim aqui para compartilhar seu luto – suspirou Rute. — Não gosto de luto. Mas eu não podia deixá-la sozinha do lado de fora.

Ela esperava que Míriam fosse perguntar por quê, mas nenhuma pergunta foi feita. Para quebrar o silêncio, Rute disse, quase mecanicamente:

— Pelo menos beba um pouco de leite. Isso lhe dará forças para esperar pela manhã. E também para enfrentar o frio...

Ela não terminou a sentença. Agora que tinha ouvido a voz áspera e clara de Míriam, seu conselho parecia vazio e até levemente ridículo. Essa menina sabia o que queria, e o fazia. Ela não precisava de sermões.

Rute apertava os dentes e os punhos, procurando distinguir os sons dentro do silêncio. O tempo passava. Nenhuma das duas se movia, e os músculos de suas coxas e da espinha dorsal se entorpeceram. De vez em quando, os lábios de Míriam se moviam, como se murmurassem uma oração. Ou palavras. Ou poderia ser um efeito do luar através das folhas da grande acácia que as cobria.

De repente, Rute agarrou as pontas do cobertor, abriu-o e

espalhou-o sobre as pernas de Míriam e as suas. Míriam não protestou e não tentou tirá-lo. Isso fez com que Rute se sentisse mais à vontade para falar.

— Eu vim porque precisava. Por causa de mestre José. Para lhe dizer uma coisa. Você diz que o mestre é injusto, mas não é verdade.

Míriam olhou para as mãos dela, pousadas sobre a lã grosseira que lhe cobria as pernas. Nos dois lados do rosto, o cabelo branco brilhava como prata sob a luz da lua.

— Tive um marido, que trabalhava com couro. Com uma só pele de cabra ele era capaz de fazer uma cabaça de dois alqueires tão perfeita que nem um pingo de água vazava sob o sol do verão. Era um homem simples, afetuoso. Seu nome era Joshua. Minha mãe o escolheu para mim sem o meu conhecimento. Eu acabara de entrar da idade de casar: quatorze ou quinze anos. Quando vi Joshua pela primeira vez, soube que poderia amá-lo do modo como uma mulher deve amar seu marido. Durante dezoito anos, fomos felizes e infelizes. Tivemos três filhas. Duas morreram antes de chegar aos quatro meses de idade. A terceira cresceu e ficou muito bonita. Depois, ela também morreu. Foi aí que comecei a odiar o luto. Mas eu ainda tinha o meu Joshua e pensei que poderia ter outra criança. Ainda éramos jovens e sabíamos o que fazer.

Ela tentou rir de sua própria piada. O riso não veio. Somente o esboço de um sorriso.

— Um dia, Joshua decidiu que amava o Senhor mais do que a mim. Ele foi arrebatado como um vento que ergue e assenta um campo de cevada. Veio morar nesta casa. Os irmãos demoraram a aceitá-lo. Eles não costumam consentir em receber recém-chegados muito facilmente. São desconfiados. Temem que eles talvez não sejam puros o bastante... Mas eu demorei mais ainda a aceitar que o perdera. Todos os dias, me sentava à porta da casa. Não podia acreditar que ele permaneceria lá. Tinha certeza de que ele mudaria de idéia. O Senhor havia me tirado as filhas. Ele não poderia me tirar Joshua também. Qual teria sido o meu pecado? Onde estava Sua justiça?

A voz de Rute era quase inaudível. Lágrimas começaram a lhe brotar dos olhos. Já fazia muito tempo que não arrancava essa história de seu coração.

— Ele nunca voltou para mim.

Sob o grosso cobertor, ela esfregava a coxa com a palma da mão e respirava fundo para aliviar o nó na garganta.

— Um dia, mestre José veio falar comigo. Eu estava sob a sombra de uma grande figueira, à esquerda da casa. Vigiava a porta, mas já fazia isso havia tanto tempo que nem a via mais. Quando ele abriu a boca, fiquei tão assustada quanto se um escorpião me tivesse picado as costas.

Ela sorriu novamente. Estava exagerando um pouco, mas não muito, e pensar sobre isso lhe deu a oportunidade de secar os olhos. Míriam devia estar interessada, pois perguntou, laconicamente:

— O que ele disse?

— Que meu Joshua nunca mais voltaria para mim porque ele havia escolhido o caminho dos essênios. Que esse caminho o proibia de estar com sua esposa como antes. Que o Senhor me perdoaria se eu quisesse me considerar uma mulher sem marido. Que eu ainda era jovem e bonita e facilmente poderia encontrar um homem que tivesse prazer em me querer.

Como foi estranho para Rute proferir essas palavras!

— Se eu tivesse uma pedra grande à mão, teria esmagado seu crânio. Mudar de marido sem cometer pecado! Só um homem, sábio ou não (que Deus me perdoe!), para ter uma idéia dessas. Uma lua depois, eu ainda permanecia vigiando a casa. O inverno tinha acabado de chegar. Chovia o tempo todo. Os aldeões me davam comida, mas não podiam fazer nada com relação à chuva e ao frio. Mestre José veio até mim novamente. Dessa vez, ele disse: "Vai morrer de frio se ficar aqui. Joshua não voltará". "Nesse caso," retruquei, "sou eu quem deve vir aqui todos os dias. Se o Senhor quiser que eu morra, morrerei, e tanto melhor." Ele não ficou contente com isso. Ficou lá fora muito tempo, na chuva, a meu lado, sem dizer uma palavra. Então, de repente, falou: "Você pode entrar e considerar esta sua própria casa. Mas terá de respeitar nossas regras, e pode ser que não goste delas. Terá de se tornar nossa criada". Até que não era tão ruim assim! Fiquei atônita. Mestre José prosseguiu: "Às vezes, durante seu trabalho, verá seu marido indo e vindo, mas ele não a verá. Será como se você não estivesse lá. E não poderá falar com ele nem fazer nada para que ele volte para você. Isso poderia lhe causar mais dor do que a que sente hoje". E daí?, pensei. Eu estava preparada para tudo, só para poder estar sob o mesmo teto que Joshua. Mas o mestre insistiu: "Se a dor for muito grande, você terá de partir. Nem Deus nem eu lhe queremos nenhum mal". Ele estava certo. Foi terrível ver meu marido e ser nada mais que uma sombra. Como uma ferida que reabre todos os dias. E, mesmo assim, eu fiquei.

Rute calou-se e esperou que o fogo que ainda lhe queimava no peito amainasse.

— Isso foi há muito tempo. Talvez uns vinte anos. Eu estava muito mal. Implorava ao Senhor que me deixasse morrer. Às vezes a dor era tão grande que eu não conseguia me mexer. O mestre vinha me ver. Na maior parte das vezes, ele não dizia nada. Pegava a minha mão e sentava-se a meu lado por alguns instantes, o que é contra as regras. Mas isso foi antes de Geouel. Um dia ele me disse: "Seu Joshua está morto. O corpo dele é pó, mas todos os nossos corpos serão pó. A alma dele é eterna. Ela vive com Jeová e eu sei que vive com você. Seu lar é aqui. Pode viver aqui por quanto tempo desejar, como uma irmã morando na casa de seu irmão". Eu não chorei. Não conseguia. Mas o amor que sentia por Joshua estava maior que nunca. Um dia, muito tempo depois, mestre José me disse: "A bondade e o amor que temos em nossos corações nem sempre precisam ver um rosto para existir e mesmo para receber amor em troca. Vocês, mulheres, têm corações maiores e mais simples do que os nossos. Vocês precisam fazer menos esforço para desejar o que é melhor para aqueles que amam. São grandiosas por causa disso, e, apesar de serem nossas criadas, eu as invejo. Enquanto você viver, seu Joshua estará com você".

A expressão de Míriam mudou, mas Rute não sabia exatamente o que isso queria dizer. Parecia haver raiva, tristeza e até um pouco de desgosto nela. Ou talvez fosse o efeito da luz da lua.

Rute sentiu que precisava acrescentar:

— Foi somente mais tarde que compreendi o significado das palavras de mestre José. Naquele momento o que mais importava para mim era ele ter dito "Seu Joshua".

Ela parou de falar. Míriam virou a cabeça na direção dela, mas ainda permanecia muda. Rute sentiu-se estranhamente desconcertada por ser olhada desse jeito. Jamais seria possível imaginar o que ia pela cabeça dessa menina, muito menos entendê-la.

— Contei a minha história para que você não fique brava com o mestre. Ele é o melhor homem que já viveu na face da Terra. Tudo o que faz, tudo o que diz, é para o nosso bem. Não é culpa dele que seu amigo não esteja num cemitério apropriado. Ele é o mestre, mas não toma as decisões sozinho. Pode fazer muito, mas não opera milagres. Eu gostaria de ter trazido meu Joshua de volta à vida também. Mas somente Deus realiza milagres. E é assim. O que é certo é que o mestre sabe o que as mulheres sentem. Ele não nos despreza. Pelo contrário, ama-nos muito. Ele não pode dizer nem demonstrar isso dentro da casa, devido às regras. Mas ele lhe quer bem, e até espera algo de você.

Rute ficou surpresa com suas próprias palavras. Não era costumeiro falar assim. Mas, agora, as palavras simplesmente lhe vieram. Ela precisava dizê-las – e não somente porque queria ser justa com o mestre José.

Rute ficou atônita com a pergunta que Míriam lhe fez em seguida.

— Você já viu Joshua depois que ele morreu?

A mulher hesitou.

— Em sonhos, sempre. Mas há anos que não o vejo.

— Eu vejo Obadias. Mas não estou dormindo e meus olhos estão abertos. Eu o vejo e ele fala comigo.

Um arrepio percorreu a espinha de Rute. Ela examinou a escuridão que as envolvia. Ao longo de sua longa vida, ouvira muitas histórias desse tipo. Gente morta que deixava suas covas e vagava por aí. Se eram verdadeiras ou falsas, não importava. Ela as odiava. Especialmente quando as ouvia sentada num túmulo, no escuro, em solo não abençoado pelos rabinos!

— A fome está pregando peças em você – disse ela, tentando fazer sua voz soar o mais firme possível.

— Não, creio que não – respondeu Míriam, calmamente.

Rute fechou os olhos. Mas, quando os reabriu, tudo parecia exatamente igual.

— O que ele lhe diz? – perguntou, em voz baixa.

Míriam não respondeu, mas estava sorrindo. Um sorriso tão difícil de entender quanto sua cólera.

— Não me assuste – implorou Rute. — Não sou uma mulher corajosa. Odeio a escuridão e as sombras. Odeio que você veja coisas que eu não posso ver.

Ela deixou escapar um gritinho de terror quando a mão de Míriam tocou seu braço. Míriam procurava a mão dela. Ela a pegou e a segurou.

— Não há por que ter medo. Você fez bem vindo aqui. E tenho certeza de que também está certa sobre José.

— Então você vai ficar?

— Ainda não é hora de partir.

Capítulo 14

Míriam estava determinada a cumprir os sete dias de luto, como exigia o costume.

Os moradores de Beth Zabdai, saindo para os campos de manhã ou voltando de tarde, quase sempre se juntavam a Míriam e oravam com ela como se o túmulo de Obadias estivesse em solo sagrado. Às vezes, também vinham juntar-se a eles os enfermos em busca de cura, acrescentando preces pela saúde de seus entes queridos aos lamentos do luto.

Essa atividade não costumeira logo atraiu a atenção dos irmãos essênios. No crepúsculo, os cânticos sobre o túmulo de Obadias penetravam os muros da casa. Isso perturbou alguns deles, que se perguntaram se não seria uma boa idéia ir juntar-se aos aldeões para orar.

Não havia sido a oração o primeiro princípio de seu recolhimento do mundo exterior? Não era a oração que garantia o reino de luz de Jeová após séculos de trevas?

O debate que se seguiu foi acalorado. Geouel e alguns outros se opunham veementemente à idéia. Os irmãos estavam sendo desviados, diziam eles, ignorando as conseqüências. As orações dos essênios não eram iguais aos cânticos de camponeses ignorantes, que não eram capazes de ler uma só linha da Torá! E, de qualquer maneira, como ousavam eles pensar em orar por um *am-ha-aretz* cujo funeral tinha sido recusado devido à sua falta de pureza? Teriam eles esquecido os ensinamentos dos sábios e rabinos que sempre declaravam que os *am-ha-aretz* não possuíam almas e, por conseguinte, eram indignos do Pacto que Jeová contraíra com Seu povo?

Nem todos os irmãos eram convencidos por esses argumentos. Orar era algo único e insubstituível. Quanto mais preces, mais puro o mundo se tornaria. E mais depressa se aproximaria a ocasião na qual o Messias iria surgir. Teriam Geouel e os outros esquecido que esse era o objetivo comum e único de todos eles? Cada prece os levaria um passo mais perto de Jeová. Só cabia a Ele, somente a Ele, decidir quem era digno e indigno: os homens tinham a vista muito curta para fazer isso sozinhos. Se a menina de Nazaré, os camponeses e os enfermos haviam unido suas preces num só coro de amor pelo Senhor, que mal havia nisso?

Ao ouvir esse raciocínio, Geouel perdeu a calma.

— A seguir, o que virá, então? Iremos orar também pelos cães e escorpiões? São eles os puros que desejam levar para a ilha dos Abençoados? É essa a única ambição que os move: habitá-la com a escória da Terra?

Durante a discussão, José de Arimatéia permanecera calado. Mas coube a ele a última palavra. Apesar de recusar-se a dizer se os *am-ha-aretz* tinham almas ou não, ele declarou que aquele que orasse junto a Míriam não estaria cometendo pecado.

No fim, nenhum dos essênios aventurou-se a ir ao cemitério. Os argumentos de Geouel e seus partidários eram por demais insistentes e nervosos. Nenhum dos irmãos estava disposto a fazer algo que pudesse quebrar a harmonia da comunidade. Mas, quando os olhos de Rute encontraram os de José, após o debate, ela viu que eles brilhavam de satisfação.

Quando os sete dias de luto chegaram ao fim, Míriam entrou na casa sem oposição de ninguém.

Ela fez suas abluções na cozinha da ala feminina, onde Rute e duas outras criadas haviam enchido uma grande tina com água pura.

Míriam era uma visão dura de contemplar. Ela tinha emagrecido mais do que deveria. Seu rosto se tornara não somente emaciado, mas havia endurecido também. Em poucos dias ela parecia ter envelhecido vários anos. Apresentava olheiras profundas, mas também um brilho peculiar nos olhos que os tornava difíceis de encarar. Seus músculos pareciam tão enrijecidos como cordas. Por baixo da máscara de exaustão e força interior havia, se não beleza, um certo encanto selvagem, tão perturbador quanto atraente, e diferente de tudo. Era certamente essa estranheza, assim como sua obstinação, que havia conquistado os aldeões e os atraído para orar com ela.

Rute sabia agora o que José soubera desde o início: que a aparente fragilidade de Míriam escondia uma força inabalável. E que essa força tornava Míriam alguém diferente e difícil de compreender. Para se convencer disso, bastava ouvi-la rindo e brincando enquanto as criadas derramavam água sobre suas costas.

Onde ela encontrara a capacidade de rir, quando ainda ontem estivera chorando pela injustiça e o horror da morte?

Já no dia seguinte, Míriam foi ao pátio para dar as boas-vindas aos enfermos que José e os irmãos consultavam duas vezes por dia.

Entre eles, havia muitos idosos e muitas mulheres com crianças novas. Elas se sentavam de cócoras na sombra e esperavam. As criadas lhes traziam algo para beber e, às vezes, distribuíam comida para as crianças mais famintas.

Também traziam panos e outras coisas necessárias ao tratamento. Algumas das poções e ungüentos mais comuns eram preparados de antemão na cozinha, seguindo as receitas de José.

Foi ali que ele e Míriam se encontraram novamente e trocaram algumas palavras.

Míriam carregava um grande jarro de leite, que despejava nas travessas de madeira que as mães das crianças doentes estendiam. Geouel acompanhava José, e seu olhar estava alerta como de costume.

Ao ver Míriam, José foi até ela e a saudou com um sorriso amistoso.

— Fico contente que ainda esteja na casa.

— Eu fiquei para aprender.

— Aprender? – disse Geouel, surpreso. — O que uma mulher poderia aprender?

Míriam não respondeu. José também não reagiu. Aos que assistiam à cena, parecia que Geouel estava desperdiçando seu tempo.

Míriam continuou a auxiliar os enfermos durante vários dias. Seguindo instruções de Rute, a jovem lhes dava tudo o que necessitavam. Conversava com eles carinhosamente, escutava o quanto quisessem falar e preparava as poções e emplastos, que pouco a pouco aprendia a aplicar corretamente.

Ela sempre procurava ficar perto de José quando este fazia suas consultas, mas ele nunca lhe dirigiu a palavra nem procurou olhar para Míriam. Contudo, ao lidar com os pacientes, especialmente os que tinham males particularmente misteriosos, ele sempre falava em voz alta para que ela pudesse ouvir. José fazia perguntas, apalpava, examinava e refletia em voz alta o tempo todo.

Desse modo, Míriam, pouco a pouco, começou a entender que uma dor de estômago podia se originar de algo que foi comido ou bebido, ou que uma dor no peito pode ser causada por um lugar úmido ou pela poeira de grãos após a colheita. Um ferimento de adolescência nos pés, que o paciente havia aprendido a tolerar, poderia levar a um deslocamento dorsal permanente na idade adulta.

Os olhos e a boca eram o centro de todo o sofrimento. Todos os dias, os primeiros tinham de ser purificados com plantas cítricas ou cravos, e a última, com kohol. As mulheres tinham infecções que não ousavam relatar, mesmo que a dor fosse tão lancinante quanto um punhal enfiado no estômago. Esse era o indício mais certo de que morreriam no parto.

Um dia, quando Míriam já estava na casa havia quase um mês, chegou um homem carregando uma criança nos braços. O menino, que devia ter sete ou oito anos, tinha caído de uma árvore e quebrado a perna. Ele gritava de dor, e seu pai gritava ainda mais alto de medo.

Apesar de já ser tarde, quase hora das preces vespertinas, José saiu para atendê-los. Ele lhes falou, tentando acalmá-los. Assegurou-lhes de que a fratura sararia bem e que o menino já estaria correndo novamente antes do final do ano. Pediu duas tábuas e tecido para fazer uma tala.

Com seus dedos delicados, apalpou a carne já inchada. O menino gritou. Sem avisar, José, subitamente, puxou a perna para alinhar os ossos quebrados e o menino desmaiou. Em seguida, era preciso colocar a tala. Ele segurou a perna do menino e pediu a Míriam que a massageasse suavemente com ungüentos enquanto Geouel aprontava as talas de madeira.

Quando Míriam se curvou sobre a perna do garoto, o pente que prendia seu basto cabelo se soltou e uma mecha tocou a face de Geouel. Ele soltou um grito de raiva e deu um pulo para trás.

Não fosse pelos rápidos reflexos de José e de uma das criadas, o menino teria caído da mesa onde estava deitado. Temendo que a fratura tivesse se agravado pelo movimento brusco, José repreendeu Geouel de modo firme.

— Não estou aqui para suportar o toque da carne desta mulher – afirmou Geouel, em tom ameaçador. — A obscenidade de seu cabelo é uma corrupção que você nos impôs. Como podemos curar com bondade quando o mal nos esbofeteia?

Todos olharam para ele, estarrecidos. O constrangimento de José era evidente, assim como o de Míriam. Destemido, Geouel acrescentou, com um sorriso malicioso:

— Espero, mestre, que não esteja planejando ter outra esposa de Potifar consigo na casa, como fez o outro José!

Com o rosto ardendo de humilhação, Míriam deu o pote de ungüento para uma criada e correu para o pavilhão feminino.

Temendo o pior, Rute correu atrás dela na intenção de amenizar o efeito das palavras de Geouel.

— Você sabe como ele é. Um odre cheio de fel! Um homem corrompido pela ambição! Ninguém na casa gosta dele. Os irmãos não gostam dele mais do que nós. Alguns dizem que ele nunca alcançará a sabedoria dos essênios porque é muito corroído pela inveja. Infelizmente, enquanto ele não quebrar nenhuma regra, o mestre não tem como repreendê-lo...

Mais uma vez, Míriam surpreendeu Rute.

Ela pegou em sua mão e a levou para a cozinha. Lá, tirou uma faca usada para cortar tiras de couro.

— Corte meu cabelo.

Rute a encarou, estarrecida.

— Vamos, corte meu cabelo! Deixe menos que um dedo.

Não, Rute suplicou, isso não podia ser feito. Uma mulher tinha o dever de ser mulher, o que significava ter cabelo comprido.

— E, além disso, ele é tão lindo! Como você vai ficar?

— Não me importo com minha aparência. É só cabelo. Crescerá novamente.

Como Rute ainda hesitasse, Míriam pegou uma mancheia do próprio cabelo, levantou-a e a cortou, sem titubear.

— Eu mesma faço; ficará ainda pior – declarou ela, entregando o cabelo a Rute.

Rute soltou um grito de horror, ao que Míriam respondeu com um riso jovial.

E foi assim que ela apareceu perante todos no dia seguinte: com o cabelo muito curto e quase irreconhecível. O cabelo aparado lhe dava um ar de menina e menino ao mesmo tempo e tornava seus olhos ainda maiores e mais vivos. O nariz proeminente e as maçãs do rosto tinha um quê de virilidade desmentido por sua boca suave, feminina. Ela vestia a túnica para dentro da cintura, como os homens, e escondera seu peito sob um cafetã curto, criando uma ilusão perturbadora.

José não a reconheceu de imediato. Quando percebeu quem era, ele arqueou as sobrancelhas, enquanto Geouel fez uma carranca. Quebrando a regra que proíbe as mulheres de dirigir a palavra primeiro, Míriam virou-se para Geouel e disse:

— Espero nunca mais impor minha corrupção feminina sobre você, irmão Geouel. Ninguém pode desfazer o que o Senhor já fez. Nasci mulher e morrerei mulher. Mas, enquanto estiver aqui, posso esconder minha aparência feminina para que seus olhos não mais tenham de ser corrompidos.

Ela disse isso com um sorriso despido do mais leve sinal de ironia.

Fez-se um breve silêncio. Em seguida, José desatou a rir e os outros irmãos fizeram o mesmo. O riso deles ecoou tão alto pelo pátio que até os pacientes riram junto.

Nas semanas e mesmo nos meses seguintes, não houve mais incidentes. Irmãos, criadas e pacientes, todos se acostumaram com a aparência de Míriam.

Não se passava um dia sem que ela aprendesse mais um pouco a cuidar dos doentes e a aliviar a dor, apesar de existirem muitos males cuja cura permanecia um enigma, até mesmo para José.

De vez em quando, e sempre de modo breve, aproveitando os raros momentos quando calhava de estarem juntos, José trocava algumas palavras com ela.

Uma vez, ele lhe disse:

— Temos de combater os demônios que estão determinados a dirigir nosso caminho. Alguns carregam esses demônios consigo; eles se agarram, às escondidas, a suas túnicas. Esses não têm muita chance de fugir. Alguns curandeiros pensam que as doenças que não podemos compreender nem curar são obra desses demônios. Não acredito nisso. Para mim, os demônios são criaturas bem visíveis. E quando a vejo, filha de Joaquim, sei que sua luta é contra um só demônio, mas que é muito poderoso: o demônio da raiva.

Ele disse isso em seu tom calmo e persuasivo, com os olhos cheios de bondade.

Míriam não respondeu, limitando-se a balançar a cabeça em concordância.

— Temos muitas razões para sentir raiva – continuou José. — Mais do que podemos agüentar. É por isso que a raiva nunca pode dar origem a nada que seja bom. Com o tempo, transforma-se numa prisão, impedindo-nos de aceitar a ajuda de Jeová.

Em outra ocasião, ele riu e disse:

— Ouvi dizer que as criadas estão pensando em imitá-la. Geouel está ficando preocupado. Ele acha que, uma bela manhã, vai encontrar todas de cabelos curtos. Eu disse a ele que era mais provável que ele acordasse e não houvesse mais uma só criada na casa, porque você as teria levado para muito longe, para abrir uma casa para mulheres...

Míriam riu junto com ele.

José passou a mão pela cabeça raspada. Era claro que, apesar de brincar, ele estava sendo muito sério.

— Não seria impossível, você já sabe bastante.

— Não, ainda tenho muito que aprender — retrucou Míriam, com a mesma expressão metade serena e metade severa.

— E eu não abriria uma casa para mulheres, mas sim uma casa para todos. Homens, mulheres, an-ha-aretz e saduceus, ricos, pobres, samaritanos, galileus, judeus e não-judeus. Uma casa para as pessoas se reunirem, do mesmo modo como a vida nos une e nos mistura. Não deveríamos nos manter isolados das outras pessoas por trás de muros.

José ficou confuso com essa afirmação. Ele mergulhou em seu próprio pensamento e não respondeu.

As primeiras chuvas do inverno arrancaram as folhas das árvores, tornando as estradas intransitáveis. Um número menor de pessoas vinha buscar tratamento. O cheiro das lareiras pairava no ar. Os irmãos começaram a sair para o campo ao redor da casa, porque essa era a melhor época para colher as ervas necessárias para preparar os ungüentos e poções. Míriam logo se acostumou a segui-los de longe para ver o que colhiam.

Certa manhã, andando à frente dos outros, José encontrou Míriam esperando ao lado do caminho, sentada sobre uma pedra.

— Sabe que Obadias sempre me visita? — disse ela. — Não em sonho, mas em plena luz do dia, quando meus olhos estão bem abertos. Ele fala comigo, fica feliz em me ver. Fico ainda mais feliz que ele — ela riu. — Chamo-o de meu maridinho!

José franziu a testa.

— E o que ele lhe diz? — perguntou, em voz mais suave que de costume.

Míriam colocou um dedo sobre os lábios dele e balançou a cabeça.

— Acha que sou louca? – perguntou, entretida com a ansiedade que percebia em José. — Rute tem certeza de que sou!

José não teve oportunidade de responder. Alguns irmãos acabavam de surgir, a distância, e olhavam para os dois.

Depois disso, José nunca mais demonstrou curiosidade sobre essas visitas de Obadias. Talvez estivesse, a seu próprio modo, esperando que Míriam tocasse novamente no assunto. Mas ela nunca mais o fez. Da mesma forma, nunca respondeu a Rute quando esta, de tempos em tempos, incapaz de segurar a língua, lhe perguntava, ironicamente, se ela tinha notícias de seu *am-ha-aretz*.

Certa manhã nevosa, um grupo de pessoas chegou gritando em altos brados. Eles traziam uma velha. O telhado de sua casa, podre de umidade, havia caído sobre ela.

José estava fora colhendo ervas, e, apesar do mau tempo, foi Geouel quem saiu ao pátio para examinar a mulher. Míriam já estava debruçada sobre ela.

Sentindo que Geouel se aproximava, ela rapidamente se moveu para o lado. Geouel olhou o rosto da mulher e os ferimentos superficiais em suas pernas e mãos.

Após um instante, ele se levantou e declarou que a mulher estava morta e que nada poderia ser feito. Mas Míriam o assustou com um grito:

— Não! É claro que ela não está morta!

Geouel lançou-lhe um olhar feroz.

— Ela não está morta – insistiu Míriam.

— Você sabe mais do que eu?

— Posso sentir a respiração dela! Seu coração ainda bate! Seu corpo está quente!

Geouel fez um grande esforço para controlar a raiva. Pegou as mãos da velha, cruzou-as sobre sua túnica rasgada e suja, virou-se para os que estavam à sua volta e disse:

— Esta mulher está morta. Podem preparar sua cova.

— Não!

Dessa vez, Míriam o empurrou sem cerimônia, embebeu um pano num jarro de vinagre e começou a passá-lo no rosto da velha.

Geouel riu-se.

— Ah! Está determinada a fazer seu milagre!

Sem dar atenção a ele, Míriam pediu mais panos para limpar o corpo da mulher, e pediu que esquentassem água para que lhe dessem um banho.

— Não vê que Jeová já tirou a vida dela? – exclamou Geouel, indignado. — O que está fazendo com o corpo da mulher é sacrilégio! E, se algum de vocês ajudá-la, estará cometendo sacrilégio também!

Depois de hesitar por um momento, todos se puseram a seguir as ordens de Míriam. Blasfemando, Geouel entrou na casa.

A velha foi imersa numa banheira com água quente na cozinha do pavilhão feminino. Míriam continuava esfregando sua garganta e rosto com vinagre diluído em cânfora. Mas não havia sinais de vida, e todos estavam começando a duvidar.

No meio da tarde, José retornou. Quando soube o que estava acontecendo, veio correndo. Míriam explicou a ele o que havia feito. José levantou as pálpebras da mulher e procurou sentir a pulsação no pescoço dela.

Ele levou algum tempo para descobrir; por fim levantou com um sorriso nos lábios.

— Tem razão, ela está viva. Mas agora precisamos de mais

água quente. Também precisamos fazer uma bebida que tanto pode acordá-la quanto matá-la.

José entrou na casa e voltou com uma poção feita de raiz de gengibre e vários venenos de cobra.

Com muito cuidado, algumas gotas foram colocadas na boca desdentada da velha.

Eles tiveram de esperar até anoitecer, constantemente reabastecendo a banheira com água quente, até que, finalmente, ouviram um gemido distinto.

As criadas e as pessoas que haviam trazido a mulher deram um passo para trás, mais de terror do que de alegria. Quando ela já parecia um cadáver, eles tinham se apegado ao pensamento de que estava viva. Agora que tinham prova disso, ficaram aterrorizados. Um deles gritou:

— É um milagre!

Algumas criadas começaram a chorar, outras repetiam:

— É um milagre! Um milagre!

Eles louvaram ao Senhor, correram para fora e gritaram a plenos pulmões, anunciando o milagre.

José, tão irritado quanto entretido, olhou para Míriam.

— Geouel vai ficar louco! Em pouco tempo, todos os moradores da aldeia estarão à nossa porta, louvando o milagre. Eu ficaria surpreso se nenhum deles aparecesse com uma profecia para acompanhar.

Míriam parecia não escutar. Segurava as mãos da mulher, olhando para ela atentamente. Podia ver seus olhos se movimentando por baixo das pálpebras enrugadas. De sua boca, vinha o som espasmódico da respiração.

Míriam olhou para José.

— Geouel está certo. Isso não é um milagre. Foram sua habilidade e sua poção que a trouxeram de volta à vida, não é?

Capítulo 15

A predição de José tornou-se realidade.

Em pouquíssimo tempo, o caminho que leva à casa de Beth Zabdai estava coberto por uma multidão de gente dos mais diferentes tipos, murmurando orações da manhã até a noite. Entre eles, alguns homens maltrapilhos que entoavam cânticos mais alto do que o resto e proclamavam-se, sem pudor, os profetas do amanhã. O mais excêntrico deles assegurou à multidão de que eles estavam prestes a realizar milagres genuínos. Outros faziam discursos bombásticos ao povo dando descrições tão terríveis e precisas do inferno que qualquer um pensaria que eles tinham acabado de chegar de lá. Outros ainda instigavam os enfermos, afirmando que a mão de Deus estava sobre os essênios, que detinham o poder não somente de curar feridas e aliviar a dor, mas também de trazer os mortos de volta à vida.

Furiosos com o caos crescente, os irmãos decidiram salvaguardar suas orações e estudos. Selaram as portas e pararam de admitir pacientes. José não concordou com a decisão, mas, como se sentira constrangido por ter sido a causa do tumulto, não objetou. Ele permitiu que Geouel lidasse com esse fechamento inesperado à sua maneira.

Quando Rute contou a Míriam o que estava acontecendo, a jovem fez um gesto de indiferença. A única coisa que a interessava era o tratamento da velha, que progredia a cada dia, respirando com mais facilidade, comendo e, pouco a pouco, recobrando a consciência.

Discretamente, José de Arimatéia vinha examiná-la todos os dias. Suas visitas eram como um ritual. Primeiro, ele observava a mulher em silêncio. Depois, inclinando a cabeça, auscultava seu peito por sobre um pano. Em seguida, perguntava se ela havia comido e bebido, e se havia esvaziado os intestinos. Por último, pedia a Míriam que apalpasse os membros, a pélvis e as costelas da mulher. Enquanto guiava os dedos de Míriam, ele observava se havia qualquer sensação de dor no rosto da paciente. Dessa forma, Míriam aprendia a reconhecer possíveis fraturas e contusões sob a pele, ossos e músculos.

Cinco dias após a morte soltar a mulher de suas garras graças a ele, José disse:

— É muito cedo para saber se os ossos da coluna e dos quadris estão intactos e se ela será capaz de andar novamente. Mas duvido que os ossos tenham sido afetados. Por enquanto, julgando pelo que você pode sentir com seus dedos, parece que ela tem somente uma costela quebrada. Vai doer durante muito tempo, mas ela poderá conviver com isso. O pior é quando os ossos do peito se quebram e rasgam o pulmão. Nesses casos, não podemos fazer nada, e vemos o paciente falecer de morte cruciante.

Míriam lhe perguntou como ele podia estar certo de que esse não era o caso da mulher.

— Quando acontece, logo sabemos! O paciente não consegue respirar. Formam-se bolhas de ar em seus lábios. E, quando o paciente inspira ou expira, o peito faz um som arfante, como uma forte tempestade.

— Mas, se nada foi quebrado – disse Míriam, surpresa –, por que esta mulher parecia estar morta?

— Porque, quando foi soterrada pelos escombros, ela não tinha ar nenhum nos pulmões. O esforço que fez para sobreviver enfraqueceu seu coração; ele não parou de bater, mas as batidas diminuíram de ritmo e havia fluxo sanguíneo suficiente apenas para mantê-la viva. Isso, mais do que qualquer outra coisa, é o que a vida é: um coração que bombeia sangue para o corpo todo.

— Então suas poções tornaram o coração dela mais forte?

José concordou, com ar satisfeito.

— Foi só o que fiz. Apenas dei uma cutucada na vontade de Deus. Naturalmente, no final é Ele quem decide, mas é este nosso Pacto desde os dias de Abraão: podemos fazer nossa parte para manter a vida nesta terra.

Havia um pingo de ironia em sua voz. José detestava parecer presunçoso, mas Míriam sabia que ele estava sendo sincero. O homem não viera ao mundo como uma pedra suspensa num poço; ele tinha o próprio destino em suas mãos.

Ambos ficaram calados por um momento, olhando para a velha. Assim como os indeléveis círculos das estações se acumulam nos caules das árvores, a vida inteira dessa mulher estava gravada em seu rosto: a inocência da criança, a beleza da menina, a maturidade, os filhos, as alegrias e tristezas, os anos de dureza e labuta que a haviam desgastado para, finalmente, produzir a máscara caótica da velhice. Esse rosto celebrava a vida, seu poder, o ser humano que anseia por ela.

Apesar dos grossos muros, o silêncio era quebrado pelos gritos de um ou outro "profeta" que discursava para a multidão. Do sermão estridente de um homem, eles conseguiam distinguir algumas palavras – promessas, raio, insurreição, salvador, gelo, fogo –, gritadas ora em aramaico, ora em hebraico, ora em grego.

José suspirava.

— Alguém está tentando mostrar como é culto! Eles devem apreciar isso.

Como se fosse uma resposta, de repente, houve um certo clamor lá fora: duzentas ou trezentas vozes gritavam as palavras de um salmo de Davi.

Ó Deus, contempla o rosto do teu ungido
Pois um dia nos teus átrios vale mais que mil em outra parte
Prefiro estar à porta da casa do meu Deus...

Imediatamente, o profeta retomou sua diatribe ressonante.

— Se o Senhor não fez dele um verdadeiro profeta — disse José, entretido —, pelo menos lhe deu uma voz com a qual poderia divulgar notícias no deserto...

— O irmão Geouel não ficará nada contente quando ouvir o que ele está dizendo — comentou Míriam, com um ligeiro sorriso nos lábios.

— Geouel é um homem presunçoso e orgulhoso — murmurou José.

Míriam concordou.

— Fosse ele mais humilde, saberia que aqueles que despreza, as mulheres e os fracos, são como as pessoas que gritam lá fora. Só que nossos gritos fazem menos barulho. Em minha opinião, essas pessoas merecem tanta compaixão quanto esta velha mulher que está diante de nós. Eles sofrem tanto quanto ela. Sua dor vem de não saberem aonde a vida os leva. Não entenderem por que estão aqui. Eles se vêem andando a esmo nos dias futuros, esperando que a terra se abra sob seus pés e os arraste para o abismo. Ouvi-los gritar desse jeito me deixa triste. Têm tanto medo que Deus não os veja que acabam enlouquecendo. Eles não sentem mais a mão Dele os guiando na direção da alegria e da bondade.

José olhava fixamente para ela, totalmente estarrecido. Rute, que estava a certa distância deles, também olhou para Míriam como se as palavras que ela acabara de pronunciar fossem absolutamente extraordinárias.

Com um gesto que sempre fazia quando se sentia constrangido ou perplexo, José passou a mão sobre a cabeça raspada.

— Compreendo o que quer dizer, mas não compartilho desse sentimento, não mais do que sinto o mesmo medo que sentem os que estão lá fora. Um essênio, se é guiado pela justiça, a pureza e o bem da humanidade, sabe aonde a vida o levará: a Jeová. Não é esse o significado de nossas orações e a razão pela qual escolhemos a pobreza e a vida comunitária nesta casa?

Míriam olhou bem dentro dos olhos dele.

— Não sou um essênio e não posso ser um, pois sou mulher. Sou como as pessoas lá fora: espero impaciente que Deus nos poupe, no futuro, dos infortúnios que nos afligem hoje. É só o que espero. E esse futuro melhor não deve ser somente para alguns de nós. Deve ser para todas as pessoas da Terra.

José não respondeu. Deu de beber à velha e, em seguida, Míriam e Rute lavaram seu rosto.

No dia seguinte, quando José veio examinar a mulher, a comoção do lado de fora estava ainda muito grande. Mas era ligeiramente diferente, como se um novo "profeta" tivesse chegado durante a noite. O homem, que chegara com cerca de vinte seguidores, falava das alegrias do martírio e manifestava ódio pelo corpo humano, que era fraco e corruptível. Desde a madrugada, seus seguidores se revezavam a chicotear uns aos outros até escorrer sangue, louvando Jeová e o desprezo que tinham pela vida.

Quando José entrou no quarto onde estava deitada a velha, Míriam e Rute viram que seu rosto, normalmente tão sereno e acolhedor, estava cerrado e duro como pedra. Ele nada disse até que o som estridente dos gritos e lamentos vindos de fora o fizeram estremecer.

— Os que alegam ser profetas são mais arrogantes do que nós, essênios; ainda mais arrogantes do que o próprio Geouel – murmurou. — Eles pensam que podem alcançar Deus deixando-se queimar no deserto. Passam meses sentados sobre colunas, sem ingerir nada além de poeira e bebendo muito pouco, até que sua pele fique tão curtida quanto couro velho. Embriagam-se com sua própria pretensa virtude. Afirmando amar a Deus, eles questionam Sua vontade em fazer de nós criaturas à Sua imagem. E a razão pela qual gritam e açoitam a si mesmos, para apressar a vinda do Messias, é que esperam que o Messias nos liberte de nossos corpos, que são abertos a tentações. Mas que aberração! Eles esquecem que o Senhor deseja que sejamos homens e mulheres sadios e felizes, e não vermes ulcerosos à mercê dos demônios.

A voz de José, cheia de raiva contida, ecoou no silêncio. Míriam olhou para ele e deu um sorriso que o surpreendeu.

— Se existem homens que odeiam os seres humanos a esse ponto, então Deus deve enviar-lhes um sinal. O Senhor é responsável por eles. E, se deseja que sejamos homens e mulheres felizes, como diz, então Ele não deve enviar mensageiros estranhos, os quais não reconhecemos. Seu enviado deve ser um homem que se pareça conosco e com Ele. Um filho do homem que compartilhe de nosso destino e nos ajude em nossas fraquezas. Ele traria amor, um amor como o seu, José, você que devolve a vida aos velhos e aos que têm o corpo enfermo e diz que a harmonia das palavras e ações produz boa saúde.

José arqueou as sobrancelhas. Sua raiva aquietou-se de pronto e ele ficou calmo.

— Bem – disse –, você certamente não perdeu seu tempo com Raquel! Transformou-se numa pensadora. – Depois, percebendo que esse não tinha sido exatamente o elogio que Míriam esperava, acrescentou, em tom conciliatório: — Talvez esteja certa. O homem que você descreve seria o melhor de todos os reis de Israel. Ai de nós! Herodes ainda é nosso rei. E de onde surgiria esse seu rei?

Sete dias haviam passado. O tumulto em volta de Beth Zabdai ainda não diminuíra. O rumor de uma milagrosa ressurreição havia se espalhado até muito além de Damasco. De manhã até a noite, mais e mais enfermos chegavam para se juntar aos que vinham diariamente ouvir os sermões dos chamados profetas.

Os irmãos essênios temiam que a multidão, inflamada até a loucura pelas promessas de curas milagrosas, invadisse a casa. Colocaram barricadas nas portas, e dez deles se revezavam na vigia da casa. Impossibilitados de ir aos campos, recusando a admissão de novos enfermos, viram-se forçados a racionar a comida. Era como um estado de sítio.

Tais medidas acabaram por exaltar ainda mais os falsos profetas, que as tomavam como desculpa para espalhar uma misteriosa e ameaçadora mensagem de Deus. A agitação não arrefeceu – muito pelo contrário.

Num dia de tempestade, uma grande carroça abriu caminho pela multidão e parou em frente à casa.

O cocheiro desceu e bateu à porta, exigindo que o deixassem entrar. Como costumavam fazer durante esse período difícil, os irmãos que vigiavam a porta não deram atenção aos seus chamados. Durante cerca de uma hora, ele gritou sem parar, mas foi em vão. Os gritos da jovem que o acompanhava tampouco surtiram efeito.

Mas no dia seguinte, antes das orações matinais, e como caía uma chuva gelada sobre a aldeia, a voz de Rekab, o cocheiro de Raquel, de algum modo penetrou o pátio e alcançou os ouvidos de Rute, que, por sorte, ia retirar água do poço. Ela colocou de lado os baldes de madeira e correu para avisar Míriam.

— O homem que a trouxe aqui está lá fora, batendo à porta!

Míriam olhou para ela, sem entender.

— O homem da carroça! – prosseguiu Rute, com voz nervosa. — O homem que a trouxe junto com o pobre Obadias...

— Rekab? Aqui?

— Ele está chamando seu nome desesperadamente, do outro lado do muro.

— Temos de deixá-lo entrar agora mesmo.

— Mas como? Os irmãos certamente não abrirão a porta para ele. Se conseguíssemos sair da casa...

Mas Míriam já estava correndo para o pátio principal. Ela fez tamanha agitação perante os irmãos que vigiavam o portão que Geouel apareceu. Ele se recusou terminantemente a abrir o portão.

— Você não sabe o que diz, menina! Abra o portão um pouquinho e todos aqueles loucos invadirão a casa!

A discussão se tornou tão acalorada que um dos irmãos foi chamar José.

— Rekab está lá fora! – foi tudo o que Míriam explicou.

José compreendeu imediatamente.

— Deve haver uma razão para ele estar aqui. Não podemos deixá-lo lá fora na chuva e no frio.

— Há centenas lá fora, na chuva e no frio, e isso não parece desanimá-los! – disse Geouel, irritado. — Pelo que percebi, os enfermos até parecem gostar. Talvez seja esse o verdadeiro milagre!

— Já chega, Geouel! – bramiu José, com veemência incomum.

Assustados com essa explosão, os irmãos ficaram lá parados, entorpecidos pelo frio, olhando para José e Geouel, que se enfrentavam como animais prestes a dilacerar um ao outro.

— Somos como ratos numa armadilha – prosseguiu José, em tom incisivo. — Não é essa a vocação desta casa. Esta clausura não tem propósito. Ou, se o tem, ele é negativo. Não nos reunimos em comunidade a fim de encontrar o caminho da bondade e mitigar o sofrimento deste mundo? Não somos curandeiros?

Seu rosto tremia de ódio, vermelho até o alto de sua cabeça raspada. Antes que Geouel ou qualquer outro pudesse retrucar, ele apontou o dedo para os irmãos que cuidavam da porta e ordenou, em tom que não admitia contestação:

— Abram a porta! Abram-na totalmente!

Assim que as dobradiças rangeram, a comoção do outro lado cessou. Fez-se um momento de silêncio atônito. Com os pés na lama, as faces murchas de cansaço, todos os que estavam aguardando do lado de fora ficaram imóveis, como uma galeria de estátuas de barro, com a chuva a escorrer por sobre os rostos estupefatos.

De repente, um grito ecoou – o primeiro de muitos. Em poucos instantes, o caos imperava. Homens, mulheres, velhos e crianças, enfermos e saudáveis, todos correram para o pátio e foram se ajoelhar aos pés de José de Arimatéia.

Míriam viu Rekab parado ao lado da carroça, segurando com firmeza as rédeas das mulas. Ela reconheceu imediatamente a figura ao lado dele.

— Mariamne!

— Seu cabelo! – gritou Mariamne. — Por que o cortou?

Rekab, com os olhos brilhando, olhou para Míriam com emoção e surpresa, enquanto atrás deles José e os irmãos tentavam acalmar a turba, assegurando-lhes de que os tratamentos seria retomados.

— Como você está magra! – Mariamne disse com surpresa, apertando Míriam nos braços. — Posso sentir seus ossos através da túnica... O que acontece aqui? Não lhe dão comida?

Míriam riu. Ela rapidamente os levou para o pátio da ala feminina, onde Rute esperava, com uma careta brava e as mãos na cintura. Fez sinal para que Rekab entrasse na cozinha das criadas e comesse alguma coisa.

— Aproveite antes que esses loucos furtem toda a nossa comida – resmungou ela.

No pátio principal, a multidão ainda não havia se acalmado. Os irmãos repassavam a todos as instruções de Geouel, para que fossem organizados e pacientes.

— O verdadeiro milagre seria se Deus pudesse colocar um pouco de bom senso nas cabeças desses homens – disse Rute, com um sorriso de desdém. — Mas essa é uma incumbência difícil, que o Senhor vem adiando desde os tempos de Adão!

Ela deu meia volta e entrou na casa. Confuso, Rekab se voltou para Míriam. Ela fez sinal para que ele seguisse Rute e não ligasse para sua rabugice.

— Você também precisa beber e comer alguma coisa – Míriam disse para Mariamne. — E mudar de túnica, se passou a noite toda na chuva. Venha aquecer-se...

Mariamne a seguiu, mas aceitou somente uma tigela de caldo quente.

— A carroça é tão confortável que nem nos lembramos da chuva e do frio. E minha túnica é de lã. Quero saber por que deixou seu cabelo tão horrível e o que está acontecendo nesta casa. De onde veio toda essa gente que está falando com José? Você percebeu que ele nem me reconheceu? Mesmo depois de ter ido tantas vezes para Magdala...

— Não se preocupe. Ele a verá esta tarde...

Em poucas palavras, Míriam contou a Mariamne como os irmãos essênios viviam, como tratavam os enfermos e como o fato de a velha senhora ter sobrevivido, o que acontecera há pouco tempo, tinha sido tomado por um milagre, atraindo uma multidão de gente desesperada para Beth Zabdai.

— Esses pobres coitados pensam que José possui a dádiva da ressurreição. Eles enlouquecem só de pensar nessa possibilidade.

Mariamne recobrara seu sorriso zombeteiro.

— O que é muito estranho e contraditório, quando se pensa sobre isso – disse ela. — Nenhum deles gosta da vida que

tem, e mesmo assim todos esperam que, graças ao milagre da ressurreição, poderão viver para sempre.
— Você está errada – Míriam disse, confiante. — O que eles esperam é um sinal de Deus. A garantia de que o Senhor está com eles. E que Ele ainda estará junto deles após morrerem. Não somos todos assim? José não possui o dom da ressurreição. Ele não foi capaz de salvar Obadias.
Mariamne balançou a cabeça.
— Eu soube que ele morreu. Rekab nos contou ao voltar para casa.
Havia outras perguntas que Mariamne estava louca para fazer, mas não teve coragem, e Míriam não cedeu aos pedidos silenciosos da amiga.
Rekab deve ter mencionado o estado em que ela se encontrava e o cuidado que José de Arimatéia tivera para mantê-la em sã consciência. Mas ela não queria conversar com Mariamne sobre isso. Ainda não. As duas não se falavam havia meses. Muitas coisas tinham acontecido, tornando-as quase estranhas uma para a outra, como provava o cabelo curto que tanto chocou Mariamne.
Mas Míriam não queria ferir os sentimentos da jovem amiga.
— Está mais bonita do que nunca. É como se o Senhor lhe tivesse concedido toda a beleza que pudesse concentrar numa mulher só!
Mariamne corou. Ela apertou as mãos de Míriam e beijou seus dedos, num gesto de ternura igual ao que fizera muitas vezes em Magdala. Aqui, na casa de Beth Zabdai, Míriam considerou-o excessivo. Mas não disse nada. Ela precisava voltar a se acostumar com o entusiasmo despreocupado de Mariamne.
— Senti sua falta! – disse Mariamne. — Muita, muita! Pensei em você todos os dias. Fiquei preocupada. Mas minha mãe não me deixava vir. Você sabe como ela é. Disse-me que agora você estava aprendendo a curar com José de Arimatéia e que não deveria ser incomodada.

— Raquel está sempre certa. É isso o que estive fazendo aqui.
— É claro que ela está sempre certa. É isso que me irrita. Ela me disse que eu adoraria aprender grego. E adivinhe? Agora falo grego ainda melhor do que ela. E gosto mesmo!

As duas riram. De repente, Mariamne parou. Ela hesitou por um instante, olhou na direção da cozinha, de onde Rekab e Rute as observavam, e virou-se novamente para Míriam.

— A razão pela qual minha mãe me permitiu vir foi para trazer-lhe más notícias.

Das dobras da túnica, ela tirou um pequeno cilindro de couro, do tipo usado para carregar cartas, e o entregou para Míriam.

— É sobre seu pai.

Com um nó no estômago, Míriam tirou o pergaminho do cilindro. A folha longa, com uma metade mais grossa que a outra por causa da irregularidade das fibras, estava praticamente coberta com uma massa emaranhada de escrita, com a tinta marrom borrada em alguns lugares onde tinha sido absorvida pelo papiro.

Míriam reconheceu a caligrafia de seu pai. Pelo menos, pensou aliviada, não importava o que tivesse acontecido, ele ainda estava vivo.

Ela teve de se esforçar para decifrar as palavras. Mas não demorou muito a saber. Hannah, sua mãe, havia sido morta por um mercenário.

Depois de deixarem Nazaré, contou Joaquim, eles viveram em paz no norte da Judéia, onde sua prima Elisheba e o marido, o padre Zechariá, haviam lhes dado abrigo. Com o passar do tempo, o desejo de ver novamente as montanhas da Galiléia foi aumentando. Além disso, Joaquim sentia falta da oficina, do cheiro da madeira e do ruído da goiva e da marreta sobre o cedro e o carvalho. Na Judéia, onde as casas tinham tetos planos de pedra e tijolos cozidos ao sol, as habilidades de um carpinteiro eram inúteis.

Então, pensando que era hora de esquecer o passado, e acompanhados por Zechariá e Elisheba, que também ansiavam por alguma mudança, Hannah e ele haviam partido para Nazaré antes que o inverno tornasse as estradas intransitáveis.

A primeira semana da viagem transcorreu a contento. Ao se aproximarem do monte Tabor, a alegria tomou conta deles. Até mesmo Hannah, que estava sempre esperando o pior, tinha um sorriso nos lábios e uma sensação de desprendimento na alma.

Tudo aconteceu quando chegaram perto de Nazaré.

Por que o Senhor sentira a necessidade de colocá-los à prova mais uma vez? Por qual pecado Ele os punia de forma tão constante?

Eles haviam cruzado com uma coluna de mercenários. Joaquim escondera seu rosto e não tinha chamado atenção. De qualquer forma, sua barba estava tão longa que certamente ninguém o reconheceria, nem mesmo um amigo. Mas, como de costume, os soldados de Herodes não deixavam passar nenhuma oportunidade. Decidiram revistar a carroça. Como sempre, o fizeram do modo mais bruto e humilhante possível. Hannah entrou em pânico; em sua ridícula e desastrosa urgência de se submeter, ela acidentalmente derrubou um jarro de água, que bateu na perna de um oficial e quase quebrou seu pé. Míriam podia adivinhar o que se seguiu: a reação colérica, a espada enfiada no peito frágil de Hannah.

E foi assim que aconteceu.

Mas Hannah não morrera imediatamente. Ela ainda se encontrava em agonia quando chegaram, primeiro a Nazaré, e em seguida à casa de Yossef. Antes que ela finalmente se juntasse ao Senhor, toda uma noite se passou, na dor e na angústia, sem um só momento de descanso — como havia sido toda a sua vida.

Talvez, Joaquim escreveu, com amargura, José de Arimatéia fosse capaz de tratar o ferimento e salvar sua leal Hannah.
Mas José está muito longe daqui, assim como você, amada filha. Por muito tempo procurei contentar-me em pensar em você para preencher sua ausência. Hoje, gostaria que estivesse perto de mim. Sinto falta de sua presença, de seu espírito e desse sangue jovem que corre em suas veias, que me dá esperança de um futuro menos sombrio. Você é a única coisa boa que ainda me resta neste mundo.

— Eu a levarei para Nazaré assim que desejar – disse o cocheiro Rekab. — Minha senhora, Raquel, ordenou-me que a servisse pelo tempo que precisar.
— Irei com você – disse Mariamne. — Não vou deixá-la.
Míriam respondeu aos dois com silêncio. Era como se um vento gelado tivesse penetrado em seu peito. Ela estava sofrendo pela dor que sua mãe padecera antes de morrer, mas sofria ainda mais por seu pai, cujas palavras tiveram ressonância dentro dela.
Por fim, disse:
— Sim, temos de partir o mais cedo possível.
— Poderíamos partir hoje – disse Rekab. — Ainda falta muito para anoitecer. Mas talvez seja melhor que as mulas descansem até amanhã. É uma longa viagem até Nazaré. Pelo menos cinco dias.
— Amanhã de madrugada, então.
Foi isso que ela informou a José de Arimatéia quando ele finalmente conseguiu se livrar da turba que monopolizara sua atenção. Ele estava exausto, com a boca seca de tanto falar, e tinha olheiras profundas. Mas, quando Míriam lhe contou so-

bre a carta de Joaquim, ele colocou a mão sobre o ombro dela, num gesto repleto de carinho.

— Somos mortais. Assim quis Jeová. Para podermos viver uma vida verdadeira.

— Minha mãe morreu nas mãos de dois homens. Herodes e um mercenário pago para matar. Como pode Jeová permitir uma coisa dessas? Será Ele quem deseja nos humilhar? Orações não bastam. Precisamos estilhaçar o ar que nos envolve, o ar que respiramos.

Num gesto cansado, José passou a mão sobre o rosto, esfregou os olhos e disse:

— Não ceda à raiva. Ela não leva a lugar nenhum.

— Não estou com raiva – retrucou Míriam, firmemente. — Mas agora sei que a paciência não é irmã da sabedoria. Não mais.

— Tampouco a guerra nos ajudará – disse José. — Sabe disso.

— Quem falou em guerra?

José olhou para ela sem dizer nada, esperando que ela dissesse mais. Ela somente sorriu. Ao vê-lo desse jeito, abatido pelo cansaço, Míriam sentiu remorso. Curvou-se para a frente e beijou-o no rosto com um carinho fora do comum, que o fez estremecer.

— Eu lhe devo mais do que poderei pagar – murmurou ela. — E vou abandoná-lo justo quando precisa de mim para lidar com toda essa gente que virá procurá-lo.

— Por favor, não pense que me deve alguma coisa – disse José, fervorosamente. — O que eu pude lhe dar, você já retribuiu sem sequer perceber. E é melhor que vá. Ambos sabemos que esta casa não é o seu lugar. Nós nos encontraremos novamente, em breve, não tenho dúvida disso.

Naquela noite, quando as lamparinas já estavam acesas, Rute veio ver Míriam.

— Estive pensando – disse ela, com voz firme. — Se permitir, gostaria de ir com você. Quem sabe? Eu poderia ser útil lá na sua Galiléia.

— Você será bem-vinda na Galiléia. Tenho uma amiga que precisará de você. O nome dela é Halva, e ela é a melhor das mulheres. Não tem saúde muito boa, mas possui cinco filhos lhe puxando a túnica. Pode ser que agora tenha até mais um. Sua ajuda será um grande alívio para ela, especialmente se eu tiver de ficar com meu pai, que está sozinho agora.

No dia seguinte, na madrugada ainda escura e chuvosa, Rekab aprontou a carroça na frente da casa. A multidão, agora mais calma, ficou de lado. Pela primeira vez em semanas, as pessoas esperavam pacientemente, dando pouca atenção a um ou outro profeta que anunciava que, em breve, os campos se transformariam em gelo e, depois, em uma fogueira onde arderiam línguas venenosas.

José caminhou com Míriam até o túmulo de Obadias. Ela estava ansiosa para despedir-se dele antes de se juntar a Rute e Mariamne. A jovem se ajoelhou na lama. José, que esperava ouvi-la orar, ficou surpreso ao ver que os lábios dela se moviam sem emitir som. Após ajudá-la a ficar de pé, ela disse, com uma alegria que não conseguia esconder:

— Obadias ainda fala comigo. Ele vem até mim e eu o vejo. É como um sonho, mas não estou dormindo e meus olhos estão bem abertos.

— E o que ele lhe diz? – perguntou José, sem esconder seu desconforto.

Míriam corou.

— Que não me abandonou. Que irá aonde quer que eu vá, e que ainda é meu maridinho.

Capítulo 16

Já podiam avistar os telhados de Nazaré. Faltavam dois dias para o início do Nissan, o primeiro mês do calendário judaico. O céu resplandecia a luminosidade que anunciava a primavera, ajudando a esquecer a aspereza do inverno. Desde que haviam partido de Séforis, a luz do sol já tinha percorrido os bosques de cedros e pinheiros e, a medida que se aproximavam de Nazaré, a sombra já se encontrava por baixo dos arbustos que ladeavam o caminho. Para Rute e Mariamne, que nunca haviam visto tais colinas, Míriam apontava as trilhas e campos que tinham sido cenário de suas alegrias de infância. Estava tão ansiosa para rever o pai, Halva e Yossef, que os pensamentos sobre a mãe quase se dissipavam.

Quando avistaram a casa de Yossef, ela mal pôde se conter. As mulas, cansadas, puxavam a carroça muito devagar. Míriam pulou para a estrada e correu em direção ao quintal grande e sombreado.

Joaquim, que obviamente aguardava pela chegada da filha, foi o primeiro a aparecer. Estendeu os braços para ela e ambos se abraçaram, os olhos cheios de lágrimas, os lábios trêmulos, alegria e tristeza se misturando.

— Você está aqui... Está aqui! – Joaquim repetia sem cessar.

Míriam acariciou sua face e sua nuca. Reparou que o rosto do pai estava mais enrugado e seus cabelos, mais brancos.

— Vim assim que recebi sua carta!

— Mas veja só seu cabelo! O que você fez com suas madeixas tão bonitas? O que aconteceu na viagem? É uma jornada muito longa para uma menina...

Ela apontou para a carroça que se aproximava do quintal.

— Ah, não precisa se preocupar. Não vim sozinha.

Houve uma certa perplexidade quando, enquanto Míriam

apresentava Rekab, Mariamne e Rute, um casal de meia-idade saiu da casa de Yossef.

O homem tinha uma barba longa, como a de um sacerdote, e olhos intensos, um tanto penetrantes; a mulher aparentava ter uns quarenta anos era baixa, roliça e cordial. Ela segurava um bebê de poucos dias no peito. Um punhado de pequenos rostos espiava por trás dela, como se saído das sombras. Míriam reconheceu os filhos de Halva: Yakov, Yossef, Shimon, Libna e sua irmãzinha.

Ela os chamou, abrindo os braços. Mas somente Libna se aproximou, sorrindo timidamente. Míriam a pegou e a ergueu.

— Não me reconhecem? – perguntou aos outros. — Sou eu, Míriam...

Antes que as crianças pudessem responder, Joaquim, ainda tomado pela emoção daquele reencontro, apontou para a mulher robusta e o sacerdote e disse, meio bruscamente:

— Este é meu primo Zechariá. Sua pobre mãe, Deus a tenha, e eu ficamos na casa dele. Esta é sua mulher, Elisheba, com o novo bebê de Yossef, Yehuda, que o Senhor o proteja...

Míriam riu.

— Ah, então é isso! Mesmo frágil como é, Halva ainda teve outro filho. Mas onde está ela? Ainda de cama? E Yossef?

Houve um breve silêncio. Joaquim abriu a boca, mas não conseguiu pronunciar uma só palavra. Zechariá, o padre, olhou para a esposa, que beijava fervorosamente a cabeça do bebê adormecido.

— Bem, o que está acontecendo? – insistiu Míriam, receosa. — Onde estão eles?

— Estou aqui.

— A voz de Yossef, vinda de trás, lá da oficina, a surpreendeu. Virou-se rápido, soltou um grito de alegria, colocou Libna no chão e abriu os braços para que ele a abraçasse. Yossef andou em sua direção, passando por Rute e Mariamne sem sequer notá-las. Foi então que Míriam reparou como seus olhos estavam vermelhos. Sentiu seu peito apertar.

— Yossef... onde está Halva? — disse ela, hesitante, já antevendo a resposta.

Yossef hesitou ao dar os próximos passos. Segurou Míriam pelos ombros e agarrou-se nela para conter os soluços que lhe sacudiam o peito.

— Yossef... – repetiu Míriam.
— Ela morreu ao dar à luz o bebê.
— Não!
— Sete dias atrás.
— Não! Não! Não!

Os gritos de Míriam foram tão fortes que todos baixaram a cabeça, como se tivessem sido atingidos.

— Ela ficou tão feliz quando soube que você viria – disse Yossef, balançando a cabeça. — Deus Todo-Poderoso, como ela ficou feliz! Ficava repetindo o seu nome a cada oportunidade. "Míriam é como se fosse uma irmã... Sinto saudades de Míriam... Finalmente Míriam vai voltar." E então...

— Não! – gritou Míriam, andando para trás, o rosto voltado para o céu. — Ah, Deus, não! Por que Halva? E minha mãe? Não pode fazer isso! – Fechou os punhos e socou seu estômago como se quisesse arrancar a dor que sentia. Então, subitamente, bateu no peito de Yossef. — E você? – gritou. — Por que fez com que tivesse outro bebê? Sabia que ela não tinha mais forças! Você sabia!

Yossef nem tentou se desviar das pancadas. Aceitou-as, com lágrimas rolando em seu rosto. Mariamne e Rute correram para puxar Míriam para trás, enquanto Zechariá e Joaquim seguraram Yossef pelos braços.

— Chega, menina, já chega! – disse Zechariá, chocado.
— Ela está certa – afirmou Yossef. — Está apenas dizendo o que eu mesmo fico me repetindo.

Elisheba se afastara para proteger a criança da fúria de Míriam. O bebê acordou em seus braços.

— Não se deve culpar ninguém – disse, em tom de reprimenda. — Você sabe que as mulheres sempre fazem mais do que devem. É a vontade de Deus.

— Não! – gritou Míriam, livrando-se de Rute. — Não era para ser assim! Não devemos aceitar nenhuma morte, muito menos a de uma mulher que dá à luz.

Agora o bebê chorava. Elisheba, balançando-o junto ao peito, retirou-se, refugiando-se nos degraus da escada. Libna e Shimon também choravam, agarrando-se à sua túnica. Yakov, o mais velho, segurou os irmãos pela mão, com os olhos arregalados fitando Míriam. Soluçando sem parar, Yossef se encolhia, com a cabeça entre os braços.

Zechariá colocou a mão sobre seu ombro e se virou para Míriam.

— Suas palavras não fazem sentido, menina – disse, sem tentar disfarçar o tom de reprovação em sua voz. — O Senhor sabe o que faz. Ele julga, Ele concede, Ele toma de volta. Ele é o Todo-Poderoso, Criador de todas as coisas. Tudo o que temos de fazer é obedecer.

Míriam parecia não escutar.

— Onde está ela? Onde está Halva?

— Ao lado de sua mãe – disse Joaquim, baixinho. — Praticamente no mesmo lugar.

Quando Míriam saiu correndo para o cemitério de Nazaré, ninguém a tentou impedir. Com o rosto transfigurado de dor, Yossef lhe assistiu desaparecer por entre as sombras da estrada e, então, sem dizer uma palavra, foi para a oficina, onde se trancou. Ao mesmo tempo, Elisheba chamou as crianças para dentro da casa, tentando acalmar o pequeno Yehuda.

Joaquim não se conteve. Seguiu sua filha a distância, acompanhado pelos outros. Mas, à entrada do cemitério, Rute segurou Mariamne, detendo-a. Rekab parou logo atrás delas. Zechariá seguia, determinado, atrás de Joaquim. Mas eles também se detiveram a uma dezena de passos do monte de terra que ainda recobria Hannah e Halva.

Míriam permaneceu no cemitério até o crepúsculo. De acordo com a tradição, quem visitasse um túmulo deveria colocar uma pedra branca sobre ele, como sinal de sua visita. Míriam, contudo, pegou dezenas de pedras do saco ali disposto para esse fim e cobriu o túmulo com elas até que o branco se tornasse ofuscante sob o sol de inverno. Quando as pedras que estavam em sua mão acabavam, ela retornava ao saco e reiniciava o trabalho. Zechariá tentou protestar, mas Joaquim o deteve com o olhar, silenciando-o. Zechariá balançou a cabeça e suspirou.

Por todo o tempo em que esteve lá, Míriam falava, ou melhor, mexia os lábios, embora ninguém pudesse ouvir uma só palavra do que dizia. Mais tarde, Rute contou que, na verdade, Míriam não dizia nada. Havia feito o mesmo sobre o túmulo de Obadias em Beth Zabdai, contou ela.

— É seu jeito de conversar com os mortos. Nós não somos capazes disso. – Olhando para Zechariá, que revirava os olhos em desgosto, completou, provocando: — Em Beth Zabdai, o mestre José de Arimatéia nunca se mostrou surpreso com isso ou a repreendeu. Nem nunca disse que estava louca. E, se há alguém que conhece bem a loucura, tanto do corpo quanto da mente, esse alguém é ele! Você não acreditaria nas coisas que José já viu, em se tratando de loucura! E digo mais: se há uma mulher que ele admira e considera tanto quanto um homem, mesmo sendo jovem como ela é, é Míriam. José sempre dizia isso a seus irmãos, que ficavam tão surpresos quanto você está agora, Zechariá: ela é diferente das outras, afirma o mestre, e não devemos esperar que se comporte como todos os demais.

— Ela está certa em se revoltar contra tantas mortes – disse Mariamne, suavemente. — Desde que Obadias morreu, ela já esteve de luto muitas vezes. Assim como vocês. Gostaria de poder-lhes dizer quanto lamento por todas essas mortes.

Mas, para a surpresa de todos, quando Míriam retornou à casa de Yossef naquela noite, parecia mais calma.

— Pedi à minha mãe que me perdoasse por toda a dor que lhe causei – disse a Joaquim. — Sei que ela sentia minha falta e queria que eu estivesse junto dela. Expliquei-lhe por que não pude lhe dar tal alegria. Talvez, onde ela se encontra agora, sob as asas do Altíssimo, possa compreender o que digo.

— Não tem do que se culpar – afirmou Joaquim, os olhos brilhando de emoção. — Nada disso é culpa sua, mas só minha. Se tivesse me controlado, se não tivesse perdido a cabeça, matado um mercenário e ferido um coletor de impostos, sua mãe estaria aqui agora, viva e bem, e nossas vidas teriam sido bem diferentes.

Míriam acariciou sua barba e o beijou.

— Se não tenho do que me culpar, então o senhor é muito mais puro do que eu – disse, ternamente. — Sempre agiu em nome da justiça. Aquele dia não foi diferente de nenhum outro dia da sua vida.

Todos baixaram a cabeça ao ouvir essas palavras. Dessa vez, não foi a fúria de Míriam que os impressionou, mas sua segurança. Nem mesmo Zechariá deixou de curvar a cabeça. Mas nenhum deles podia explicar de onde vinha tal força.

Naquela noite, logo após dar um beijo de boa-noite no pai, Míriam foi até Yossef, na oficina. Ele parecia assustado quando ela apareceu na porta.

Míriam caminhou até ele, pegou suas mãos e se inclinou.

— Por favor, me perdoe. Desculpe-me pelo que disse antes. Fui injusta. Sei quanto Halva amava ser sua esposa e quanto ela gostava de ter filhos.

Yossef balançou a cabeça, incapaz de proferir uma só palavra.

Míriam sorriu suavemente.

— Meu mestre, José de Arimatéia, sempre me repreendeu pelos meus acessos de raiva. Ele estava certo.

A suavidade em suas palavras acalmou Yossef. Ele recuperou o fôlego e enxugou as lágrimas dos olhos com um pano que estava sobre a bancada.

— Você não disse nada que não fosse verdade. Ambos sabíamos que outra gravidez poderia ser fatal. Por que não nos abstivemos?

Míriam abriu um largo sorriso.

— Pela melhor das razões, Yossef. Porque se amavam. E porque esse amor deveria gerar uma vida tão bonita e boa quanto esse mesmo amor.

Yossef a olhava num misto de gratidão e surpresa, como se essa idéia nunca lhe houvesse passado pela cabeça.

— Quando estava no túmulo de Halva – prosseguiu Míriam —, prometi a ela que nunca abandonaria seus filhos. A partir de hoje, se permitir, cuidarei deles como se fossem meus próprios filhos.

— Não, não é uma boa decisão! Você é jovem, vai ter sua própria família muito em breve.

— Não fale por mim. Sei o que estou falando e com o que me comprometo.

— Não – repetiu Yossef –, não tem idéia do que diz. Quatro filhos e duas filhas! É muito trabalho! Você não está acostumada com isso. Custou a saúde de Halva. Não quero que o mesmo aconteça a você.

— Besteira! Pensa que pode fazer isso sozinho?

— Elisheba está me ajudando.

— Ela não é jovem. Não vai conseguir fazer isso por muito tempo. E não era amiga de Halva.

— Um dia, quando for a hora, encontrarei uma viúva em Nazaré.

— Se é uma esposa o que procura, isso é outro assunto – disse Míriam, um tanto arredia. — Mas, enquanto isso, deixe que eu ajudo. Não estou sozinha: tenho Rute comigo. Ela pode trabalhar por dois. Antes mesmo de virmos para cá, já havia dito a ela que ajudaríamos Halva.

Dessa vez, Yossef concordou.

— Sim – disse, fechando os olhos, envergonhado —, ela gostaria que você tomasse conta das crianças.

Assim que soube, Rute aprovou a proposta de Míriam, sem pestanejar.

— Desde que você e Yossef queiram, eu ajudo.

Joaquim pareceu aprovar; conseguiria relaxar pela primeira vez em dias. Trabalharia com Yossef na oficina. Juntos, ganhariam dinheiro suficiente para alimentar toda a família.

— Essa é a vida conforme Deus deseja – disse Zechariá, sentencioso. — Ele nos conduz entre a morte e o nascimento para que sejamos mais humildes e mais justos.

Mas Joaquim não deixaria que Zechariá continuasse a falar com tal entonação grave. Cheio de satisfação pela decisão de Míriam, disse:

— Zechariá tem boas notícias para nós. Sua modéstia o impediu que o fizesse durante esses dias de luto. Portanto, eu as direi a vocês: no caminho para Nazaré, Elisheba descobriu que está grávida. Quem poderia adivinhar?

— Eu mesma não poderia – disse Elisheba, satisfeita. —

Sim, pelo desejo do Senhor, carrego uma criança em meu ventre. O Senhor seja louvado mil vezes por esse presente! Na minha idade!

Elisheba, que deveria ter o dobro da idade de Mariamne e Míriam, estava radiante e mal conseguia esconder seu orgulho. As jovens a olhavam, perplexas.

— Você tem motivos de sobra para estar surpresa. Quem pensaria que isso fosse possível?

— Tudo é possível se Deus nos estende a mão. Louvado seja Ele mil vezes!

— Sim, tudo é possível. Fui estéril como um campo de pedras por todos esses anos, quando uma mulher deveria estar tendo filhos – riu Elisheba, piscando para Rute –, e isso tudo nos veio num sonho.

— É verdade – disse Zechariá, muito sério. — Foi um anjo de Deus quem me impeliu a fazer essa criança. Um anjo que proclamou: "É a vontade de Deus, serás pai". Fiquei muito orgulhoso, mas protestei ser impossível. "Você não é tão velho, Zechariá. E sua Elisheba é praticamente jovem se comparada à Sara de Abraão. Eram mais velhos que vocês, muito mais velhos."

— Na verdade, zombei desse sonho – afirmou Elisheba. — Não acreditei, claro! "Olhe para nós, meu pobre e velho Zechariá", eu disse. "Foi um belo sonho, mas agora que está bem acordado, logo vai esquecê-lo." Quer dizer, como eu poderia imaginar que ele ainda seria capaz de tal façanha?

A risada de Elisheba explodiu, alta e sonora. Então, recompondo-se, olhou para Yossef e Joaquim para se certificar de que não estavam chocados com sua súbita demonstração de alegria. Mas Joaquim a encorajou.

— Está certa em ficar tão feliz. Em tempos de tristeza, um acontecimento desses alegra o coração.

Elisheba acariciava o ventre como se já estivesse grande.

Rute, que se mantivera distante durante toda aquela euforia, perguntou, duvidosa:

— Mas você tem certeza?

— Não deveria uma mulher saber quando está grávida?

— Às vezes as mulheres se enganam e tomam seus sonhos por realidade. Principalmente quando se trata de coisas assim.

— Sei muito bem o que Deus me ordenou – disse Zechariá, indignado.

Míriam interveio, delicadamente, colocando sua mão sobre o ombro de Rute.

— É claro que ela está grávida.

Rute corou, envergonhada.

— Sou uma tola, desculpem-me. Venho de um lugar onde as pessoas freqüentemente estão doentes ou são loucas. Se derem ouvidos a essas pessoas, acreditarão que o céu está repleto de anjos e a terra de Israel está abarrotada de profetas verdadeiros. Isso acabou por me tornar um pouco desconfiada de tudo.

Fosse outra época, Joaquim e Yossef teriam rido disso.

Mais tarde, Mariamne perguntou a Míriam:

— Quer que fique com você por mais algum tempo? Não entendo nada de crianças, mas posso ser útil em alguma coisa. Sei que minha mãe não se oporia. Enviaremos uma mensagem por Rekab. Ela vai entender.

— Não preciso de ajuda com as crianças. Mas, pelo meu próprio bem, por ser apenas com você que posso falar de certas coisas, sim, gostaria que ficasse. Você está com alguns livros da biblioteca de Raquel; pode lê-los para mim.

Mariamne corou, envaidecida.

— Sua amiga Halva era como uma irmã para você. Mas

nós também somos como irmãs, não somos? Mesmo não sendo mais parecidas como costumávamos ser, agora que seu cabelo está curto.

E foi assim que a casa de Yossef voltou a ter vida. Os inúmeros afazeres diários mantiveram todos ocupados, distraindo-os da tristeza. A iminente paternidade de Zechariá e Elisheba ajudou a deixar as coisas mais leves. Era como um recomeço, uma convalescença.

Passada uma lua, confirmou-se que Elisheba estava grávida. Ia sempre até Míriam e dizia:

— Sabe de uma coisa? O bebê em minha barriga já gosta de você! Sinto que se mexe sempre que estou próxima de você. Como se estivesse batendo palmas.

Isso irritava Rute profundamente, pois ela ainda tinha dificuldade em aceitar aquela gestação miraculosa. A barriga de Elisheba mal crescia, comentava. Até aquele momento, o bebê não passava de uma pequena bola, menor que um punho fechado.

— É o que penso também – respondia Elisheba, satisfeita.

— Um pequeno punho que dá socos quando eu menos espero.

— Bem – suspirava Rute, levantando os olhos para o céu.

— Se ele continuar assim após uma ou duas luas, como será quando tiver de ficar de pé?

Não muito tempo após isso tudo, Míriam adotou o hábito de sair de casa de madrugada, antes que as crianças acordassem. Na meia-luz entre a noite e o dia, ela pegava a estrada que ia pela floresta até Séforis e vagava a esmo.

Quando o sol começava a despontar, retornava, cruzando o quintal, absorta em pensamentos.

Mariamne e Rute notaram que Míriam se tornava cada vez mais silenciosa e mesmo um pouco distante. Só quando as tarefas diárias terminavam é que ela acompanhava as conversas dos outros. Mariamne continuava a ler para ela enquanto as crianças tiravam uma soneca, mas parecia que, gradualmente, perdia o interesse, mesmo sendo algo que a própria Míriam havia pedido.

Uma noite, enquanto achatavam a massa para o pão do dia seguinte, Mariamne perguntou:

— Não se sente cansada, andando todo dia pela manhã como tem feito? Você se levanta muito cedo, vai acabar se exaurindo.

Míriam sorriu. Parecia divertir-se com a pergunta.

— Não, não me sinto cansada. Mas vejo que está intrigada. Parece que o que quer é saber por que saio assim toda manhã.

Mariamne corou, baixando os olhos.

— Não se envergonhe. É normal estar curiosa.

— Sim, estou curiosa. Principalmente sobre você.

Cortaram a massa em silêncio e a moldaram em bolas. Quando faziam a última bola, Míriam parou.

— Quando saio para andar – disse, bem baixinho –, sinto a presença de Obadias. Ele fica perto de mim, como se estivesse vivo. Preciso dessas visitas assim como preciso respirar e comer. Graças a ele, tudo fica mais leve. A vida já não parece tão dura…

Mariamne a fitava, em silêncio.

— Acha que estou um pouco louca?

— Não.

— Só diz isso porque gosta de mim. Rute também detesta quando falo em Obadias. Está convencida de que estou enlouquecendo. Mas, porque gosta de mim, não diz nada.

— Não, de verdade. Não acho que esteja louca.

— Então, como explica o fato de eu ainda sentir a presença de Obadias?

— Não posso explicar – disse Mariamne, com franqueza.
— Eu não entendo. E o que não se entende não se explica. Mas o fato de não entendermos uma coisa não significa que ela não exista. Não é isso o que aprendemos em Magdala, lendo os gregos de que minha mãe gosta tanto?
Com as mãos cheias de farinha, Míriam tocou de leve o rosto de Mariamne.
— Vê por que preciso que fique aqui comigo? É para que possa me dizer coisas assim, me acalmar. Porque às vezes acho que estou enlouquecendo de verdade.
— Quando Zechariá alegou ter visto um anjo, ninguém achou que estivesse louco! – protestou Mariamne, e completou, maldosamente: — Mas talvez, sem esse anjo, ninguém teria acreditado que ele fosse capaz de fazer um filho em Elisheba.
— Mariamne!
Apesar do tom de reprimenda, Míriam se divertiu. Cobrindo a boca com as mãos enfarinhadas, Mariamne desandou a rir, e, dessa vez, a risada maliciosa acabou por contagiar Míriam também.
Rute apareceu na porta, com o pequeno Yehuda nos braços.
— Finalmente! – exclamou. — Um pouco de risada nessa casa, onde até as crianças são sérias! Que bom ouvir isso.

Alguns dias mais tarde, Míriam andava a poucas milhas de Nazaré quando Barrabás apareceu sob um grande plátano.
O sol mal tinha nascido. Míriam reconheceu o corpo esguio, a túnica de pele de cabra, o cabelo. Nada nele havia mudado. Ela o teria reconhecido no meio de mil homens. Aproximou-se, parando a alguns metros. À luz difusa da manhã, mal distinguia suas feições.

Ele não se mexeu. Devia tê-la avistado a distância. Talvez estivesse intrigado por aquela mulher de cabelos curtos, não a reconhecendo de imediato.

Tampouco disse algo. Ali ficaram, um olhando para o outro, a uns trinta passos de distância, ambos sem saber quem daria o primeiro passo, ou o que diriam. De repente, incapaz de continuar encarando Míriam, Barrabás se virou. Deu a volta no plátano, subiu por um muro de pedras e foi embora. Mancava e mantinha a mão sobre a coxa esquerda para se segurar.

Míriam se lembrou do golpe que ele havia recebido à beira do lago de Genesaré. Lembrou-se dele no barco, carregando Obadias nos braços. Lembrou-se da terrível discussão que tiveram no deserto a caminho de Damasco. Lembrou-se de sua perna sangrando e de como ele gritou de raiva contra ela e contra tudo, depois que amanheceu e Míriam descobriu o corpo sem vida de Obadias.

Naquele dia, depois que ela o abandonou, Barrabás deve ter caminhado por horas e horas com o ferimento sangrando, sem fazer nenhum curativo.

Havia varrido aquelas lembranças de sua memória, assim como quase houvera varrido o próprio Barrabás. Agora sentia tanto compaixão quanto remorso.

Ao mesmo tempo, começava a lamentar que o tivesse encontrado. Detestava o fato de ele ter aparecido para ela, tão perto de Nazaré e da casa de Yossef. Sem saber por que, temia que vê-lo ou falar com ele significasse que não mais sentiria a presença de Obadias.

Esses pensamentos pareciam absurdos, inexplicáveis. Tão inexplicáveis quanto o fato de, há meses, ouvir a voz de Obadias sussurrando para ela. Ao mesmo tempo, Mariamne estava certa. Não importava se podia entender. A alma via o que os olhos eram incapazes de enxergar. E Barrabás não era daqueles que só queriam enxergar o que os olhos pudessem ver?

Virou-se e foi para casa bem mais cedo que de costume.
Perto do meio-dia, foi até Joaquim e afirmou:
— Barrabás está aqui. Eu o vi hoje de manhã.
Joaquim olhou bem para ela, mas seu rosto não esboçou reação alguma.
— Eu sei – disse. — Ele esteve aqui certo tempo atrás. Foi de muita ajuda na época em que sua mãe faleceu, que Deus a tenha. Teve de deixar Nazaré por um tempo, mas planejava retornar. Ele tem coisas para lhe dizer.

Dois dias se passaram. Míriam evitou mencionar Barrabás. Nem Joaquim, nem Yossef pronunciaram seu nome.
Na madrugada do terceiro dia, ele reapareceu quando Míriam se afastava da casa. Estava na estrada, esperando por ela. Dessa vez, Míriam entendeu que queria falar com ela. Parou a poucos passos dele e o encarou.
O dia acabara de nascer. A luz fraca fazia seu rosto parecer triste, sem, no entanto, alterar a docilidade de sua expressão. Fez um gesto com as mãos, envergonhado.
— Sou eu – disse, atrapalhado. — Deve me reconhecer. Mudei menos do que você.
Míriam não pôde deixar de sorrir. Encorajado por aquele sorriso, ele prosseguiu:
— Não é só seu cabelo que mudou, mas você inteira. É evidente. Faz tempo que quero falar com você.
Míriam não disse nada, mas também não fez nada que o desencorajasse. Apesar de tudo o que havia pensado sobre ele, sentia-se feliz por vê-lo, por saber que estava vivo, e isso estava estampado em seu rosto.
— Eu também mudei – disse ele. — Sei que estava certa.

Ela concordou com a cabeça.

— Você não está falando muito – afirmou ele, ansioso. — Ainda está zangada comigo?

— Não. Estou feliz em ver que está vivo.

Ele massageou a perna.

— Nunca o esqueci. Não passa um só dia em que não me lembre dele. Por pouco não fiquei aleijado.

Míriam moveu a cabeça devagar.

— Essa ferida está aí para que se lembre de Obadias. Ele também faz com que eu não passe nenhum dia sem ele.

Barrabás franziu a testa. Ia perguntar o que ela queria dizer com aquilo, mas não se atreveu.

— Lamento muito pela sua mãe – afirmou. — Sugeri a Joaquim que puníssemos os mercenários que a mataram, mas ele não quis.

— Ele tem razão.

Barrabás encolheu os ombros.

— É verdade que não podemos matar todos. Deveríamos ter matado apenas um, que é Herodes. Os outros podem encontrar o caminho para o inferno sozinhos...

Ela não fez objeção, nem concordou.

— Eu mudei – repetiu Barrabás, agora com a voz mais firme. — Mas ainda não me esqueci de que Israel tem de ser libertada. Ainda sou o mesmo em relação a isso, e serei enquanto viver; jamais mudarei.

— Pensei que não mudaria mesmo. Isso é bom.

Ele pareceu aliviado ao ouvir aquelas palavras.

— Nós e os zelotes conseguimos algumas coisas juntos. Herodes continua colocando águias romanas no Templo e nas sinagogas, e nós as retiramos. Ou, quando há muitos famintos nas cidades, saqueamos as reservas das legiões. Mas não nos envolvemos mais em batalhas grandes. O que não quer dizer que mudei de idéia. Temos de resolver o

que fazer. Antes que Israel seja completamente destruída.
— Também não me esqueci de nada. Mas, com José de Arimatéia, aprendi a força da vida. Só a vida gera a vida. Precisamos segurar a vida em uma das mãos e, na outra, a justiça. Isso é o que nos salvará. É mais difícil que lutar com armas e espadas, mas é o único jeito de, algum dia, ainda haver justiça nessa terra.

Ela falava muito calmamente, em voz baixa. À luz que incidia, Barrabás a olhava bem de perto. Talvez estivesse mais impressionado com sua determinação do que gostaria de admitir.

Ficaram quietos por alguns instantes. Então, Barrabás deu um largo sorriso, os dentes brilhando.

— Também estive pensando sobre a vida — disse, apressadamente, a voz trêmula. — Estive com Joaquim e disse-lhe que a quero como esposa.

Míriam se sobressaltou.

— Faz algum tempo que penso nisso — continuou Barrabás, apressado. — Sei que nem sempre concordamos. Mas nenhuma mulher no mundo é igual a você e não quero nenhuma outra.

Míriam baixou os olhos, subitamente assustada.

— E o que meu pai disse?

Barrabás riu nervosamente.

— Que consente. E que você deveria consentir também.

Míriam ergueu os olhos e, olhando para Barrabás do jeito mais doce que podia, sacudiu a cabeça e disse.

— Não, não posso.

Barrabás enrijeceu e esfregou a coxa, nervosamente.

— Não pode? – perguntou baixinho, mal sabendo o que dizia.

— Se tivesse de me casar com alguém, sim, seria você. Faz tempo que sei disso. Desde o dia em que encontrei você no terraço tentando escapar dos mercenários.

— Mas então?
— Nunca serei esposa de ninguém. Isso, também, é algo que já sei há muito tempo.
— Por quê? Que bobagem, não pode dizer uma coisa dessas. Todas as mulheres têm marido!
— Não eu, Barrabás.
— Não entendo o que quer dizer. Não faz sentido algum.
— Não fique zangado. Não pense que não amo você...
— É por causa de Obadias! Eu sabia! Ainda está zangada comigo!
— Barrabás!
— Você diz que ama a vida, que quer justiça! Mas não consegue perdoar. Pensa que eu não sofro também? Sinto saudades de Obadias tanto quanto você... Não, você ainda quer se vingar!
— Você está enganado...

Ele não quis ouvir mais nada. Deu as costas a ela e começou a andar. A raiva e a dor faziam com que mancasse ainda mais. O sol já nascia sobre as montanhas. Barrabás era como uma sombra escapando da luz.

Míriam sacudiu a cabeça; tinha um nó na garganta. Sabia quanto ele deveria estar se sentindo zangado e nervoso, e como devia estar se sentindo humilhado. Mas de que outro jeito poderia ser?

Capítulo 17

— Não entendo. Não quer um marido? Por que não?

Não demorou muito tempo para Joaquim descobrir que Míriam tinha rejeitado Barrabás. Apesar da chuva incessante que assolava a Galiléia, Barrabás viera até ele de noite, ensopado até a medula e pálido como um cadáver, e abrira seu coração.

Agora, depois das orações, todos estavam sentados na grande mesa para a refeição matinal. Poderia ter sido melhor esperar um momento mais apropriado, mas Joaquim não conseguiu conter a raiva. Apontando sua colher de madeira para Míriam, ele começou:

— Não compreendo você! Tampouco Barrabás a compreende. Se não gosta dele, diga. Mas não me diga que não quer um marido.

Tinha a voz trêmula e os olhos arregalados de incompreensão.

— É exatamente isso – respondeu Míriam, em tom humilde, porém firme. — Tenho outras coisas para fazer neste mundo em vez de ser simplesmente esposa de um homem.

Joaquim bateu na mesa com a palma da mão. Todos se assustaram. Yossef, Zechariá, Elisheba e Rute evitaram olhar para ele. Era a primeira vez que o viam bravo com sua adorada filha.

Mas as palavras de Míriam e sua recusa os constrangiam ainda mais. Quem era ela para ousar se opor à escolha do pai, não importava qual fosse?

Somente Mariamne estava pronta para defender Míriam. A garota não estava surpresa. Quantas vezes sua mãe, Raquel, havia repetido que o objetivo da vida de uma mulher não devia ser necessariamente terminar nos braços de um homem?

— A solidão não é pecado nem infortúnio – dizia Raquel.

— Pelo contrário, é quando consegue viver sozinha que uma mulher pode dar ao mundo o que ele necessita. É isso que os homens negam forçando a mulher a desempenhar o papel de esposa. Devemos aprender a sermos nós mesmas.

Como se essas palavras tivessem acabado de ser pronunciadas, Joaquim bateu na mesa, fazendo tremer as travessas e o pão.

— E se ficar sozinha, sem um marido, quem a ajudará, quem proverá sua subsistência e lhe garantirá um teto quando eu não estiver mais aqui?

Míriam olhou para ele, triste. Estendeu o braço por sobre a mesa e tentou tomar sua mão. Mas ele a tirou, como se tentasse manter o coração e a raiva fora do alcance do carinho de sua filha.

— Eu sei que minha decisão o ofende, pai. Mas, por amor a Deus, não tenha tanta pressa em me entregar a um homem. Não se apresse em me julgar. Sabe que quero o melhor, do mesmo modo que o senhor.

— Quer dizer que vai mudar de idéia?

Míriam manteve o olhar fixo no dele e balançou a cabeça, sem responder.

— Então, devo esperar pelo quê? – esbravejou Joaquim. — Pelo Messias?

Yossef colocou a mão sobre o ombro do amigo.

— Não se deixe levar pela raiva, Joaquim. Sempre confiou em Míriam. Por que duvidar dela agora? Não pode lhe dar tempo para explicar?

— Ah! Você acha que há algo a explicar, é? Barrabás é o melhor homem do mundo. Eu sei quanto ele gosta dela. E ele sente isso há muito tempo.

— Ah, Joaquim – disse Elisheba, olhando afetuosamente para Míriam. — Dizer que Barrabás é o melhor homem do mundo é um pouco de exagero. Não esqueça que ele é um ladrão. Eu sei o que Míriam deve estar passando. Tornar-se esposa de um ladrão...

Zechariá a interrompeu.

— Uma moça deve se casar com o homem que seu pai escolheu para ela. Do contrário, o que aconteceria com a ordem das coisas?

— Se essa for a verdadeira ordem das coisas – interrompeu Mariamne, em tom tão peremptório quanto Zechariá –, então deve haver algo errado com ela.

Míriam colocou a mão sobre o pulso de Mariamne, pedindo que se calasse. Joaquim olhou para Elisheba, desalentado, e apontou para as colinas acima de Nazaré, onde Barrabás poderia muito bem estar vagando naquele momento, a despeito da chuva que transformava as estradas em rios de lama.

— Esse ladrão, como o chama, arriscou sua vida para salvar a minha! Por que ele fez isso? Porque esta menina, minha filha, pediu que o fizesse. Ainda me recordo. Não tenho memória curta. Minha gratidão não desaparece com o raiar da aurora.

Ele se virou para Míriam e, mais uma vez, apontou a colher para ela.

— Também sinto muito a morte de Obadias – disse, com a voz embargada. — Também me lembro sempre do menino que me tirou da cruz. Mas uma coisa eu lhe digo, menina: você está redondamente enganada culpando Barrabás pela morte dele. Foram os mercenários que o mataram. A mesma gente que matou sua mãe. Ninguém mais senão eles. Exceto que Obadias estava lutando. Porque era um rapaz corajoso. Uma morte decente, se quer minha opinião. Pela liberdade de Israel, por nós! Quisera eu poder morrer como ele. Houve um tempo em que você teria dito o mesmo, Míriam.

Ele pausou para recuperar o fôlego e, mais uma vez, bateu o punho na mesa.

— E digo a todos vocês, de uma vez por todas – prosseguiu, altivo, com olhar severo. — Não quero que ninguém chame Barrabás de ladrão na minha frente! Chamem-no de rebelde, resistente, do que quiserem, mas não de ladrão. Ele está muito acima de nós. Tem a coragem de fazer o que outros não ousam e é fiel aos que ama. E, quando ele me pediu a mão de minha filha, tive orgulho de dizer que consentia. Ninguém mais a merece, somente esse homem.

Seu discurso arrasador foi seguido de um silêncio glacial. Míriam, que não havia tirado os olhos de Joaquim, assentiu.

— O que diz é verdade, pai. Por favor, não pense que minha recusa é devido ao ressentimento. Eu sei que Obadias, onde quer que esteja, ama Barrabás, assim como Barrabás o ama. Também acho que Barrabás é um homem corajoso, e deve ser admirado por isso. Sei, como o senhor sabe, que, debaixo daquela aparência selvagem, ele é um homem bom, gentil e carinhoso. Por isso mesmo, eu disse a ele: "Se eu tivesse de me casar com um homem, seria com você".

— Então case-se!

— Não posso.

— Não pode? Mas por quê?

— Porque eu sou eu e é assim que deve ser! – Calmamente, sem pressa, confiante, ela se levantou e disse ao pai, o mais gentilmente possível: — Também sou uma rebelde, o senhor sabe disso. Não alcançaremos um futuro melhor assassinando Herodes e seus mercenários. Somente o alcançaremos por meio da luz da vida, por meio de um amor pela humanidade, algo que Barrabás nunca conseguirá realizar.

Ela deu meia volta, abandonou a mesa e, sem dizer mais nada, entrou na casa para se juntar às crianças, deixando todos boquiabertos.

Rute foi a primeira a quebrar o silêncio constrangedor que pairava no recinto.

— Não faz muito tempo que conheço sua filha – disse ela para Joaquim. — Mas tenho certeza de uma coisa, pelo que vi dela em Beth Zabdai: Míriam nunca desiste. Custe o que custar. Até mesmo o mestre José de Arimatéia teve de admitir. Mas não se engane: ela tem pelo senhor o maior amor e o maior respeito que uma filha pode ter pelo pai.

Tomado pela emoção, Joaquim balançou a cabeça, concordando.

— Se está preocupado, saiba que Míriam sempre terá abrigo na minha casa. Tem minha promessa, Joaquim – disse Yossef, subitamente.

Joaquim enrijeceu e lançou-lhe um olhar desconfiado.

— Deixaria que ela ficasse em sua casa, mesmo não sendo sua esposa?

Yossef enrubesceu até a raiz dos cabelos.

— Creio que entendeu o que eu quis dizer. Esta é a casa de Míriam. Ela sabe disso.

Nos dias que se seguiram, o humor de Joaquim não melhorou, pelo contrário: acabou contagiando a todos. As refeições eram feitas em silêncio profundo. Joaquim tentava, na medida do possível, evitar Míriam, e tratava Yossef com distanciamento enquanto trabalhavam juntos.

Yossef não se sentiu ofendido com essa atitude. A depressão na qual havia caído após a morte de Halva parecia ter-se dissipado, sendo substituída por uma serenidade, uma paz que não era compartilhada pelos outros.

Barrabás não voltou a aparecer. Ninguém perguntava a Joaquim se ele ainda estava nas vizinhanças.

Mas o tempo fez seu trabalho. Chegou a primavera e os campos e bosques se abriram em flor. As crianças foram as primeiras a senti-la, saindo de casa e correndo ao campo para brincar.

Havia uma expressão mais clemente nos olhos de Joaquim. Mais de uma vez, ele fizera brincadeiras com Yossef na oficina. Um dia, ao fim de uma refeição, tomou as mãos de Míriam. Os outros se entreolharam e sorriram de alívio. Joaquim ficou com as mãos de Míriam nas suas enquanto Rute e Mariamne narravam, com muitos risos, como o jovem Yakov tinha imitado um profeta para seus irmãos e irmãs. Rute achou isso muito divertido.

— Seu filho tem uma vocação verdadeira – disse ela a Yossef. — Ele foi melhor do que todos os profetas que vi em Beth Zabdai. Onde poderia ter visto um profeta?

— Um homem estava pregando na sinagoga quando fui até lá com Yakov, outro dia – disse Zechariá, num riso tímido. — Yakov gostou muito. Você brinca com isso, mulher, mas ele pode ter essa aptidão.

Rute deu um riso sardônico e olhou para Míriam. Ela e o pai, ainda de mãos dadas, riram.

Elisheba pegou as mãos deles e as colocou sobre seu ventre. Ela ainda adorava que outras pessoas sentissem a criança dentro dela.

— Este menino se move assim que sente a mão de Míriam – disse. — Você não sente?

Joaquim riu.

— Ele corre de um lado para outro do mesmo modo quando outras pessoas colocam as mãos em seu ventre. Todos os bebês fazem isso.

— Ele é diferente. Está me dizendo alguma coisa. Talvez queira dizer que não está muito longe o dia – ela deu uma piscadela para Joaquim – em que você também será avô. Vai acontecer, tenho certeza.

Joaquim levantou a mão de Míriam, depois largou-a, e falseou uma expressão de desalento.

— Você tem de ser muito inteligente para poder me dizer o que me aguarda, com uma filha como esta aqui.

Em sua voz, entretanto, havia um carinho e uma alegria claramente perceptíveis.

Mariamne foi a única a notar: apesar do mau humor de Joaquim ter abrandado, Míriam permanecia distante. Suas noites eram agitadas e cheias de sonhos que ela se recusava a comentar no dia seguinte. Outras vezes, acordava muito cedo. Não mais ao raiar da aurora, como antes, mas bem antes de alguém da casa acordar. Mariamne decidiu vigiá-la. Ela ficava no escuro, com os olhos bem abertos, escutando Míriam sair de fininho do quarto e a esperando voltar. Como estava muito escuro, ela sabia que ainda demoraria para o dia nascer.

Na terceira vez que isso aconteceu, Mariamne disse a Míriam:

— Não é perigoso sair assim, como você sai, no meio da noite? Não se sabe quem pode estar escondido por aí. Ou você pode facilmente se machucar no escuro.

Míriam sorriu e acariciou a face de Mariamne.

— Durma e não se preocupe comigo. Não corro perigo.

Isso somente aguçou a curiosidade de Mariamne. Da próxima vez que aconteceu, ela decidiu segui-la. Mas a lua era um simples filete prateado e a luz fraca das estrelas mal iluminava algumas pedras. Quando Mariamne chegou ao pátio, só conseguiu ver algumas sombras, e nenhuma delas se mexia. Ficou imóvel e olhou para dentro da escuridão, procurando escutar algo. Ouviu os grilos, gorjeios, e sentiu uma coruja voar sobre sua cabeça, mas somente isso.

Ansiosa e confusa, resolveu confiar a Rute suas inquietações. Rute não se apressou em responder.

— Trata-se de Míriam, então o que esperava? Mesmo assim, é melhor que os outros não percebam que ela passa metade da noite lá fora. Não comente com ninguém.

Rute esperou até encontrar Míriam num momento em que tinha certeza de que elas não poderiam ser ouvidas por ninguém e disse, em tom de repreensão:

— Espero que saiba o que está fazendo.

— Do que você está falando?

— Das noites que passa fora da cama.

Míriam arregalou os olhos e desatou a rir.

— Não são noites, são madrugadas.

— Madrugada é quando começa a clarear – bufou Rute. — Não quando ainda está escuro como breu. Quando você sai, não se consegue ver nada.

Míriam ainda sorria, mas a diversão havia se dissipado de seus olhos.

— Em que está pensando? – perguntou.

— Em nada! Quando se trata de você, eu não penso em nada. Mas aceite um conselho: certifique-se de que seu pai, Elisheba e Zechariá não fiquem sabendo de suas escapadelas.

— Não, Rute! Você deve estar imaginando algo.

Rute ficou vermelha de vergonha e balançou as mãos.

— Não quero saber o que tem deixado você tão estranha ultimamente e a tem atraído para fora; não quero nem pensar nisso. O melhor que tem de fazer é seguir meu conselho.

Algum tempo depois, Míriam se sentou ao lado de Mariamne.

— Não se preocupe – disse ela. — Não tenha medo. Durma a noite toda e não tente me espionar. Não há motivo para isso. Você saberá quando tiver de saber.

Mariamne ardia de curiosidade. Ficou com vontade de visitar a oficina de Yossef no meio da noite, mas resistiu à tentação. Apesar de Míriam não ter dito claramente, Mariamne sabia que, se ela quisesse manter sua amizade, era melhor evitar que suas suspeitas a incomodassem. Mas às vezes, de manhã, ela e Rute trocavam olhares cúmplices.

Quase um mês inteiro já havia decorrido. E então, quando entravam no mês de Sivan, o golpe veio, repentino como um raio.

Míriam foi ter com o pai quando este estava sozinho e disse, com olhar feliz e confiante:
— Estou grávida. Uma criança está crescendo dentro de mim.
O rosto de Joaquim ficou tão branco quanto um pedaço de giz.
— O que Elisheba disse era verdade – prosseguiu Míriam, jovialmente. — O senhor vai ser avô.
Joaquim tentou ficar de pé, mas não conseguiu.
— Com quem? – suspirou.
Míriam balançou a cabeça.
— Não se preocupe.
Um rompante de curiosidade irrompeu dentro de Joaquim. Com os lábios franzidos, como se tentasse mastigar os fios de sua barba, bramiu:
— Já chega! Responda. Com quem?
— Não, pai. Eu juro. Que Deus me castigue se não estou dizendo a verdade.
Joaquim fechou os olhos e bateu no peito. Quando os abriu novamente, o branco de seus olhos estava vermelho.
— Foi Yossef? – perguntou. — Se foi Yossef, me diga. Falarei com ele.
— Não foi ninguém. Simples assim.
— Se foi Barrabás, me diga.
— Não, pai. Também não foi Barrabás.
— Se ele a tomou à força e não ousa admitir, eu o matarei com minhas próprias mãos, mesmo sendo ele Barrabás.
— Escute-me. Não foi Barrabás, não foi ninguém.
Joaquim finalmente entendeu o que Míriam estava tentan-

do dizer, e as palavras dela o petrificaram. O carpinteiro soltou um gemido e, pela primeira vez, olhou para a filha como se ela fosse uma estranha.

— Você mente.

— Por que mentiria? Veremos este filho nascer, crescer. Nós o veremos tornar-se o rei de Israel.

— O que está dizendo? Não é possível.

— Sim. É possível. Porque é isso o que eu mais queria. Porque pedi a Jeová, abençoado seja Seu nome para todo o sempre.

Mais uma vez, Joaquim fechou os olhos. Suas mãos tremiam. Ele tocou no peito, esfregou o rosto, como se tentasse remover as palavras que Míriam havia acabado de dizer.

— Não é possível – disse. — Isso é blasfêmia. Você está louca. O anjo de Zechariá é uma coisa, mas isso, não.

— É possível, sim. O senhor verá.

Com os olhos ainda fechados, Joaquim balançava a cabeça veementemente.

— Por que se martirizar com uma boa notícia? – Míriam perguntou, mais calma do que nunca. — Todos já sabemos; você e eu, José de Arimatéia e alguns outros. Não é a morte ou o ódio que mudam a cara do mundo. É a vida dos homens. As únicas coisas que destituirão Herodes são a vida e o amor. São justamente as coisas que os romanos e os tiranos subestimam.

Joaquim agitava os braços vigorosamente, na tentativa de dispersar as palavras de Míriam do mesmo modo como alguém procura espantar as moscas que incomodam.

— Não se trata de Herodes e de Israel! – gritou. — Trata-se de minha filha, que foi maculada! Não me diga que essa é uma boa notícia.

— Pai, eu não fui maculada. Acredite.

Ele a encarou como se ela fosse um inimigo.

Míriam se ajoelhou diante dele e tomou suas mãos nas dela.

— Pai, por favor, procure entender. O que uma mulher pode fazer para libertar Israel do jugo de Roma, a não ser dar origem a seu redentor? Lembra-se da assembléia que Barrabás convocou para decidir o melhor momento de começar uma rebelião? Naquele momento eu já falava do Redentor. No homem que não reconhecerá nenhuma outra autoridade exceto Jeová, mestre do universo. No homem que reacenderá Sua palavra e estabelecerá Sua lei.

"Pensei muito sobre isso desde então, pai. Conheci profetas. Todos eles, homens manchados de sangue e de mentira. Não houve um entre eles que falasse de amor. No entanto, nossa Torá diz: Ama teu próximo como a ti mesmo."

"Todos pensam que as mulheres foram feitas somente para procriar. Para dar origem a homens submissos ou rebeldes. Mas e se uma delas desse à luz o homem que todos esperaram todos esses anos — todos nós, o senhor e eu e todo o povo de Israel?"

"Dar à luz o Redentor. Ninguém pensou nisso. E é isso o que farei. Eu lhe disse que seria desse jeito. Então, para que se preocupar, se torturar, por que tantas perguntas?"

Os lábios de Joaquim se moveram; havia lágrimas em sua barba.

— O que eu fiz a Deus para que Ele me castigasse sem parar? – lamentou. — O que fiz de tão imperdoável?

Ele olhou para as mãos de Míriam, que envolviam as suas, e fez uma careta, como se visse um animal repelente. Arrancou suas mãos das dela e tentou se pôr de pé, fazendo grande esforço para não bradar a plenos pulmões as palavras que lhe apertavam a garganta.

Demorou metade do dia para que ele reunisse coragem para confrontar Yossef. Olhou bem de perto o rosto do amigo, determinado a analisar suas reações enquanto o questionasse.

— Você tomou minha filha?

Yossef se voltou para ele, atônito, como se não tivesse idéia do que Joaquim estava dizendo.

— Sua filha?

— Eu só tenho uma: Míriam.

— O que está me perguntando, Joaquim?

— Sabe o que estou perguntando. Míriam diz que está esperando uma criança. Ela também afirma que nenhum homem a tocou.

Yossef ficou sem fala.

— É impossível, naturalmente – grunhiu Joaquim. — Ou ela enlouqueceu ou está mentindo. Isso vai depender da sua resposta.

Yossef não pareceu ficar irritado com a insistência de Joaquim. Mas o que seu rosto expressava era algo muito pior: a imensa tristeza e dor de um homem traído pela desconfiança de um amigo.

— Se eu quisesse Míriam como esposa, não precisaria esconder isso. Viria diretamente a você e lhe pediria sua bênção.

— Não estou falando em tomá-la como esposa. Estou falando em dormir com ela e fazer-lhe um filho.

— Joaquim...

— Ora, Yossef! Você não está dizendo as palavras que espero ouvir! Sou o pai dela. Você só tem de dizer que sim ou não.

Subitamente, o rosto de Yossef ficou sério. Suas faces e têmporas endureceram e sua boca se estreitou. Joaquim nunca o tinha visto dessa maneira.

A atitude hostil de Yossef abalou Joaquim. Por um momento, ele desviou o olhar. Depois, perguntou:

— Então, você acredita que ela esteja grávida?

— Se ela diz que está, eu acredito – respondeu Yossef. — Acredito no que Míriam diz e sempre acreditarei, enquanto viver.

— O que quer dizer com isso?

— Você sabe o que quero dizer. – Yossef assumiu uma atitude de orgulho ferido.

Joaquim passou os dedos nodosos sobre o rosto.

— Não sei! – gemeu. — Eu não sei! Não sei de mais nada.

Yossef não respondeu; apenas deu-lhe as costas e foi se ocupar com a arrumação das ferramentas que estavam na bancada de trabalho.

Joaquim foi até ele e o segurou pelo ombro.

— Não fique bravo comigo, Yossef. Eu precisava perguntar.

Yossef se voltou e o olhou de alto a baixo, com uma expressão que parecia dizer que, em vez de perguntar, deveria ter confiado nele.

— Yossef, Yossef! – gritou Joaquim, com as lágrimas lhe lavando o rosto. Envolveu o amigo em seus braços. — Yossef, você é como um filho para mim. Tudo o que tenho hoje, devo a você. Se você quisesse Míriam, eu a teria dado a você, em vez de a Barrabás...

Joaquim parou de repente, emitiu um gemido e se afastou de Yossef – que o encarava, duro como pedra.

— Mas agora ela está grávida – disse Joaquim – e isso não é mais possível, não é? Para nenhum de nós.

— Ouça o que sua filha está dizendo. Escute-a, em vez de sempre desconfiar dela, que é o que você tem feito desde que ela voltou.

Talvez tenha sido o tom com o qual Yossef proferiu essas palavras, mas as suspeitas de Joaquim subitamente retornaram.

— Está escondendo alguma coisa.

Yossef deu de ombros e já ia virar as costas, mas fez um esforço para sustentar o olhar desconfiado que Joaquim lhe lançava. Ele enrubesceu, como sempre fazia em momentos de emoção.

— Não tenho mais nada a acrescentar. Mas amo Míriam e farei tudo o que ela quiser.

Depois que Míriam informou sua condição a todos, Rute perambulou pela casa, agitada, incapaz até de cuidar das crianças, que preferiram ir brincar bem longe dos gritos e das caras feias dos adultos.

— Pare de dar voltas dessa maneira – manifestou-se Mariamne, por fim. — É irritante.

Obediente, Rute se sentou, com o olhar perdido ao longe.

— Vamos lá – resmungou Mariamne. — Diga o que está pensando.

— Eu disse. Eu disse que isso aconteceria.

— "Isso" o quê?

Rute simplesmente amuou em resposta. Mas Mariamne insistiu, com os olhos lampejando.

— Vou lhe dizer o que "isso" não é – afirmou a garota. — "Isso" não é o que está acontecendo com Míriam! Você não entende?

— Sabemos o que está acontecendo com ela.

— Pelo Senhor Todo-Poderoso! Como todos eles são idiotas! Não querem ouvir! E você, que se diz amiga fiel dela. É vergonhoso!

— Eu sou fiel a ela. Tão fiel quanto você. Já me ouviu dizer uma palavra de reprovação? Só estou dizendo que, em vez de admirá-la, as pessoas vão apontar o dedo para ela. Devo me regozijar com isso?

— Sim, exatamente! Você deveria esquecer seu pesar e regozijar-se com as boas-novas.

— Pare de dizer que são boas-novas!

— Ouça o que Míriam vive repetindo. Nenhum homem a tocou.

— Não diga bobagens! Sou velha e experiente o bastante para saber como uma mulher fica grávida. Por que ela inventou essa história ridícula é o que eu fico me perguntando.

— Se a amasse, não duvidaria dela! – gritou Mariamne, batendo na própria coxa de raiva. — Só precisa acreditar nela. O filho da luz está chegando, está na barriga dela, e ela ainda é pura.

— Não posso acreditar no que ela diz – disse Rute, agora também raivosa. — Já ouvi todo tipo de idéias insanas em Beth Zabdai. Mas uma mulher engravidar sem abrir as pernas e deixar que um homem a penetre é a coisa mais absurda que já ouvi em toda a minha vida!

— Se é assim, então você não merece ficar com ela.

Naquela noite, Elisheba informou, aos prantos:

— Zechariá decidiu parar de falar. Ele está tão envergonhado que não pronunciará mais uma palavra dentro desta casa.

— Então que leve sua vergonha para algum outro lugar! – gritou Mariamne. E, em resposta aos olhares pesarosos que Elisheba e Rute lhe lançaram, apontou o dedo para a barriga de Elisheba e acrescentou, cruelmente: — Você diz a todos que um anjo anunciou ao seu Zechariá que ele voltaria a ser homem, embora até uma brisa possa derrubá-lo. E aí está você, grávida, mesmo sem ter dado à luz por mais de vinte anos! Por que esse é um milagre menor do que o que aconteceu com Míriam?

Inesperadamente, Elisheba balançou a cabeça, concordando, embora as lágrimas ainda lhe brotassem em abundância.

— Sim, eu gostaria de acreditar nisso. Mas Zechariá... Zechariá é homem. E padre. Ele está tão céptico quanto Joaquim...

As três mulheres silenciaram, agora mais calmas, cada uma com seus próprios pensamentos.

— Onde está ela? – perguntou Rute. — Não a vemos desde hoje de manhã.

— Não a veremos novamente – disse Mariamne — enquanto Joaquim a culpar por sua condição cada vez que ela põe o pé nesta casa.

Mas Joaquim não mudava seu comportamento.

Quando Barrabás veio vê-lo, ele lhe fez a mesma pergunta que fizera a Yossef. A primeira reação de Barrabás foi dizer, com amargura:

— Por que eu deveria tomar uma mulher que não quer nada comigo?

— É isso mesmo o que acontece, às vezes. A frustração causa raiva, e a raiva nos faz perder a cabeça.

— Não perdi a cabeça; mulheres nunca me faltaram a esse ponto. A única luta que gosto de travar é contra os romanos e os mercenários. Que prazer teria eu em agredir Míriam?

Joaquim sabia que ele dizia a verdade. O espanto em seu rosto era tão eloqüente quanto suas palavras.

Barrabás, tanto quanto Joaquim, achou as novidades difíceis de acreditar. Ambos gostariam de tirar da cabeça as palavras de Míriam. De repente, Barrabás disse:

— Foi Yossef!

— Como sabe?

— Posso sentir.

— Ele me jurou que não foi ele.

— Isso não vale de nada. Ninguém admite uma coisa dessas.

— Míriam jura pela mãe que não foi ele nem você.

Barrabás, com um gesto, rejeitou a certeza de Joaquim, que baixou a voz.

— Ela também afirma que nenhum homem a tocou – disse o carpinteiro. — Por que diria uma coisa dessas?

— Está envergonhada, é por isso. Foi Yossef. Eu já previa. A morte de Halva fez seu sangue ferver, e ele não consegue suportar a solidão. Vem rondando Míriam como moscas rondam uma fruta aberta. Lamberia os pés dela se pudesse.

— Então por que Yossef nunca me pediu a mão de Míriam? Poderia ter feito isso. Eu não a teria recusado mais do que a recusei a você.
— Ele quer, mas tem medo de ser rejeitado. É astucioso.
— Isso é ridículo! – protestou Joaquim. — É seu ciúme quem fala!
— Tenho olhos e mente e é isso o que vejo – respondeu Barrabás, incapaz de se resignar a uma posição tão impotente e cegado pelo que não podia compreender. — Quando essa criança nascer, vai ver como tenho razão. Será a cara de Yossef.
Ele foi tão insistente que Joaquim voltou a ficar em dúvida.
— Coloque os dois cara a cara, Míriam e ele – disse Barrabás. — Aí então verá que estão mentindo.

E assim foi no dia em que Míriam apareceu diante de todos, como se estivesse num tribunal. Sete pessoas se reuniram na sala e estavam paradas em frente da mesa de jantar: Joaquim e Barrabás, Zechariá e Elisheba, Rute, Mariamne e Yossef.
Joaquim havia requisitado a presença dela mesmo sem saber onde encontrá-la. Tinha ido até o extremo do pátio e chamado seu nome, sem obter resposta. Mariamne já havia informado que ninguém sabia onde ela se encontrava, quando o jovem Yakov, o mais velho dos filhos de Yossef, disse:
— Sei onde ela está. Brincamos juntos o dia inteiro. Agora, está se banhando no rio, com Libna e Shimon.
Ele saiu apressadamente e voltou de mãos dadas com Míriam. Assim que viram seu rosto, todos ficaram inquietos.
Míriam estava mais linda do que nunca; seus olhos nunca estiveram tão serenos e claros. O cabelo cor de cobre havia

crescido novamente e agora já atingia a nuca, com alguns cachos desarrumados lhe caindo sobre o rosto.

Ela beijou Yakov na testa e pediu que ele voltasse para junto das outras crianças. Quando virou para encará-los, entendeu de imediato o que eles queriam. Sorriu para todos. Não havia sinal de escárnio nesse sorriso, somente ternura.

Havia ternura também, nas primeiras palavras que disse.

— Então, não acreditam em mim.

Eles teriam baixado os olhos se Barrabás não tivesse retrucado:

— Nem uma criança acreditaria em você.

— Eu acredito em você! – protestou Mariamne, imediatamente.

— Você diria qualquer coisa para defendê-la – resmungou Barrabás.

— Não discutam por minha causa – disse Míriam, com voz firme. Ela parou defronte a Barrabás. — Sei que está magoado, sei que minha recusa em ser sua esposa foi um golpe em seu coração e em seu orgulho. E também sei que me ama, assim como eu o amo. Mas já disse: não posso ser sua esposa. A decisão é minha e de Deus.

— Você vive se contradizendo! – exclamou Barrabás. — Como alguém pode acreditar no que você diz?

Míriam sorriu e colocou a ponta dos dedos sobre os lábios dele para silenciá-lo.

— Porque assim é. Se me ama, deve acreditar em mim.

Ignorando os protestos de Barrabás, ela se voltou para Joaquim.

—Também duvida de mim, pai. Ainda assim, me ama mais do que todas as pessoas que estão aqui juntas. Deve aceitar as coisas como elas são. Há uma criança em meu ventre. Mas não fui maculada.

Joaquim balançou a cabeça e suspirou. Os outros não ousaram falar. Uma expressão mais grave se apoderou de Míriam. Ela deu alguns passos para trás, com os olhos fixos em Joaquim, e, subitamente, segurou a barra da túnica com ambas as mãos e levantou-a até altura dos joelhos.

— Há um modo de provar, o mais simples de todos. Certifiquem-se de que ainda sou virgem.

Joaquim arregalou os olhos e murmurou algo incompreensível. Ao seu lado, Zechariá gemeu. Pela primeira vez, Barrabás baixou a cabeça.

— Façam isso – insistiu Míriam –, e suas mentes descansarão. Estou pronta.

Era como se eles tivessem sido esbofeteados.

— Naturalmente, não podem fazer isso sozinhos – disse Míriam com sua voz glacial. — Mas Elisheba pode...

— Não, não!

— Então Rute.

Rute virou as costas e procurou refúgio no outro extremo da sala.

— Não pode ser Mariamne. Barrabás dirá que ela está mentindo para me proteger. Vão a Nazaré e tragam uma parteira. Ela, certamente, poderá dizer.

Míriam parou e, em meio ao silêncio profundo, o zumbido das moscas era como o ribombar surdo de um trovão.

— Não há por que ter vergonha, pois todos duvidam de mim.

Joaquim recuou, apoiando-se no braço de Zechariá, e se sentou no banco que se encontrava ao longo da mesa.

— Suponhamos que esteja dizendo a verdade – disse, com voz fatigada, olhando para a filha com uma ponta de compaixão, como se olhasse para um enfermo. — Sabe o que acontece a mulheres grávidas sem marido? – Ele fez um esforço para proferir as palavras. — São apedrejadas até a morte. É a lei. – Ele colocou as mãos calejadas sobre a mesa. — Primeiro vêm os rumores. Começarão em Nazaré e rapidamente se espalharão pela Galiléia. As pessoas dirão: "A filha de Joaquim, o carpinteiro, está carregando o filho de um estranho". A vergonha levará ao julgamento. E a criança que está esperando nunca verá a luz do dia. – Joaquim olhou para todos os presentes. — E, porque quisemos protegê-la, seremos todos amaldiçoados para sempre.

— O senhor tem medo? – perguntou Míriam, com a voz ainda glacial. — Pode me denunciar.

Todos baixaram os olhos, com o desprezo por si próprios a lhes apertar a garganta. E, no estranho silêncio que desceu como uma pesada cortina sobre eles, Míriam andou até seu pai, beijou-lhe a testa como havia feito antes com Yakov e saiu da sala tão calmamente como tinha entrado, deixando todos perturbados.

O dia inteiro eles evitaram conversar, temendo seus próprios pensamentos e os dos outros.

Ao crepúsculo, Yossef quebrou o silêncio e desencadeou a tempestade que todos receavam. Foi até Joaquim e disse:

— Não condene sua filha. Eu disse que meu teto será sempre o teto dela, minha família, a dela. Míriam está em casa aqui, e o filho dela viverá com meus filhos, como se fosse meu. Se chegar o dia, após ela ter dado à luz, em que as pessoas de Nazaré perguntarem o nome do pai da criança, ela poderá dizer que ficamos noivos e dizer que sou o pai.

— Ah! – gritou Barrabás. — Agora tudo ficou claro!

Yossef se voltou para ele, com o punho no ar.

— Pare de insultá-la! Ela é melhor que você!

— Um mentiroso e um covarde, é o que você é. Míriam está inventando tudo isso para proteger você!

Yossef pulou sobre Barrabás e ambos caíram no chão e rolaram na poeira, grunhindo feito animais selvagens.

Com alguma dificuldade, Joaquim conseguiu tirar os dedos de Barrabás da garganta de Yossef.

— Não! Não!

Rute e Mariamne correram até eles para ajudar Joaquim a separá-los, enquanto Zechariá e Elisheba observavam, horrorizados.

De pé novamente, limpando a poeira das túnicas, Yossef e Barrabás ficaram olhando um para o outro, trêmulos e ofegantes. Joaquim pegou as mãos deles, mas foi incapaz de proferir uma palavra sequer.

Yossef se libertou e afastou-se, com a cabeça curvada, tentando recobrar a respiração. Quando levantou a cabeça, disse:

— Minha casa está aberta a todos. Mas não aos que se recusam a ouvir a verdade que vem dos lábios de Míriam.

Cheio de raiva e dúvida, Barrabás deixou Nazaré na mesma hora.

No dia seguinte, Zechariá atrelou sua mula à desconfortável carroça que os havia trazido da Judéia para a Galiléia, a carroça na qual Hannah tinha sido assassinada pelos mercenários. Elisheba subiu, chorando e reclamando que não era necessário que partissem tão depressa. Mas Zechariá, que ainda observava seu voto de silêncio, ignorava seus lamentos. Com as rédeas e o chicote nas mãos, esperava Joaquim decidir.

Joaquim dava três passos numa direção, dois em outra, e sentia a garganta tão apertada como se estivesse respirando areia. Foi até Yossef, bateu no peito dele com a palma da mão e disse, em voz baixa:

— Ou você é culpado e Deus o perdoará, ou você é um homem bom e generoso e Deus o abençoará.

Yossef colocou a mão sobre o braço de Joaquim.

— Volte, Joaquim! Volte quando quiser!

Joaquim assentiu. Passou por Míriam sem olhar para ela e agarrou a lateral da carroça. Não era necessário, mas ele verificou se o sangue de Hannah havia sido limpado do banco antes de se sentar. Pela primeira vez em sua vida, parecia um homem velho.

Ele se sobressaltou quando percebeu que Míriam o havia seguido e estava parada perto dele, ao lado da carroça. Ela pegou suas mãos, beijou-as ardentemente e encostou o rosto nas palmas calejadas.

— Eu o amo. O senhor é o melhor pai que uma filha poderia ter.

Naquele momento, Joaquim, que se sentara em postura rígida, com a coluna ereta e o peito projetado para a frente, hesitou, como se tivesse a intenção de descer da carroça. Mas Zechariá açoitou as mulas, Elisheba chorou copiosamente e a carroça partiu, as grandes rodas de madeira deslizando sobre o caminho pedregoso e produzindo um rangido que se tornava cada vez mais distante, até não se ouvir mais.

Tímido e carinhoso, Yossef colocou a mão sobre o ombro de Míriam.

— Conheço Joaquim. Um dia ele voltará para brincar com seu neto.

Míriam sorriu para ele, agradecida, parada em meio às crianças.

À noite, Rute veio falar com ela.

— Deixe-me ficar com você, Míriam – implorou, as linhas do rosto acentuadas pela luz bruxuleante da lamparina a óleo. — Não me peça para acreditar no que não posso acreditar. Peça-me somente para amá-la e apoiá-la. Isso é algo que farei enquanto houver vida em meu corpo, mesmo que eu não compreenda.

Míriam fez um sinal com a mão na direção de suas duas amigas. Foi um gesto estranho, lento, como se ela estivesse retornando de uma viagem e lhes acenasse de muito longe. Pela primeira vez, Rute e Mariamne tiveram uma sensação que se tornaria freqüente nos longos anos vindouros: a sensação de que essa mulher, que conheciam tão bem, era uma estranha para elas.

Capítulo 18

A primavera passou e o verão veio e se foi. A barriga de Míriam ficava mais redonda e as pessoas de Nazaré começaram a dizer que Yossef tinha tanto apetite que vivia com três mulheres.

Também diziam que ele havia enxotado Joaquim de sua casa.

Pobre Joaquim, abençoado! Sua vida tinha sido somente uma série de infortúnios desde o dia em que defendera a velha Houlda contra a ganância dos coletores de impostos.

Na sinagoga, sussurravam a palavra "ladrão". Ficavam se perguntando por que Yossef e Míriam precisavam de duas criadas, uma velha e outra jovem – e davam a esse comentário um caráter um tanto malicioso. Algumas mulheres davam de ombros e diziam aos homens:

— Não façam perguntas estúpidas. Yossef tem quatro filhos e duas filhas. É por isso que Míriam tem duas criadas.

Mas isso não convencia ninguém.

Muita gente lembrou que Yossef morava na casa onde Joaquim nascera, e que este a havia dado a ele duas décadas antes. Generoso, Joaquim também havia ensinado a ele tudo o que sabia e passado seus clientes para ele. Mas ele não lhe havia dado a filha. Se soubesse que ela esperava um filho de Yossef, nunca teria saído de Nazaré, onde sua Hannah estava enterrada. Seria essa uma prova de que Yossef havia tomado Míriam à força?

Talvez.

Outras línguas começaram a gracejar, dizendo que Barrabás fora visto fugindo da aldeia num dia de primavera, com o rosto banhado em lágrimas. Teria ele sido parceiro de Míriam em seu pecado?

Alguns perguntavam:

— Onde está Míriam? Por que nunca a vemos por aqui?

A resposta era simples. Ela se escondia porque era culpada.

Não demorou para que, quando Rute ia comprar queijo ou leite, quando Mariamne ia comprar lã ou pão, a gente da cidade fizesse de tudo para que elas se sentissem cada vez menos bem-vindas. No fim do verão, davam a elas somente o que precisavam e nada mais.

Yossef chegou a se queixar no pátio da sinagoga.

— Ponha ordem na casa – responderam-lhe.

— O que querem dizer com isso?

Os olhares lançados a ele como resposta foram mais eloqüentes do que todas as palavras existentes na língua de Israel.

— Se não casarmos – disse ele a Míriam quando voltou –, não tardará o dia em que eles virão aqui e nos apedrejarão até a morte.

— Você tem medo? – perguntou Míriam.

— Não por mim. Mas por você e pela criança. E por Rute e Mariamne.

Eles não foram apedrejados até a morte, mas a carpintaria de Yossef ia tendo cada vez menos trabalho. Nos primeiros dias frios de outono, a oficina estava estranhamente vazia.

Foi então que chegaram até eles as notícias, levadas de aldeia em aldeia pelos mercenários de Herodes. Eles entravam nos pátios, batiam à porta e gritavam para todo mundo que César Augusto, senhor de Roma e de Israel, queria saber o nome de todos os que viviam em seu reino.

— Vão até as aldeias onde nasceram e registrem-se. Receberão uma ficha de couro. A partir do primeiro dia do mês de Adar, quem não mostrar essa ficha quando requisitada será preso.

As notícias suscitaram tanto raiva quanto confusão.

— Eu nem sei onde nasci – disse Rute.

— Sou de Belém – afirmou Yossef. — Uma pequena

aldeia na Judéia, onde nasceu o rei Davi. Ninguém por lá me conhece!

— E eu teria de voltar para Magdala – disse Mariamne, irritada. — Essa é mais uma medida tomada pelos romanos e por Herodes para nos vigiar. Mas eles são tão idiotas. O que impedirá as pessoas de falsificar essas fichas de couro? O que as impedirá de se registrar em duas ou três aldeias, uma após a outra, se quiserem?

— Pode ser um truque – disse Yossef, cautelosamente. — Pode haver algo por trás disso que não sabemos.

Míriam colocou a palma das mãos sobre a barriga, que já a forçava a andar devagar.

— Como não somos mais bem-vindos aqui em Nazaré – disse ela para Yossef –, por que não vamos para a sua aldeia enquanto eu ainda posso viajar? A criança nasceria lá e ninguém notaria. Eu diria que sou sua esposa e eles achariam perfeitamente normal que me registrasse lá.

Todos pensaram na idéia durante um dia ou dois. Por fim, Rute disse, esbravejando:

— Não há por que discutir isso: eu vou com vocês. Vão precisar de alguém para tomar conta dos filhos de Yossef. E do seu, também, quando chegar a hora de dar à luz. Além disso, se não lembrarem de Yossef em Belém, quem poderá dizer que eu também não nasci lá?

Míriam concordou.

— Diremos que você é minha tia.

Mariamne também gostaria de ficar com eles até o nascimento da criança. Por outro lado, se não voltasse para Magdala, onde deviam estar lhe esperando para o recenseamento, colocaria sua mãe em uma posição difícil: os romanos não gostam dela e estão sempre a vigiando.

— Você será mais útil para mim se voltar para Magdala do que se vier para a Judéia comigo – disse Míriam. — Na primavera, quando as estradas voltarem a ficar transitáveis, irei para lá com a criança, se Raquel não se importar. A casa dela seria um lugar perfeito para ele crescer e aprender o que um novo rei precisa saber.

Relutante, Mariamne cedeu. Por diversas vezes, pediu que Míriam lhe garantisse que elas se encontrariam novamente em Magdala.

— Não precisa duvidar disso – disse Míriam –, não mais do que duvida de algo que é certo.

Estava nevando quando eles avistaram Belém. Um vento frio e penetrante cortava o ar, mas Yossef havia feito uma armação coberta por pano alcatroado e até um suporte para um braseiro, que transformava a carroça em uma confortável tenda ambulante. Eles se aninharam lá com as crianças, como uma pequena matilha em sua toca. Às vezes as estradas eram tão esburacadas que os fazia rolar uns por cima dos outros. As crianças riam a mais não poder, especialmente o mais novo, Yehuda, que via nisso uma brincadeira maravilhosa.

Míriam estava perto do trabalho de parto. Ocasionalmente, apertava os dentes e segurava o pulso de Rute. Sempre que isso acontecia, Rute gritava para que Yossef parasse as mulas. Mas, como ela ainda não dera à luz no momento em que eles entravam na sinuosa rua principal de Belém, Míriam disse:

— Vamos direto para o recenseamento. Antes que a criança nasça.

Rute e Yossef protestaram. Era perigoso para ela e para a criança. Eles poderiam esperar uma ou duas semanas, até que ele nascesse. Os romanos ainda estariam lá.

— Não – disse Míriam. — Quando ele nascer, não quero que tenha nenhum contato com os romanos ou os mercenários. Não quero nem que eles ponham os olhos sobre ele.

O recenseamento acontecia na praça, em frente a uma grande residência que os romanos tinham ocupado após expulsar seus proprietários.

Os decuriões estavam acomodados em volta de mesas, sob o calor de duas grandes fogueiras. Outros oficiais, com suas lanças em punho, observavam a fila de pessoas que esperavam, expostas ao vento.

Quando o povo de Belém viu Míriam parada na fila com sua barriga enorme, apoiando-se em Yossef e Rute, e as crianças tremendo atrás deles, alguém disse:

— Não fique aqui. Passe na frente. Não estamos com pressa.

Quando todos chegaram perto da mesa, o decurião os examinou de alto a baixo. Viu a barriga de Míriam sob a pesada capa, fez uma careta e empinou o queixo na direção de Yossef.

— Nome e idade?

— Yossef. Eu diria que tenho uns trinta e cinco anos, talvez quarenta.

O decurião anotou no pergaminho de papiro. Seus dedos estavam duros de frio e a tinta não fluía facilmente. Ele teve de escrever em letras grandes.

Míriam viu que ele usava a língua latina, traduzindo o nome de Yossef para José.

— E você? – perguntou o decurião. — Seu nome e o nome do pai?

— Míriam, filha de Joaquim. Tenho vinte anos. Talvez um pouco mais, ou talvez menos.

— Míriam – disse o decurião. — Esse nome não existe na língua de Roma. A partir de hoje, seu nome é Maria.

Ele anotou e em seguida apontou o estilete para o ventre de Míriam.

— E como vai se chamar esse aí?

— Yeshua.

O decurião olhou para ela, sem compreender.

—Yeshua – repetiu a jovem.

— Esse nome não existe! – grunhiu ele, assoprando os dedos.

Míriam inclinou-se para ele e disse, em grego:

— Iessous. Que significa "o homem que salva".

O homem deu um riso nervoso.

— Quer dizer que você fala grego?

Ele anotou: Jesus, filho de José e Maria. Idade: zero.

Em seguida, olhou para Rute.

— E você?

— Rute. Não tenho idéia de minha idade. Decida você mesmo.

O decurião abriu um sorriso.

— Vou anotar que tem cem anos, mas não parece.

Depois foi a vez das crianças.

— Meu nome é Yakov – disse, orgulhoso, o filho mais velho de Yossef. — Este é meu pai. O nome de minha mãe era Halva e eu tenho quase dez anos.

O decurião suspirou, não mais sorrindo.

— Seu nome é Tiago.

E foi assim que, naquela época, todos tiveram seus nomes mudados para os dias futuros.

Mariamne tornou-se Maria, Maria Madalena.

Hannah tornou-se Ana.

Halva tornou-se Alba.

Elisheba tornou-se Elizabete.

Yakov tornou-se Tiago.

Shimon tornou-se Simão.
Yehuda tornou-se Judas.
Zechariá tornou-se Zacarias.
Geouel tornou-se Jorge.
Rekab tornou-se Orlando...
E assim por diante, para todos os nomes usados pelo povo de Israel.

Somente o nome de Barrabás não foi mudado. Primeiro, porque ele se recusou a comparecer perante os romanos. E segundo porque, na língua aramaica, que todos falavam naqueles dias no reino de Israel, Barrabás significava "filho do pai". Esse era o nome dado às crianças cujas mães não podiam dizer os nomes dos pais. Era o nome dos que não tinham nome.

Mas os romanos não sabiam disso.

Assim como não sabiam que o nome do filho de Maria, a quem ela daria à luz onze dias depois, em uma fazenda abandonada nos arredores de Belém, esse Yeshua, a quem o decurião dera o nome de Jesus porque o som era o que mais se assemelhava, significava "salvador".

E foi nesse ponto que percebi que meu livro terminara.
O que aconteceu a seguir é a história mais conhecida do mundo, pensei. De modo bem diferente dos Evangelhos, inúmeros pintores, escritores e, hoje, cineastas já a contaram de mil maneiras diferentes ao longo dos séculos.
Durante os vários anos que levei para pesquisar e escrever este romance, este retrato da "minha" Maria, precisei me esforçar para imaginar como era essa Míriam de Nazaré, nascida na Galiléia, imaginá-la como uma mulher de verdade, vivendo no turbulento reino de Israel no ano 3760 após a criação do mundo pelo Senhor, de acordo com a tradição judaica, o ano que se tornaria o primeiro da era cristã.
O que os Evangelhos têm a dizer sobre a mãe se Jesus poderia ser anotado num lenço de bolso. Umas poucas sentenças vagas e contraditórias. Esse vácuo foi preenchido pela imaginação dos escritores de seu tempo, os autores das obras apócrifas que floresceram até a Renascença. Essas obras deram origem a uma imagem não muito convincente de Maria, talhada para agradar o gosto da Igreja Católica romana e mostrando uma completa ignorância da história de Israel, da qual Míriam fez parte.
Mas o destino de um livro não é selado de antemão. O vento do acaso embaralha as páginas, quebrando a ordem cuidadosamente planejada, desafiando o que, por muito tempo, pareceu óbvio. A verdade é que os personagens não existem somente no papel. Eles exigem vida própria, exigem sua cota de surpresas. E essas surpresas agitam as sentenças e mudam seu significado.

Como quis o acaso, então, encontrei-me, somente alguns dias depois de terminar o primeiro rascunho de meu romance, a caminho de Varsóvia, a cidade onde nasci. Estava viajando para lá a fim de terminar um filme sobre os Justos: aquelas pessoas, algumas cristãs, outras não, que salvaram judeus durante a Segunda Guerra Mundial, sempre correndo grande risco.
Eu nunca tinha voltado à Polônia desde que chegara à França, ain-

da jovem. Tinha emoções conflitantes sobre esse retorno: não somente as nostálgicas, mas o prazer ambivalente que todos sentimos ao voltar aos lugares que fizeram parte de nossa infância, e ainda uma antiga sensação de perigo que nunca parecia ser completamente esquecida.

A Varsóvia que descobri era bem diferente da Varsóvia de minhas memórias. Aquele mundo febril e turbulento, embalado pelo loquaz iídiche de meu avô Abraão, um impressor, que morreu no levante do Gueto de Varsóvia, havia desaparecido. Ele havia sido varrido tão completamente que era como se nunca tivesse existido.

Como José de Arimatéia disse a Míriam de Nazaré, a raiva nos cega mesmo quando nossa causa é justa.

Eu mal havia chegado a Varsóvia e meu único desejo era ir embora o mais depressa possível. Fugir do passado e daqueles que preferem ignorá-lo, que nada mais têm a me ensinar. A única razão pela qual lá permaneci foi o compromisso que havia contraído algumas semanas antes, com uma mulher que, como me disseram, tinha salvado duas mil crianças judias do gueto. Cancelar esse compromisso teria sido um insulto imperdoável.

Então, fui vê-la, ainda relutante. Como eu estava errado em hesitar! Jamais adivinharia o que o destino me reservava.

Subi três lances de escada e me encontrei cara a cara com uma velha senhora polonesa de traços muito finos e expressão jovial. Quando ela sorriu, seus olhos se amarrotaram e ela ganhou um ar de criança maliciosa. Tinha o cabelo branco curto, ao estilo de uma estudante dos anos trinta, preso por uma fivela, logo acima da testa. Ela se movia com cuidado, com a ajuda de um andador.

Conversamos sobre amenidades por algum tempo, tentando quebrar o gelo. Como se chamava Maria, contei-lhe que estava escrevendo um livro sobre Maria, a mãe de Jesus.

O rosto dela se iluminou.

— Veio ao lugar certo – disse. — Também tenho um filho chamado Jesus, Yeshua.

Endureci. Ela não percebeu meu desconforto e começou a falar sobre o gueto. Quando perguntei como tinha conseguido salvar quase duas mil crianças judias, para minha surpresa, ela começou a chorar.

— Devíamos ter salvado mais. Éramos jovens, não sabíamos o que estávamos fazendo...

Ela secou a têmpora com um pequenino lenço de renda e abriu a boca, querendo contar mais. Então, pensou melhor e um grande silêncio pairou sobre nós.

Nos últimos vinte ou trinta meses, eu tinha vivido muito pouco no presente. Transformara-me num viciado, intoxicado com visões de uma Galiléia imaginária com suas infinitas planícies e colinas de bosques sombrios. Tinha velejado por sobre a deslumbrante superfície do lago de Genesaré, trilhado os caminhos empoeirados de aldeias brancas e perfumadas que, há muito, foram engolidas pelas brumas do tempo. Agora, de repente, esses sonhos tinham desaparecido e, diante de mim, havia uma mesa quadrada coberta por uma toalha de plástico com três cadeiras de compensado cuja tinta azul estava descascando.

Desconcertado, forcei-me a continuar. Lembrei-lhe de que minha pergunta não tinha sido respondida.

A senhora olhou para mim com uma expressão agradável na qual havia um quê de brincadeira. Ela não tinha intenção de responder. Agora, era ela quem fazia uma pergunta.

— Sabe por que boa parte de Varsóvia fica acima do nível da rua? Deve ter percebido que, para chegar à maioria das ruas, é preciso subir alguns degraus.

Balancei a cabeça, concordando. Sim, eu tinha percebido, mas não fazia idéia do motivo.

— Depois da guerra, os sobreviventes não tinham dinheiro nem tempo de limpar as ruínas das casas judias. Nem tiveram tempo de retirar os mortos que ainda se encontravam enterrados sob elas. Então, eles terraplenaram tudo, fazendo desaparecer o que havia restado dos quintais, dos becos, das casas de banho, dos poços, das fontes, das escolas... Quando tinham levado tudo ao chão, construíram casas para os vivos sobre as casas dos mortos. Quando subimos esses degraus, estamos caminhando sobre o maior cemitério judeu do mundo.

Novamente silenciamos, constrangidos. Sempre há momentos em que os horrores cometidos pelos homens nos deixam mudos.

Peguei-me involuntariamente olhando fixo para um número tatuado no antebraço dela. Ela percebeu e o cobriu com sua mão enrugada.

Havia duas janelas na sala, que davam para um desses pátios públicos freqüentemente encontrados nas construções anteriores à guerra em Varsóvia. Num canto da sala havia uma pequena capela de papelão branco decorada com uma reprodução da Virgem Maria de Leonardo Da Vinci. Entre as duas janelas, por trás de uma lâmina de vidro coberta de poeira, vi fotografias de dois homens lado a lado, um jovem e o outro, velho.

Ao notar que eu olhava para a fotografia, ela sorriu e disse:

— Meu marido e meu filho.

Depois, vendo que eu estava fascinado pelo rosto de seu filho, ela acrescentou:

— Dá para perceber, não é? Mesmo que a fotografia não esteja tão boa... Nele, só havia compaixão.

Analisei a foto mais de perto. Era verdade. Notei que ele tinha aquele olhar curioso que os homens têm quando sabem o que a vida reserva para eles. Seu cabelo longo dava ao rosto um ar de fragilidade que contrastava com as mãos fortes que o seguravam na altura do estômago.

— Eu adorava o cabelo dele – disse Maria. — Era sedoso como o de uma menina. Eles o cortaram, é claro. Incrível, não é, essa obsessão que eles tinham com o cabelo? Como os filisteus que tinham pavor do cabelo de Sansão. – Ela balançou a cabeça, levantou seu andador e apoiou-o novamente no chão, num pequeno gesto de raiva. — Aquela montanha de cabelo que eles tinham na entrada dos campos!

Mais uma vez, só consegui ficar calado.

Pensei em me levantar e ir embora, ao ver todas aquelas imagens que me eram familiares demais.

Ela deve ter lido meus pensamentos. Lançou-me um olhar malicioso e disse:

— Antes de ir, gostaria que visse uma coisa.

Ela se ergueu com a ajuda do andador. Com pequenos e cuidadosos passos, caminhou até o armário que havia na sala. Virando-se de costas para mim, remexeu uma gaveta e tirou um objeto em forma de tubo embrulhado num velho jornal iídiche. Deu meia volta, segurando com uma das mãos o suporte de alumínio de seu andador e, com a outra, trazendo o objeto.

— Tome.

— O que é?

Por baixo do jornal parcialmente rasgado eu podia sentir algo duro. Retirei-o. Era um cilindro feito de madeira muito fina revestida de um couro fino como pele, que tinha escurecido com o tempo e ficado duro como um chifre. Eu só tinha visto esse tipo de objeto por trás dos vidros de museus, mas o reconheci. Era um daqueles tubos usados na Idade Média para proteger escritos importantes: cartas, documentos oficiais e até livros.

— Mas isto é muito valioso! – gritei, atônito. — Eu não posso...

Ela ignorou meus protestos.

— Leve-o com você e leia – disse, fechando os olhos.

— Não posso levar uma coisa tão valiosa! A senhora precisa...

— Está tudo aí. Você vai reconhecer as palavras de uma mulher que não foi muito ouvida em seu tempo.

— Maria? Míriam de Nazaré?

— Simplesmente leia – repetiu ela, atravessando a sala em direção à porta com pequenas sacudidelas em seu andador, agora me dispensando de modo a não dar margem para respostas.

O jornal que envolvia o estojo caiu sozinho, de tão ressecado pelo tempo. Tive de brigar um pouco para retirar a tampa. A madeira e o couro frágeis ameaçavam quebrar sob meus dedos trêmulos.

Dentro, encontrei enrolada uma tira de pergaminho que havia sido embrulhada cuidadosamente numa folha de papel cristal.

O pergaminho, já se desfazendo nas bordas, grudou nos meus dedos assim que o toquei. Desenrolei-o na cama do meu quarto de hotel, pouco a pouco, temendo que se desintegrasse a qualquer momento.

O pergaminho tinha sido dobrado de modo canhestro. Fragmentos de texto já haviam se apagado onde estavam as dobras. A tinta marrom se esvaecera e estava borrada em certos lugares devido à umidade. A letra era pequena e regular. A princípio, pensei que estivesse escrito em cirílico, mas era ignorância minha.

Para minha surpresa, ao desenrolar o pergaminho, encontrei uma série de pequenas folhas quadradas de papel. Elas também estavam amareladas pelo tempo, mas tinham somente algumas décadas. Dessa vez, reconheci o idioma de imediato: iídiche.

Sentei-me na beira da cama para ler. Assim que comecei, meus olhos umedeceram e não consegui continuar.

Levantei-me, fui até o frigobar, peguei algumas garrafinhas de vodca e esvaziei-as num copo. Era uma vodca ruim, que queimou minha garganta. Esperei que fizesse efeito e que meu coração parasse de palpitar tão forte.

27 de janeiro do ano 5703 após a criação do mundo pelo Senhor, abençoado seja.

"Tu, Tu, ó Sagrado, cujo trono é rodeado por louvores a Israel, foi em Ti que nossos antepassados confiaram. Eles acreditaram em Ti e Tu os salvaste. Por que a nós, não? Por que a nós, não, Senhor?"

Meu nome é Abraão Prochownik. Há meses vivo num porão na Rua Kanonia. Posso ser o único membro sobrevivente da família Prochownik. Graças à nossa vizinha Maria.

Espero que chegue o dia no qual os cristãos a reverenciarão como santa. Eu, um judeu, só posso esperar que ela permaneça na memória dos homens como um dos Justos entre as nações. Que o Senhor Todo-Poderoso, o Deus do amor e do perdão, a proteja.

Se alguém encontrar estes papéis, quero que saibam: Maria salvou centenas de crianças judias. Ela foi deportada pelos nazistas – que os seus nomes sejam amaldiçoados por toda a eternidade – como judia, com seu filho Jesus, a quem chamou de Yeshua, e o marido, pai de seu filho. Pai e filho pereceram no campo, mas Maria fugiu, com a ajuda da rede católica Zegota.

Levou dez gerações, de Adão a Noé, diz o pacto dos patriarcas, para que a grande paciência de Deus fosse revelada, embora as gerações tivessem feito o possível para provocá-Lo, antes que Ele as engolisse no Dilúvio.

Quanto tempo ainda tenho para viver? Somente o Senhor, Mestre do Universo, sabe.

E somente o Senhor sabe, como escrito acima, se ainda existe algum outro Prochownik além de mim. Houve um tempo em que fomos uma família ilustre. De acordo com a lenda passada por meu pai e meu avô, nosso ancestral Abraão (cujo nome ostento) foi coroado rei no ano 936 da era presente pelas tribos eslavas que haviam se convertido do paganismo ao cristianismo. A tribo mais importante era a dos polanos, e nossa família tinha vivido entre eles durante várias gerações.

O Senhor da Sabedoria, sem dúvida, inspirou Abraão e ele recusou a honra de ser rei. Disse aos polanos que não era certo um judeu reinar sobre cristãos, que eles deveriam escolher um líder entre os membros de suas próprias famílias. Ele sugeriu nomear um dos camponeses que mais produziam milho. O nome desse homem era Mieszko, da família Piast. Os polanos seguiram seu conselho e o camponês se tornou Mieszko I.

A dinastia Piast foi longa e sempre agiu de modo correto com relação aos judeus.

Pelo menos para os que acreditam na lenda de nossa família. Meu avô Salomão nunca duvidou dela. Tomava-a como verdade absoluta. A única vez em que levantou a mão para mim foi quando gracejei dizendo que nosso ancestral Abraão não passara de um sapateiro sem vintém.

Para meu avô, a prova irrefutável de que nossa família já tinha sido grandiosa era um objeto que fora transmitido de geração para geração: o pergaminho que Abraão Prochownik supostamente recebera dos Piast como prova de gratidão.

No dia de seu bar mitzvah, todos os meninos de nossa família tinham o direito de abrir o estojo, desenrolar um pouco o pergaminho e contemplar a escrita.

De acordo com meu avô Salomão, esse pergaminho foi dado aos Piast por ninguém menos do que são Cirilo em pessoa quando eles se converteram. É só uma cópia. O pergaminho original estava escrito em hebraico e em grego. Mas tanto a cópia quanto o original contêm a mesma coisa: o Evangelho de Míriam de Nazaré, Maria, mãe de Jesus.

Meu avô Salomão costumava nos contar que Helena, a mãe de Constantino I, imperador romano que se converteu ao cristianismo, trouxe-o de volta de Jerusalém. Helena afirmava que o pergaminho original, feito de papiro, como era o costume da época, lhe fora dado por um grupo de mulheres cristãs quando ela visitou Jerusalém no ano 326 da presente era para construir a Igreja do Santo Sepulcro no lugar onde Jesus foi crucificado.

Alguns séculos depois, sob o imperador bizantino Miguel III, dizem que o grande evangelista Cirilo fez uma cópia do pergaminho e a levou com ele quando foi a Cazária com seu irmão Metódio no ano de 861, numa missão para converter os judeus cazares ao cristianismo. Ele esperava que o fato de o pergaminho ser o testemunho de uma mãe judia o ajudaria em sua tarefa.

Felizmente, o Santo Deus de Israel protegeu o rei dos cazares contra a tentação.

Cirilo, então, decidiu converter os povos pagãos que tinham vida nômade no Cáucaso e na região do mar Negro. O conteúdo do pergaminho provava a existência de Jesus, que ainda era duvidosa para os pagãos. Cirilo verteu o texto para diversas línguas: o adjarano, que era falado nas montanhas; o georgiano, que era escrito com o alfabeto fenício, e o eslavônico.

Foi por causa dessa história que o filho de Salomão, meu pai Yakob, se tornou um ilustre professor de línguas antigas. O professor mais respeitado e mais conhecido nas universidades de Viena, Moscou, Budapeste e Varsóvia, onde lecionava. Ele ainda estava lá quando os alemães invadiram a Polônia.

Foi meu pai quem reconheceu a língua no pergaminho que nosso ancestral Abraão havia nos legado. É adjarano. Que ninguém perca tempo pesquisando outra língua.

Ele poderia ter se tornado muito famoso se tivesse revelado a existência do pergaminho. Por que não o fez?

A única vez em que lhe fiz essa pergunta, ele respondeu que não sentia necessidade de ser famoso. Mais tarde, acrescentou que o conteúdo do texto poderia dar origem a disputas inúteis. "Já existem conflitos suficientes neste mundo sem que seja preciso acrescentar mais este. Especialmente para nós, no momento." Isso foi há sete anos, quando Hitler já agitava as massas. Meu pai sempre foi um homem sagaz. Por isso mesmo não deixou nenhuma tradução do pergaminho, mesmo tendo sido ele o único de nós a lê-lo.

Ninguém sabe o que foi feito do pergaminho original, o que Helena trouxe de Jerusalém. Foi destruído durante o saque a Bizâncio, presumia meu pai.

Varsóvia, 2 de fevereiro do ano 5703 após a criação do mundo pelo Eterno, abençoado seja.

A organização de judeus combatentes insiste em que resistamos. Maria, que os anjos do Céu a protejam, me trouxe o panfleto deles em iídiche. "Judeus! O invasor está apressando nosso extermínio! Não marchem passivamente na direção da própria morte! Defendam-se! Peguem em machados, barras de ferro, facas! Façam barricadas em suas casas para salvar seus filhos, mas deixem que os homens adultos lutem com todos os meios que possuem!"

Eles estão certos. Devemos lutar. Mas com o quê? Não temos nada com que lutar. Não temos nem os machados e barras de ferro mencionados no panfleto, muito menos armas e munição de verdade...

Eu imploro, ó Senhor! Que nossos perseguidores sejam punidos, que aqueles que nos acusam sucumbam no inferno! Amém.

Varsóvia, 17 de fevereiro do ano 5703 após a criação do mundo pelo Senhor, abençoado seja.

Maria veio novamente, apesar de ser perigoso e difícil andar por aí. Trouxe-me dois torrões de açúcar, quatro nozes e sete batatas. Não tenho idéia de como os conseguiu. Que Deus a abençoe! Que Ele sempre a proteja.

Ontem, os alemães entraram no hospital, atiraram nos pacientes que não conseguiam ficar de pé e arrastaram os outros pela neve até Umschlagsplatz, de onde foram enviados para Auschwitz.

Lutamos, resistimos como ninguém resistira antes. Por meio da palavra que o Senhor nos deu para que ela possa penetrar nos corações de nossos torturadores; por meio do testemunho que, se este for o desejo de Jeová, preservará nossa vida entre as nações. E agora – Sagrado, Sagrado, Sagrado seja Teu nome! – a morte é a única arma que ainda temos contra os que nos trazem a morte, então que Teu nome, Senhor, e o nome de Teu povo possam ser glorificados para sempre! Amém.

Amanhã, não estarei mais aqui. O pergaminho do Evangelho de Maria, que os Prochownik passaram de geração a geração por mais de mil anos, está nas mãos de Maria agora. Ela é livre para fazer dele o que desejar. Ninguém tem mais bom senso do que ela.

É graças a essa mulher, a mais justa dos Justos, que o nome dos Prochownik permanecerá. Amém.

O Evangelho de Maria

Eu, Míriam de Nazaré, conhecida como Maria na língua de Roma, filha de Joaquim e Ana, dirijo isto a Mariamne de Magdala, também conhecida como Maria, na língua de Roma, filha de Raquel.

No princípio, era o Verbo,
e o Verbo estava com Deus, e o Verbo era Deus.
Todas as coisas foram feitas por meio dele
e sem ele nada do que foi feito se fez.
Nele estava a vida, e a vida era a luz dos homens;
a luz resplandece nas trevas,
e as trevas não prevaleceram contra ela.

Dirijo isto a Mariamne de Magdala, minha irmã de coração, fé e alma. Dedico isto a todas as mulheres que estão seguindo os seus ensinamentos às margens do lago de Genesaré.

No ano 3792 após o Senhor, abençoado seja, ter criado o mundo, no mês de Nissan, no trigésimo terceiro ano do reino de Antipas, filho de Herodes.

Para as mulheres que se afligem e temem sua morte, eu testemunho em nome de meu filho, Yeshua, de modo que não sejam enganadas pelos rumores que são espalhados até Damasco pelos corruptos do Templo de Jerusalém. Este é meu testemunho.

Ele está entre vocês e vocês não o reconhecem.

Eis o que aconteceu nos dias em que Antipas cortou a cabeça de João Batista. Trinta anos se passaram desde o nascimento de meu filho e, por trinta anos, desde a morte de seu pai, Herodes, Antipas governou a Galiléia. Ele não tinha poder sobre todo o reino de Israel, pois os romanos não confiavam nele.

Conheci João Batista, filho de Zechariá e Elisheba, quando ele ainda estava no ventre de sua mãe. E Mariamne, minha irmã de coração, também o conheceu, possa ela se lembrar. De acordo com a vontade de Deus, vieram-nos filhos, primeiro a Elisheba e depois a mim. Para nós duas, aconteceu em Nazaré, na Galiléia.

Quando se fez homem, João saiu às ruas. Onde quer que fosse, levava a palavra de Deus e batizava os que vinham a ele. Por isso foi chamado de Batista.

Sua reputação cresceu.

De Jerusalém, os sacerdotes do Sinédrio e os levitas vieram até ele e perguntaram:

— Quem é você?

Ele respondeu com humildade:

— Não sou aquele por quem esperam. Eu venho antes. Sou aquele que abre as portas do céu. Sou a palavra que precede a palavra, gritando no deserto.

Isso aconteceu em Betânia, próximo ao Jordão.

Por dez anos, a fama de João Batista cresceu.

Por dez anos, meu filho Yeshua estudou e ouviu. Ele escutou a palavra de João e a aprovou. Quando proferiu suas próprias palavras, elas foram ouvidas por poucas pessoas.

Por dez anos, as portas do céu permaneceram fechadas e não se abriram para Ele, por quem Israel aguardava.

Um dia, João Batista disse a mim:

— Deixe que seu filho seja batizado.

Respondi:

— Você sabe melhor do que ninguém quem ele é. Por que quer batizá-lo? Quando coloca homens e mulheres na água, é para purificá-los. Do que quer purificar meu filho Yeshua?

Minha resposta não o agradou. E João Batista disse a qualquer um que o ouvisse:

— Gostaríamos de ouvir Yeshua, o filho de Míriam de Nazaré, mas não o ouvimos. Gostaríamos de ver se ele é tão milagroso quanto seu nascimento e se pode abrir as portas do céu. Mas não o vemos. Ele fala, mas só o que sai de sua boca são as palavras do homem, não a voz de Jeová.

Assim falou João Batista. Que Mariamne, minha irmã de coração, seja testemunha, pois ela estava lá. Aconteceu em Magdala.

A partir desse dia meu filho Yeshua foi para Cafarnaum, às margens do lago de Genesaré. Ele não viu mais João Batista. A fama da palavra de João Batista continuava a crescer, até que chegou a Antipas, que a temeu e disse:

— O homem a quem chamam de João Batista profere palavras contra mim. Ele quer o fim da minha casa. Todos lhe dão ouvidos, na Galiléia e além. Ele tem mais influência do que os zelotes, os essênios e os ladrões.

Antipas decidiu mandar prender João Batista. Compartilhando o vício de sua família, que lhe corria no sangue vindo de seu pai, Herodes, Antipas ofereceu a cabeça de João Batista para a esposa Herodias, que também era sua sobrinha e cunhada.

Na véspera do dia em que deveriam enterrar João, filho de Zechariá e Elisheba, José de Arimatéia, o mais santo dos homens e o mais leal de meus amigos, veio até mim e disse:

— Devemos ir ao túmulo de João Batista. Sua amiga Mariamne está com seu filho Yeshua em Cafarnaum. Eles estão muito distantes e não conseguirão vir a tempo para o enterro. É seu dever estar junto ao túmulo daquele a quem Antipas assassinou por temê-lo.

Isso aconteceu em Magdala.

Respondi a José de Arimatéia:

— Não gostei quando João Batista falou contra meu filho Yeshua. Mas tem razão: devemos dar as mãos perante o túmulo onde Antipas deseja enterrar, sob seu vício, a palavra do Senhor.

De noite, de barco, fomos de Magdala a Tiberíades.

Pela manhã, não havia muitos de nós reunidos diante da cova aberta. Barrabás, o ladrão, estava lá. Desde o primeiro dia ele me amara, assim como eu o amara. O Senhor nunca quis que nos separássemos pelas adversidades. Que minha irmã Mariamne seja testemunha, ela que nos viu como amigos e inimigos.

Barrabás reclamou que havia poucos. Disse:

— Ontem, corriam até João Batista para que lhes lavasse os pecados. Hoje, quando nos encontramos diante de seu túmulo, vigiados pelos mercenários de Antipas, eles não comparecem.

Barrabás estava errado. Quando a terra cobriu o corpo decapitado de João Batista, milhares e milhares chegaram para chorar sua morte. As estradas de Tiberíades ficaram cobertas de gente. Ninguém podia se mexer. Todos queriam colocar uma pedra branca sobre o túmulo e celebrar a grandeza do Senhor. Isso durou até a noite. Ao fim do dia, o túmulo de João Batista era um monte branco que podia ser visto de muito longe.

José de Arimatéia e Barrabás me levaram para um canto, temendo que eu sufocasse no meio da multidão. José de Arimatéia disse:

— A palavra de João Batista se foi. As pessoas que hoje estão aqui ficarão novamente perdidas, como crianças no escuro. Eles pensaram ter encontrado aquele que lhes abriria as portas do céu. Não sabem ainda que aquele a quem devem seguir está agora em Cafarnaum. Não sabem e, novamente, duvidam.

Barrabás concordou e disse:

— Antipas mata, corta a cabeça de João Batista e a ira de Deus não se faz presente. – Então virou-se para mim e disse: — José está certo. Como podemos acreditar que seu filho é aquele que foi anunciado por João se ele não dá um sinal? Eles não vão se voltar para Yeshua somente por terem dado ouvidos a João.

Ouvindo essas palavras, fui tomada pela raiva e disse:

— Meu filho nasceu há trinta anos e há trinta anos eu espero um sinal. Eu era uma menina na flor da idade, agora sou uma mulher que olha para a ignorância de seu tempo. A paciência tem limite. João Batista zombou de Yeshua e de mim. Zechariá e Elisheba me disseram, antes de morrer: "Pensávamos que seu filho era como o nosso, mas não é". Eu escutei e me senti humilhada. Envergonhada. Indaguei: "O que está acontecendo? Será que Deus sabe o que quer? Será que Deus me fez mãe de Yeshua em vão? Quando ele dará o sinal, por meio da mão de meu filho, para abrir as portas do céu? Quando ele dará o sinal que fará cair Antipas e libertará Israel? Não é para isso que vivemos? E já não vivemos tempo o bastante na pureza para merecê-lo?"

De José de Arimatéia e Barrabás, nada escondi. Disse a eles:

— Hoje, não tenho mais paciência. Ver esses milhares no túmulo de João Batista não me conforta. Não é um túmulo que deveríamos estar celebrando, é a luz da vida. É por isso que Yeshua nasceu.

Minha raiva não se aquietou até eu retornar a Magdala. José de Arimatéia não tentou abrandá-la. Ele se sentia como eu, e era bem mais velho. Seus dias estavam contados, sua paciência mais gasta que sua velha túnica.

Dois dias se passaram, e Mariamne, minha irmã de coração, retornou de Cafarnaum. Possa ela se lembrar. Ela anunciou, com júbilo:

— Tenho ótimas notícias. Yeshua pregou em Cafarnaum. Aqueles que o ouviram disseram: "Aqui renasceu João Batista". O rumor de sua palavra chegou aos ouvidos de um centurião romano. Ele veio ouvi-lo e todos temeram sua presença. Mas Yeshua disse a ele: "Eu sei que sua filha está entre a vida e a morte. Amanhã, ela se porá de pé". O centurião correu para casa. No dia seguinte, ele retornou e se curvou diante de Yeshua, dizendo: "Meu nome é Longino e devo reconhecer perante ti que falas a verdade. Minha filha se levantou".

E Mariamne também anunciou:

— Na próxima semana, haverá um casamento em Caná, na Galiléia. O pai do noivo é rico e respeitado. Ele ouviu Yeshua e o convidou.

Então, José de Arimatéia me olhou. Eu sabia que pensava o mesmo que eu. Falei-lhe:

— Vamos a Caná, também. É [...]¹

[...] chamada Cláudia, esposa de Pilatos, governador da Judéia. Ela me disse: "Ouvi seu filho falar em Cafarnaum e aqui estou. Sou filha de Roma e meu nascimento me coloca acima do povo, mas, por favor, não pense que isso me torna cega e surda. Eu sei o que Antipas está fazendo a esta região. Também sei o que o pai dele fez.

Para minha irmã de coração, Cláudia, a romana, disse:

— Admiro os sábios ensinamentos que ministra em Magdala. Dizem que é você quem exalta a palavra de Yeshua entre as mulheres.

E Mariamne respondeu e disse:

— Venha a Magdala comigo. Haverá lugar para você lá, mesmo sendo filha de Roma.

Isso foi o que aconteceu no banquete de casamento em Caná. Yeshua disse aos noivos:

— Que ninguém acenda uma lamparina e em seguida a enterre num buraco. A alegria do casamento faz do corpo uma luz que dissipa toda a escuridão. A carne da noiva e do noivo está radiante e revela quanto meu Pai ama a vida que há em vós.

Um discípulo de meu filho veio a mim, um homem pequeno, com rosto magro e olhar direto. Seu nome era João, na língua de Roma. Seu cumprimento me surpreendeu, pois os discípulos de Yeshua não gostam de se mostrar a mim. Mas ele foi agradável comigo e disse:

---

1 - Nesse ponto do pergaminho, onde uma mancha de umidade fez o material rasgar, está faltando parte do texto.

— Finalmente, veio ouvir a palavra de seu filho. Faz muito tempo que não a vejo com ele.

E eu respondi:

— Como posso segui-lo se ele me afugenta? Vive dizendo que não tem família, nem mesmo mãe.

E João balançou a cabeça e disse:

— Não! Não se ofenda. Não é uma palavra contra a senhora, mas contra os que duvidam Dele. Isso logo mudará.

Estava um dia quente em Caná. Todos bebiam por prazer e para aplacar a sede. A festa de casamento chegava ao final. Havia muita gente. Alguns tinham vindo de Samaria, de Betsaida. Geouel, que não gostava de mim quando eu vivia na casa deles com Rute, abençoada seja, estava presente, junto com outros. Ele se dirigiu a mim com respeito e disse:

— O tempo em que eu lhe fazia oposição já passou. Eu era jovem e ignorante. Hoje, sei quem você é.

Quando o sol começou a se pôr, Barrabás me disse:

— Você nos trouxe aqui, mas nada mudou. Seu filho fala e os outros estão com sede de tanto ouvi-lo falar.

Naquele momento, José de Arimatéia veio até mim e disse:

— Em breve, não haverá mais vinho. A festa irá acabar.

Entendi o que ele queria dizer. Levantei-me, com temor no coração. Meu rosto o demonstrava. Que minha irmã Mariamne possa se lembrar. Fui até meu filho e disse:

— Eles não têm mais vinho. Precisa fazer o que esperam de ti. É hora.

João, o discípulo, estava perto de mim. Yeshua me olhou dos pés à cabeça e disse:

— Mulher, não se intrometa no que devo fazer ou não. Minha hora ainda não chegou.

Então eu, sua mãe, disse:

— Está errado, Yeshua. O sinal está em suas mãos. Não pode mais refreá-lo. Todos estamos esperando.

Mais uma vez, ele me olhou dos pés à cabeça. Não era um filho olhando para sua mãe. Ele se virou para os noivos, para João, seu discípulo, para José de Arimatéia e Barrabás, e também para Mariamne, possa ela se lembrar. Estava mudo. Então pedi aos que serviam a festa que se aproximassem e disse a eles:

— Yeshua falará com vocês. O que ele ordenar que façam, devem fazer.

Todos olharam para mim, surpresos. Fez-se silêncio na festa de casamento. Yeshua finalmente comandou os empregados, dizendo:

— Vão até os jarros destinados à purificação e encham-nos.

Eles disseram:

— Só temos água para enchê-los, mestre, e hoje é dia de festa.

Ele respondeu:

— Façam como eu digo e encham os jarros com água.

Quando os jarros estavam cheios, Yeshua ordenou:

— Mergulhem neles uma taça e a levem ao pai da noiva.

Eles assim o fizeram, e o pai da noiva exclamou:

— É vinho! A água virou vinho, o melhor que já bebi.

Todos queriam ver e beber. Receberam taças e exclamaram:

— Este é o vinho do Senhor! Ele abençoa nosso casamento! Ele faz de Yeshua Seu filho e Sua palavra!

Mariamne, minha irmã de coração, caiu em prantos. Foi até Yeshua e beijou suas mãos; ele a abraçou. Mariamne veio para meus braços, rindo e chorando, possa ela se lembrar. José de Arimatéia me abraçou e disse:

— Esse é o primeiro sinal, Deus Todo-Poderoso, de que estás, por fim, abrindo as portas do céu?

João, o discípulo, veio até mim e disse:

— A senhora é mãe dele, ninguém pode duvidar.

Todos os convidados foram até Yeshua e se ajoelharam diante dele e beberam o vinho. Cláudia, a romana, esposa de

Pilatos, estava na frente, em humildade perante o Senhor, como uma judia.

Quanto a mim, pensava e tremia. Eu orava e dizia:

— Aconteceu! Que o Senhor possa me perdoar, não tinha mais paciência e apressei a hora. Coloquei as palavras na boca de meu filho. Mas, Senhor, Deus Eterno, não foi para isto que ele nasceu? Para fazer revelar o amor do ser humano e para falar? Deus do Céu, proteja-o. Siga-o. Estenda sua mão sobre ele. Seu alento.

Barrabás me disse:

— Tinha razão, ele pode ser nosso rei. Desta vez, devo acreditar, ou então não poderei mais acreditar no que meus olhos testemunham! De hoje em diante, Yeshua deve percorrer as estradas e dar mais sinais como esse. Todo o povo de Israel virá até ele.

E foi isso o que fez. Durante mais de um ano, os sinais foram muitos. Primeiro na Galiléia, depois na Judéia. Entre o povo, começavam a dizer:

— Aqui está Yeshua, o nazareno; ele dá sinais, ele está nas mãos do Senhor.

Foi por isso que, um dia, ele foi a Jerusalém.

Graças à intervenção de João, os discípulos não me impediram de segui-lo. Comigo, vieram José de Arimatéia, Barrabás e Mariamne de Magdala, possa ela se lembrar. Em Jerusalém, vieram Yakov, conhecido como Tiago, na língua de Roma, o filho de José, que era meu marido na época em que Yeshua nasceu. Ele foi até Yeshua e o beijou, e Yeshua disse:

— Ficai comigo, és meu irmão e tenho amor por ti. Não importa se não temos a mesma mãe nem o mesmo pai, somos irmãos e filhos do Mesmo Criador.

Chegou a Páscoa.

Todos conhecem a história do que se passou na Páscoa. De como Yeshua nos levou ao Templo e lá encontramos uma multidão que viera se purificar. De como o pátio do Templo ficou coberto de gente que transformou o santuário numa praça de comércio. Os cambistas montaram suas mesas. Os vendedores de bois e [...][2] noite, Barrabás sacou o chicote de corda com nós e Yeshua o tomou. Ele estalou o chicote diante de si. Conduziu os bois para fora do Templo. Conduziu os carneiros também. As gaiolas de pombos se abriram ao cair no chão e as aves saíram voando. As moedas dos cambistas rolaram no solo. Yeshua virou as mesas e enxotou todos para fora do pátio.

Isso tudo aconteceu diante dos olhos daqueles que tinham vindo se purificar e que, olhando uns para os outros, disseram:

— Este é Yeshua de Nazaré. Já percorreu toda a Galiléia, Samaria e a Judéia dando sinais por meio de sua palavra. Ele transformou água em vinho numa festa de casamento. Os que não podiam andar, fez com que andassem. Ninguém dá sinais como esses se o Senhor não o acompanha. Agora ele está se voltando contra a corrupção do Sinédrio. Abençoado seja!

Isso aconteceu enquanto ele estava esvaziando o pátio do Templo. Aos que protestaram, Yeshua respondeu:

— Levem tudo! Nunca mais façam da casa de meu Pai um mercado.

Os sacerdotes do Sinédrio chegaram, os fariseus e os saduceus, e gritaram:

— Quem você acha que é para agir desse modo?

Ao que Yeshua respondeu:

— Não sabeis, vós, que educam Israel?

Caifás, o alto sacerdote que tinha poder devido ao desejo dos romanos e de seu sogro Anás, foi atraído pelo burburinho da multidão. Ele temeu o que viu. Levantou-se diante de Yeshua e disse:

---

2 - Aqui, faltam três linhas de texto devido a um rasgo. Somente algumas palavras permaneceram no lado esquerdo do pergaminho e, sozinhas, não permitem uma reconstrução viável.

— Prove, por meio de um sinal, que Jeová está com você. Prove que Ele lhe deu o direito de se opor a nossas decisões!

Yeshua respondeu:

— Destruam este templo e eu o reconstruirei em três dias.

Que Mariamne, minha irmã de coração, possa se lembrar, foram essas as palavras dele. As palavras que a multidão ouviu. As palavras que os sacerdotes corruptos ouviram. Porque, quando Yeshua falou, todos se calaram. Eles olharam para as paredes do Templo e tremeram. Seus olhos estavam prontos para ver o santuário desabar pelo desejo do Divino.

Nada aconteceu. Caifás zombou, dizendo:

— Herodes levou quarenta e seis anos para construir este templo e você o ergueria novamente em três dias? Você mente.

Yeshua disse:

— A mentira está arraigada em seus pensamentos. Como pode este templo ser o santuário de Deus, se foi Herodes quem o construiu e são suas mãos imundas que o preservam?

A multidão entrou em alvoroço. No tumulto, houve ameaça de rebelião. Gritos anunciaram:

— O Messias está no pátio do Templo. Ele enfrenta Caifás e os sacerdotes que são lacaios de Roma.

Barrabás parou do meu lado e disse:

— A cidade está fervilhando de raiva. As ruas estão cheias. Chega gente de todos os cantos para a Páscoa. Este é o momento pelo qual esperamos tanto tempo, eu e você. Um sinal de seu filho de que derrubaremos o Sinédrio. Vamos correr até a guarnição romana e tomá-la. Depressa.

Antes de fazer qualquer coisa, aconselhei-me com José de Arimatéia e Mariamne, possa ela se lembrar. Ambos responderam dizendo:

— Depende de Yeshua.

Ao que eu disse:

— Barrabás está certo. Nunca houve momento mais propício para libertar o povo de Jerusalém do jugo de Roma.

Ao meu filho, Yeshua, eu disse:

— Dê um sinal para a multidão para que todos o sigam. Não devemos esperar. Eles estão ansiosos para segui-lo contra o Sinédrio e os romanos. Não hesite mais.

Yeshua olhou para mim como havia olhado em Caná. Sua boca permaneceu fechada. Seus olhos diziam para mim: "Quem é esta mulher que pensa que pode me pedir para obedecê-la como um filho obedeceria a sua mãe?"

Esse foi o momento que Caifás escolheu para atiçar a guarda de mercenários. Ele disse, aos berros, que o nazareno era um usurpador, um falso profeta, um falso Messias. Apontou o dedo para nós, para os discípulos, para mim, para José de Arimatéia e Mariamne e disse:

— São aqueles que querem destruir o Templo. São aqueles os ímpios!

Os mercenários apontaram as lanças e sacaram as espadas. Barrabás fez com que a multidão nos rodeasse a fim de salvar-nos a vida.

Possa Mariamne se lembrar. Tudo o que aconteceu a partir desse momento, estávamos lado a lado para enfrentar.

Yeshua e seus discípulos foram acolhidos na casa de um homem chamado Shimon, na estrada para Betânia, a menos de uma hora de caminhada de Jerusalém. Eu, sua mãe, Mariamne e José de Arimatéia fomos alojados numa casa vizinha. Barrabás me disse:

— Vou voltar para Jerusalém. O povo está febril demais para que eu permaneça com os braços cruzados. Não é mais possível contê-los. Meu lugar é lá, à frente dos que desejam lutar. Deixe que seu filho decida. Ele atirou uma pedra e cabe a ele saber quem atingirá.

Beijei-o com todo o amor de meu coração. Eu sabia que ele poderia morrer nesse combate, se Yeshua não decidisse.

Mariamne estava a meu lado e tentamos convencer Yeshua. Dissemos:

— Você falou perante o povo e disse que o Templo poderia ser destruído e você o reconstruiria em três dias. O povo o destruirá para pô-lo à prova. Eles querem ver o poder de Deus agir por meio de suas palavras. Querem um santuário puro. Querem você diante deles; querem ver o homem que você é. O povo de Israel não pode mais esperar; eles querem que os céus se abram.

Yeshua não olhou para nós. Disse a seus discípulos:

— Por que eles têm pressa? Moisés vagou por muito tempo no deserto e nunca alcançou Canaã. No entanto, operou maravilhas guiado pela mão de Jeová. E agora, essa gente arrogante faz exigências?

Depois dessas palavras, os discípulos nos expulsaram da casa.

João veio até mim, tristonho, e disse:

— Não se ofenda. Compreendemos as palavras de seu filho Yeshua, porém ainda não o compreendemos. Mas ele tem razão: somente Jeová decide o tempo dos homens.

Antes do anoitecer, chegaram mais notícias. As ruas de Jerusalém estavam banhadas de sangue. Os cavaleiros de Pilatos, o governador, tinham atacado, com suas lanças em punho. De noite, soubemos que Barrabás havia matado um sacerdote do Templo. Soube que estava preso. Tinha sido levado para a cadeia de Pilatos. Com raiva, voltei-me para João e disse:

— Esse fato não abriu a boca de meu filho?

Por sobre Betânia, o céu noturno se tornara vermelho com o fogo que ardia em Jerusalém. Mariamne, minha irmã de coração, chorou e disse:

— É o sangue do povo se elevando ao céu. Como os portões do céu ainda estão fechados, ele cobriu o céu com nossa dor.

Um velho se juntou a nós. Mal podia andar e foi trazido numa carroça. Ele me dirigiu a palavra, dizendo:

— Sou Nicodemos, o fariseu do Sinédrio, que foi até Nazaré, até a casa de Yossef, o carpinteiro, há mais de vinte anos, a pedido de seu pai, Joaquim.

Eu o reconheci, apesar da idade. Ele disse:

— Estou aqui por sua causa, Míriam de Nazaré. Estou aqui por causa de seu filho, Yeshua. Leve-me até ele. O que eu tenho a lhe dizer é tão importante quanto sua vida.

João, o discípulo, o levou até Yeshua.

Nicodemos disse a Yeshua:

— Faço parte do Sinédrio, mas meu coração me diz que você é aquele que pode nos ensinar sobre a vontade de Deus. Rezei para que Deus me iluminasse e eu pudesse ver seu rosto. É por isso que estou aqui e lhe digo: hoje de noite deve fazer algo para mostrar a todos quem você é.

Yeshua respondeu:

— O que deseja de mim?

Nicodemos disse:

— Um sinal. O sinal que anunciou. Vá até o povo que está destruindo o Templo e o erga novamente em três dias.

E Yeshua disse:

— Como sabe que chegou a hora? Você não sabe nada, nem mesmo se está nas mãos de meu Pai!

Mas Nicodemos insistiu:

— Deve dar esse sinal, ou os romanos o prenderão ao amanhecer. Caifás e seu sogro, Anás, já o condenaram em nome do Sinédrio. Eles o querem morto pelo que fez hoje. O povo se rebelou contra eles. A esta hora da noite, todos já estão dominados e Barrabás está preso. Aja pela mão de Jeová ou o sangue deles terá sido derramado em vão. Eu lhe digo: o povo de Jerusalém espera um sinal.

Meu filho nada respondeu. Esperamos que desse uma resposta para Nicodemos. Por fim, ele disse:

— Todos vocês querem apressar o tempo. Isso não é grave para uma mãe impaciente que esqueceu seu lugar. Mas vocês, fariseus, não sabem Quem decide? Sua impaciência está lhes tornando escravos do mundo. E eu lhes digo: no mundo, não terão nada além de aflição.

Nicodemos ficou desconcertado com o que ouviu. Até os discípulos esperavam palavras diferentes. Eu disse a Mariamne:

— Meu filho me condena em público. Terei cometido pecado? Terei cometido um pecado irreparável? – Possa ela se lembrar, pois era a primeira vez que eu pensava nisso.

Nicodemos partiu do mesmo modo como viera. Durante toda a noite, Jerusalém esperou ansiosamente. Milhares aguardavam um sinal de meu filho.

O sinal não veio. As portas do céu permaneciam fechadas.

De madrugada, uma coorte romana, seu tribuno e a guarda do Templo vieram até Betânia. Yeshua foi ter com eles como um cordeiro se dirige ao abate. Levaram-no a Caifás, que o entregou a Pilatos, o romano. Nas ruas de Jerusalém, o ódio crescia. Dessa vez, contra Yeshua. Ouvimos pessoas dizer:

— Aonde ele nos levou? Anunciou que reconstruiria o Templo em três dias, mas não é capaz nem de tirar Caifás de sua cadeira! Nosso sangue banha as ruas, e com que propósito?

Cláudia, a romana, que vinha acompanhando os ensinamentos de Mariamne desde Caná, veio até mim em prantos e disse:

— Pilatos é meu esposo. Não é um homem mau. Vou até ele pedir clemência para seu filho Yeshua. Ele não deve morrer, não deve ir para a cruz.

Respondi:

— Não se esqueça de Barrabás. Ele está [...]³

---

3 - Essa parte do pergaminho está muito deteriorada, provavelmente por ter sido mais manuseada que as outras. A umidade e o desgaste tornaram cerca de vinte linhas ilegíveis. Por mais vinte linhas, somente uns poucos fragmentos foram decifráveis.

[...] multidão. Ele! Ele! Ele lutou por nós. O outro [...] sentença de Pilatos se devia à influência maléfica de Anás sobre [...]
[...] joelhos diante de mim e disse:

— Que vergonha ter sido escolhido pelo povo em vez de seu filho! Que vantagem isso me traz? Esta vida que me devolveram, o que faço com ela? Teria preferido morrer.

Era a primeira vez que eu via lágrimas nos olhos de Barrabás. Sua cabeça branca pesava em minhas mãos, suas lágrimas me molhavam as palmas. Ergui-o. As palavras dele me arrasaram. Abracei-o e disse:

— Alegra-me que esteja vivo, Barrabás. Alegra-me que o povo o tenha escolhido para pedir clemência a Pilatos. Não quero perdê-lo, tampouco a meu filho. Sabe, como eu, que nossas vidas [...]

[...] não concordar com que ele sofra. Eu, Cláudia, tive um sonho terrível ontem à noite. O fogo dos céus corria sobre nós depois da tortura dele. Todos lhe garantiam que Yeshua de Nazaré era um bom homem. Se a multidão escolheu Barrabás, isso não quer dizer que a morte de Yeshua não dará origem a uma nova rebelião. E meu marido respondeu-me, dizendo: "Você diz isso sobre esse nazareno porque se tornou discípula dele. Eu, Pilatos, governador da Judéia, ouço o que o alto sacerdote Caifás me diz. Ele sabe o que é bom e o que é mau entre os judeus."

Ao ouvir essas palavras, todos suspiraram. Os discípulos protestaram e gemeram. Cláudia, a romana, continuou:

— A verdade é que Pilatos, meu marido, teme César. Se ele se mostrar magnânimo, dirão, em Roma, que é um governador fraco, inútil.

Após essas palavras, sabíamos que não haveria mais perdão. Todo se esvaíram em lágrimas e dor. Mariamne, minha irmã de coração, perguntou-me:

— Por que seus olhos permanecem secos? Todos estão chorando, exceto você.

Que ela se lembre de minha resposta. Disse a ela:

— Lágrimas são para serem derramadas somente quando tudo está acabado. Para meu filho Yeshua, nada está acabado. E posso muito bem ser a razão de seus tormentos de hoje. Meu coração me diz: "Dilacere seu rosto e peça ao Senhor que a perdoe. Seu filho irá morrer por sua causa. Yeshua lhe disse 'Minha hora ainda não chegou', mas você continuou, sem lhe dar ouvidos". Em Caná, forcei-o a nos dar um sinal. Forcei-o a revelar a face do próprio Deus. A água de Caná se tornou o vinho de Jeová. Tive o orgulho da impaciência. É essa a espada que agora perfura minha alma e me faz ver meu pecado.

E eu disse a Mariamne:

— Não existe hora do dia ou da noite na qual eu não implore ao Senhor que me puna por ter querido apressar a hora. Eu queria a libertação imediata. Sou como o povo: quero luz, o amor dos homens, e não posso mais suportar que o céu esteja fechado. Mas o que trará a morte de Yeshua? A palavra dele ainda não mudou a face do mundo. Os romanos permanecem em Jerusalém. A corrupção está no Templo, ela reina sobre o trono de Israel. Nada foi conseguido ainda. Todavia, não dei à luz este Yeshua para que a luz dos dias vindouros e a libertação do povo cheguem finalmente?

Que Mariamne se lembre, essas foram as palavras que proferi. Eu disse:

— Farei o que uma mãe deve fazer para impedir que seu filho morra na cruz. Não impedi que Herodes deixasse meu pai Joaquim morrer desse modo? Farei-o novamente. Deus pode me punir. Pilatos pode me punir. Cometi um pecado e estou pronta para ser punida. Deixe que me crucifiquem no lugar dele. Deixe que me ponham pregos nas mãos e nos pés.

E Mariamne respondeu, dizendo:

— Isso nunca acontecerá. Não pode substituir Yeshua em seu tormento. As mulheres não têm direitos aqui, nem mesmo o direito de morrer na cruz.

Eu sabia que ela estava certa. Fui até José de Arimatéia e disse:

— Quem pode me ajudar? Dessa vez, não queria pedir nada a Barrabás. Os discípulos de Yeshua estão apontando o dedo para ele. Ele está escondendo sua vergonha por ter sido libertado, e não meu filho. Sofre tanto que está perdendo o juízo, não posso mais confiar nele.

E José respondeu, dizendo:

— Eu irei em seu auxílio. Eu serei aquele a salvar seu filho. Deus decidirá. Se for a vontade do Senhor que seu filho morra na cruz, então Yeshua morrerá. Se a decisão couber somente a Pilatos, então Yeshua viverá.

Reunimo-nos num pequeno grupo. José de Arimatéia designou tarefas para os que poderiam ser úteis sem nos trair: Nicodemos, o fariseu do Sinédrio, Cláudia, a romana, os discípulos essênios que haviam vindo de Beth Zabdai a seu pedido [...][4]

[...] levantado, como havia anunciado Cláudia, a romana. À esquerda da sua cruz, o homem sendo crucificado era Gestas de Jericó. Um cartaz informava que ele era assassino. À direita, o homem era mais idoso do que muitos. Seu nome era Demas e ele era da Galiléia. Abaixo dele, sua família chorava e gritava que ele não era ladrão, mas um guarda de taverna que não fazia mais que o bem para todos à sua volta.

Na cruz de Yeshua, as seguintes palavras estavam escritas num cartaz: Yeshua, rei dos judeus. Em hebreu, aramaico e grego e na língua de Roma: todas as línguas de Israel. Os romanos sabiam que o povo de Jerusalém o chamara de Yeshua diante do Templo. Eles queriam humilhar os que tinham acreditado nele.

Que Mariamne se lembre, os mercenários mantiveram a nós, mulheres, a distância, com suas lanças a postos. Mariamne

---

4 - Aqui, o pergaminho foi rasgado, talvez deliberadamente. A parte que falta é grande, e duas bordas estão unidas por um fio de seda vermelho.

implorou e teve raiva, mas foi inútil. Eles nem ouviram a esposa de Pilatos, Cláudia.

Quando o sol estava alto, os espectadores vieram em grande número. Uns gritavam:

— É aí de cima da cruz que irá reconstruir o Templo?

Outros se apiedaram e permaneceram calados.

José de Arimatéia e os discípulos de Beth Zabdai chegaram. Eles se postaram debaixo da cruz e espantaram as pessoas que gritavam. Nicodemos chegou numa cadeira carregada por seus criados. Com o corpo suspenso na cruz, Yeshua falou. Nós, mulheres, não conseguimos ouvir o que ele dizia. Eu disse a Mariamne:

— Olhe, ele está vivo. Enquanto seus lábios se moverem, sei que vive. E, para mim, vê-lo desse jeito é como se eu estivesse morta.

O sol ficava mais alto. O calor aumentava e quase não havia sombras. O centurião Longino, cuja filha Yeshua curara de uma doença em Cafarnaum, chegou. Longino fez um sinal para Cláudia. Ele ignorou José de Arimatéia e Nicodemos, bem como ignorou a nós, que éramos mantidas a distância. Falou com os soldados ao pé da cruz e eles riram. O riso deles me atravessou o peito. Longino estava desempenhando o papel que lhe fora designado por José de Arimatéia, mas esses risos eram insuportáveis.

Mariamne, minha irmã de coração, exclamou:

— Que vergonha! Esse romano, cuja filha foi salva por Yeshua, agora está aqui a zombar dele. Infame!

Os mercenários a silenciaram. Que ela se lembre e me perdoe. Eu, que sabia, não aliviei sua dor. Permaneci calada. Era o preço que tive de pagar pela vida de meu filho.

José de Arimatéia apontou para Yeshua e disse:

— Os lábios dele estão rachando de sede.

Nicodemos disse:

— Dêem-lhe de beber.
Os discípulos de Beth Zabdai gritaram:
— Devemos dar-lhe de beber.
O centurião Longino disse:
— Muito bem.
Ele deu a ordem aos mercenários. Um soldado foi molhar um pano num jarro. Longino havia nos avisado:
— Eles estão cheios de vinagre. É assim que Roma mata a sede dos condenados, somando sofrimento ao sofrimento.
Longino deteve a mão do mercenário. Deu-lhe um outro jarro, que Nicodemos havia trazido em sua carroça sem que ninguém percebesse. Longino disse ao soldado:
— Use este outro vinagre. É mais forte, mais adequado ao rei dos judeus.
Mariamne, a meu lado, chorava. Os mercenários nos empurravam para trás com violência. Eu não tinha mais vida em mim. Temia tudo. Com a ponta de sua lança, o mercenário encheu a boca de Yeshua com o pano. Eu sabia o que estava para acontecer e, contudo, meu coração parou de bater.
A cabeça de Yeshua caiu sobre seu peito. Seus olhos se fecharam. Ele poderia estar morto.
Mariamne caiu ao chão. Que ela perdoe meu silêncio. Eu, também, não sabia se meu filho estava vivo ou morto. Não conhecia o desejo do Senhor.
Um grande número de pessoas foram atraídas por nossos gritos e lágrimas. A multidão se amontoava em volta da cruz de Yeshua. Ouvimos as palavras:
— Lá está o nazareno. Ele morreu como um homem sem força, ele, que deveria ser nosso Messias. Até os ladrões que o rodeiam ainda estão vivos.
O dia estava acabando. O dia seguinte era o Sabá; a maioria das pessoas retornaria para a cidade. O centurião Longino anunciou:

— Ele está morto, não há por que ficarmos aqui.

E foi embora sem hesitar. Os mercenários o seguiram.

Os discípulos de Beth Zabdai formaram um círculo em volta da cruz e proibiram qualquer um de se aproximar. Os outros se mantiveram a distância. Eles oravam e choravam. E nós, mulheres, também fomos deixadas sozinhas. Corri para ver o rosto de meu filho. Era um rosto sem vida, queimado pelo sol.

José disse a Nicodemos:

— É hora. Vamos até Pilatos, depressa.

Cláudia, a romana, disse:

— Eu os levarei.

Por baixo das lágrimas, Mariamne se surpreendeu e disse:

— Por que ir até o romano?

Ao que respondi:

— Para pedir o corpo de meu filho e dar-lhe um funeral com honra.

Pela minha expressão, Mariamne adivinhou que eu estava entre o terror e a alegria. Ela perguntou:

— O que estão escondendo de mim?

Os muros de Jerusalém estavam vermelhos devido ao crepúsculo, mas José e Nicodemos ainda não haviam retornado. Uma coorte de mercenários chegou. O oficial ordenou aos soldados:

— Acabem com os condenados!

Com uma marreta amarrada a uma longa haste, eles quebraram as pernas e costelas dos ladrões. Os discípulos de Beth Zabdai se posicionaram ao pé da cruz de Yeshua, prontos para lutar. Ficamos petrificados de medo.

O oficial olhou para nós. Ele olhou para meu filho e zombou:

— Este aqui já está morto. Não vale a pena nos cansarmos com as marretas.

Mesmo assim, fosse por maldade ou ódio, um soldado apontou sua lança. A ponta da arma entrou no corpo de meu filho. Sangue jorrou, assim como água – era um bom sinal. Eu sabia. José de Arimatéia havia me dito. Yeshua, meu adorado, não dava sinal de vida. O oficial disse ao mercenário:

— Deixe, logo os pássaros cuidarão dele.

Caí ao chão, como se minha consciência me tivesse abandonado. Mariamne, minha irmã de coração, me tomou nos braços. Ela chorou em meu pescoço e disse:

— Ele está morto! Morto! Como Deus pode deixar uma coisa dessas acontecer?

Que ela se lembre e me perdoe; não contei a ela o que sabia. Eu não disse: "Ele ainda vive. José de Arimatéia o fez dormir com uma droga que o faz parecer morto." Não disse nada; tinha medo.

José e Nicodemos retornaram com uma carta de Pilatos e afirmaram:

— O corpo de Yeshua é nosso.

Eles viram o ferimento e disseram:

— Depressa, depressa.

Os discípulos de Beth Zabdai desamarraram Yeshua e o tiraram da cruz. Pensei em Obadias, meu adorado que, da mesma maneira, tirara meu pai do campo de cruzes em Tiberíades. Senti sua presença protetora; ele estava comigo, meu maridinho. Ele me tranqüilizava.

Beijei o semblante de meu filho. José pediu ajuda. Um emplasto foi colocado sobre a ferida. Seu corpo estava todo enrolado em tiras de bissos cobertos com ungüentos, e ele foi levado na carroça de Nicodemos para a caverna que havíamos comprado cinco dias antes.

Nós, mulheres, permanecemos do lado de fora.

José de Arimatéia e os discípulos de Beth Zabdai fecharam a entrada para a caverna posicionando uma grande pedra na frente dela. Antes de entrar, José me mostrara o pequeno frasco. O mesmo que ele havia usado em Beth Zabdai para trazer a velha de volta dos mortos. Aquele que fizera a multidão gritar e acreditar em milagres.

Os sacerdotes do Sinédrio vieram fazer perguntas antes do início do Sabá. Os discípulos, vestidos com túnicas brancas como as que são usadas nas casas de essênios, os empurraram, dizendo:

— O Sinédrio não manda aqui. Viemos abençoar, e não blasfemar.

Eles pediram a nós, mulheres, que orássemos para que nossas vozes fossem ouvidas de longe.

De noite, José veio até nós e disse:

— Temos de ir agora. Os discípulos estão vigiando a caverna. Vamos até a casa de Nicodemos, perto do tanque de Siloé.

Eu estava a sós com José e lhe perguntei:

— Ele está vivo? Quero vê-lo.

José respondeu:

— Sim, está vivo. Não o verá até que os espiões de Pilatos tenham certeza de que a caverna é seu túmulo.

Vi-o na noite após o Sabá. Entramos na caverna por uma fresta escondida por trás de um arbusto de terebinto. Meu filho estava enrolado em panos, sobre uma cama de musgo coberta com um lençol. Havia murta no óleo das lamparinas para não produzir mau cheiro. José me disse:

— Coloque sua mão sobre ele.

Sob a palma da mão, eu podia sentir seu coração batendo. José disse:

— Se Deus assim desejar, não será mais difícil do que foi com a mulher que salvamos em Beth Zabdai. E Deus assim o deseja, do contrário ele não o teria deixado sobreviver até agora.

Por três dias velamos por ele. Depois de três dias, ele abriu os olhos e me viu, mas a luz das lamparinas era fraca e não me reconheceu.

Quando conseguiu falar, perguntou a José:

— Quanto tempo se passou desde que me tiraram da cruz?

José disse:

— Três dias.

E Yeshua sorriu de alegria e disse:

— Eu não disse que levaria três dias para reconstruir o Templo destruído?

Depois de mais uma noite, ele anunciou que queria partir. Eu protestei e disse:

— Você ainda não está forte o bastante!

Pela primeira vez em muito tempo ele me olhou com carinho e disse:

— O que sabe uma mãe sobre a força de seu filho?

E Nicodemos disse a ele:

— Não estará seguro nesta terra. Irão procurá-lo. Não se mostre para o povo. Sua palavra sobreviverá. Seus discípulos a espalharão.

E José de Arimatéia lhe disse:

— Espere alguns dias e meus irmãos de Beth Zabdai o levarão para nossa casa perto de Damasco. Estará seguro lá.

Mas ele não deu ouvidos. Prosseguiu, dizendo:

— Voltarei para o lugar de onde vim. Essa é uma estrada que percorrerei sozinho.

José de Arimatéia e eu entendemos que ele pretendia ir até a Galiléia. Protestamos uma vez mais, mas foi inútil. Yeshua partiu.

Quando já estava longe, quando já havia acenado para nós, voltamos para a casa de Nicodemos.

Mariamne, minha irmã de coração, viu minha aflição e me questionou. Eu estava envergonhada do segredo que havia selado meus lábios e confessei a ela:

— Yeshua está vivo; José de Arimatéia o salvou da cruz. Fiz o que prometi. A caverna não era seu túmulo.

Mariamne gritou:

— Onde está ele agora?
— Na estrada para a Galiléia e para Damasco.
Ela correu para alcançá-lo. Sei que ele não lhe pediu que voltasse.

Barrabás se juntou a nós na casa de Nicodemos e nos contou o que estava acontecendo na cidade: uma mulher havia descoberto a caverna aberta, a pedra que cobria a entrada tinha rolado para o lado. A multidão veio ver. Chamaram de milagre, gritando:

— Yeshua era mesmo quem dizia ser.

Os sacerdotes do Sinédrio foram até a praça em frente ao Templo e disseram:

— Os demônios tiraram a pedra da frente do túmulo do nazareno. Eles levaram o corpo dele para alimentar o inferno!

Houve luta. Barrabás havia predito:

— Não lutarão por muito tempo. Pilatos deixou claro que os discípulos de Yeshua serão crucificados. Amanhã, estarão mansos como carneiros.

Cláudia, a romana, concordou e disse:

— Nunca vi meu marido tão temeroso. Se eu voltar para ele hoje, não me reconhecerá e me atirará na cadeia.

Barrabás tinha razão. Três meses já se passaram e os discípulos que estavam com meu filho no primeiro dia debandaram. Somente João ainda está comigo. Os outros pescam no lago de Genesaré. Para aliviar a consciência, alguns dizem que sou louca.

Em Jerusalém, o Sinédrio ensina que Yeshua não nascera do modo como realmente nascera. Eles dizem:

— A mãe dele, Míriam de Nazaré, é uma mulher louca que dorme com demônios. Ela não queria que ninguém soubesse; inventou uma história para encobrir os fatos sobre o nascimento de seu filho.

Vocês, minhas irmãs, que agora estão acompanhando os ensinamentos de Mariamne, dizem: "Se Míriam não tivesse feito o que fez, Yeshua seria grande hoje. Eles não o teriam esquecido". Afirmam ainda: "Míriam, sua mãe, recusou a morte do filho, mas Deus queria que ele morresse a fim de provocar uma rebelião. Agora, nada irá acontecer".

Mas eu respondo que estão erradas. O Senhor não liga para nossa rebelião, ele liga para nossa fé. A rebelião estará em nossas mãos enquanto sustentarmos a vida contra a morte e a luz contra as trevas. Eu queria que meu filho Yeshua permanecesse vivo já que nada do que ele nasceu para fazer foi realizado. Os romanos ainda estão em Jerusalém, a injustiça impera sobre Israel, os fortes massacram os fracos, os homens desprezam as mulheres...

Vocês dizem que Yeshua ainda vive. Mas ninguém se importa em ouvi-lo, exceto seus três discípulos remanescentes. Vocês afirmam: "Na cruz, ele fez com que nos envergonhássemos e, de seu sofrimento, poderia ter nascido a vingança".

Eu respondo que a vingança é tão inútil quanto a morte. Deixem-na para o Senhor, o Todo-Poderoso, o Mestre do Universo. Essa é a palavra de Yeshua. Julguem-me, pois cometi o pecado da impaciência em Caná. Deus está bravo. Não deixei meu filho morrer; mas como poderia o Senhor, Deus da Misericórdia, ficar bravo ao ver Yeshua vivo? Como poderia Ele escolher a dor e a blasfêmia em vez da alegria e a bênção? Como pode Ele querer que o amanhã seja somente trevas nas quais reinem a humilhação e o ódio? Possa o Eterno perdoar o orgulho de uma mãe. A mãe que deu à luz Yeshua, revelou-o ao mundo e o manteve vivo. Para todo o sempre. Amém.

Essa é a palavra de Míriam de Nazaré, filha de Joaquim e Hannah, conhecida como Maria, na língua de Roma.

Meses depois, retornei a Varsóvia. Mais uma vez, encontrei-me diante do arruinado apartamento da Rua Kanonia, na cidade velha. Maria me reconheceu e imediatamente compreendeu a razão de eu estar lá.

Ela não precisou fazer nenhuma pergunta. Seu sorriso e seu olhar eram suficientemente eloqüentes. Parecia mais cansada que antes. Mas a luz em seus olhos era tão doce e eterna quanto a de uma criança.

— Mandei traduzi-lo e o li – disse eu.

Ela fez um sinal com a cabeça, sorrindo ainda mais.

— E a senhora? Chegou a ler? Tem uma tradução?

— *Abraão Prochownik me contou a história.*

— Se ele não morreu na cruz – perguntei –, então como morreu?

Ela deu de ombros, irritada por ter de dizer algo tão óbvio.

— De quem você está falando? De meu Jesus? Meu Yeshua? Eu lhe disse. Ele morreu em Auschwitz.

Este livro foi impresso pela Prol Editora Gráfica
para a Editora Prumo Ltda.